潘年英 作品

03

敲窗的鸟

新星出版社　NEW STAR PRESS

遮掩自己罪过的，必不亨通；承认离弃罪过的，必蒙怜恤。

——《圣经·箴言 28:13》

1

不是不爱，是厌倦了。都太疲惫。不是吗？从终点又回到起点。反复折腾。谁经受得了啊！你指引的未来，对我的确具有巨大的诱惑力。比如到你的小岛上隐居，或者结伴到西南山地旅行甚至到欧洲漫游之类。但眼前却很难过去。我曾与你讨论过毛先生的城池得失理论，毛先生的主张是不要计较一城一池的得失，要看到长远，看到大局。你说我们眼下的处境很适合用这一理论来解释，说不要在乎这种反复。但城池的得失之论，与这个无法比拟。攻城略地，你最后得到的是江山。无论时间如何流逝，江山不会改变。但人的情感就不同了。时间流逝，人心会变得沧桑。沧桑了，就不再美好了。也许，我们从一开始就错了。遭遇，然后盲目设计未来。身体的欲望和满足几乎是我们建构未来蓝图的唯一基础。正如你所说，太脆弱了。然后中间又遭遇那么多的变故，彼此已经没有了信赖。更何况，你现在给我的信息不但很少，而且越来越模糊了。也许，你和他还有更好、更伟大的规划呢。谁知道。我后来仔细想过你和他的事情，觉得你和他走在一起，才是命中注定，才是天生奇缘。其实，你们很适合，而我不适合你。我需要安静。这个你不可能给我；你需要热闹，这个我恐怕也很难做到。昨天，我躺下来，看了几页书，我就立即明白我目前的追求是多么不切实际。我喜欢过那种安静的生活。我本不想伤害你。但还是伤害了。正如歌中所唱的，伤害给我们自由，不是吗？你需要自由，他可以给你。我不能。所以只能给你伤害。这就是问题的症结所在。你们可以不相爱，但可以有生活，而生活本身，或许比相爱更重要吧。

2

你习惯于语言的抚慰，而我恰恰相反。我自闭惯了，只喜欢活在内心里，独自面对世界。但这并不表明我内心不丰富。你见识过的，在我感觉到生活充满了阳光的时候，我幽默、智慧、而且率性、坦诚。

你不该在这个时候把他带到我的生活中来。太突然了。一个如此温暖的女人，居然突然从我的视线中消失，然后投奔到另一个男人的怀抱。我不是不理解。我理解。但就是难以接受。我知道你希望我接受，但我不能。我也在努力说服自己，说这是过去，无法一下子抹去，但最终还是无法说服。理智。是的，正如你所说，我们需要理智。的确是。都那么大的年岁了，不该孩子气。但理智很难战胜情感。否则历史上就不会有那么多的战争了。情感上排斥，说什么都没有用。说得轻一点，你在走钢丝，说得重一点，你在羞辱我。所以我问过你，离不开他，为什么？你说，不是为了钱，而是为了感恩。这个我就不懂了。这也许就是我们之间存在的最大分歧吧？我还不敢肯定。我们接触的时间很短，很多东西还没暴露。但仅此一点，你已经足以让我畏惧。你现在可以过这种生活，那么以后也还会过。这当然是猜测，但并非不可能。我感觉你有这种倾向。这个恐怕你也无可否认。

生活太残酷了，都没有按照我们的意愿发展。我还在观望，你也许也一样吧。

3

你还在哭吗，还是在笑？我不知道。我还记得你那次的哭泣，在我怀里的那次，你说了你对这个体制的仇恨，让我一下子感觉到柔软，觉得你离我好近，就像患难的兄弟。但是，你现在是在另一个怀抱里了。我不知道还该对你说些什么。我并不嫉妒，我只是觉得尴尬。我找不到自己的位置。那次，我到你家，你叫我坐在外面，我就体会到了那种尴尬。我知道，那不是我的家，也不是你的家，那是他的家，他的王国。你让我在一个富人面前出了丑。但是，你不知道，即便是最穷的人，也会有尊严。

你说过小不忍则乱大谋。要忍耐，你说。但我搞不懂你究竟需要我忍耐多久，何时才是尽头？你还说过他不会轻易放手，这无异于给我判了无期徒刑。我隐约感到，你还有什么秘密在隐瞒着我。你还不能对我袒露你的真心。也许你在精心设计一个理想的未来，但是，我看不到这未来的曙光；而且，这完全是你的一厢情愿，你没有同伴，没有合伙人，你是在单干。以我的理解，这是你一贯的性格。你喜欢这样，独自谋划，独自运作，独自操持，而缺少商量。

很晚了。我睡着了。我吃那感冒药，昏昏沉沉，迷迷糊糊，很容易发困，但心里还惦记着你。刚醒过来，就到网上来，看看有没有像往常一样的问候，或者责骂。但是，都没有。我很失望。我知道，你正在离我远去。也许是我把你推给了他，很轻易地，把你推到了他的怀抱中，也许你正在那儿哭泣呢。但也许，这本来就是属于你和他的夜晚。

现在是午夜零点时分。我还在怀想我们曾经拥有过的那些日子，像电影一样，放映着我们短暂的经历。从相识，到相爱，到离别，到思念，到彼此疲惫，都太短暂了。但是，有某种美好的东西，却足可以让我回忆一生。

4

习惯性地打开网络，但还是没有看到像往日那样的问候。只有寥寥数语，说的是国家大事。

怎么会这样？你问。我不知道。或许我们都知道，但都不想说明。

太阳出来了。那么红。在以往，我会欢呼雀跃，我会激情万丈。但现在，我很平静。

这次感冒，使我元气大伤。很久没有生那么大的病了。一下子吃那么多药，很要命。早上起来，尿出来的尿都是臭的。真是啊，一波未平一波又起。真害人。

你的微笑是那么的迷人，那么的美丽。但你拉下脸来，却又奇丑无比。说你有伟人的妻子相，貌似一种褒扬，其实褒中有贬，不是什么好词。我疑心你是一个阴阳人。翻手为云，覆手为雨。你喜欢颠倒世界。连做爱也喜欢取上位。想来真不可思议。

我在看《三大师传》——罗曼·罗兰的名作。写贝多芬，写米开朗琪罗，写托尔斯泰。都是我崇敬的人物。看贝多芬的内容让我热血沸腾，他说，要扼住命运的喉咙。我很震惊。我从来扼不住自己命运的喉咙。

周博士来请我吃饭，四川火锅。辣，我喜欢。叫上鲁老师，都是密友，说话自由。周博士说我失恋了。我笑笑，不回答。午后的阳光从咖啡馆的窗户上斜照进来，照得人身上暖洋洋的。我有病在身，无精打采，很困。我听他们谈话。竟然不知所云。

想你一定很累吧，在两个男人中周旋。都爱，还是都不爱？这就只有你自己知道了。你对我的爱，我不怀疑。但是，还是难以理解。你自己一直强调着要忠诚，那么，又如何来解释你对我的背叛呢？

那天，我说不以爱人相处，其实是不错的思路，但你立即觉得被伤害了。大怒，甚至说要给我报复。我不知道你会怎样报复我，但我可以明白你内心的恨。其实，有必要那么恨吗？

他走了吗？我不知道你怎样去送他，又对他说了些什么。是依依不舍，还是按照计划让他寂寞地走，或者痛哭流涕？我一无所知。但我知道，我的噩梦肯定还没有结束。他还会再来，你也还要继续羞辱我。所以我不知何日才是尽头。你说你有点后悔了。也许彼此彼此吧。

5

我起床了，一如既往地早。我是一个人。而你现在是躺在别人的怀抱里。很温暖吗？应该是。你喜欢这种生活吗？在两个男人的身体里旅行，是怎样的一种感受？只有你自己知道。不想骂你。但也不知道该如何爱你。昨晚我在看《蜗居》，一个通俗的电视连续剧，最后的一集，像我们的生活一样，第三者最后输掉了一切，男主人公惨死，这就是结局。其实不该这样，大家早放手，早解脱，但当事人都留恋，舍不得，于是酿成悲剧。人间的许多悲剧其实都源于此，也都相似。

猜不透你在想些什么。你说话总是闪烁其词，语意模糊，也许你觉得在我这里没有明确归属之前，你还是不会轻易放弃他。我劝过你，要及时了结。但你不舍，而且你说过的话让人绝望——"除非他离开我，我不会离开他。"既然如此，又何苦来折腾我？所以你又说，事情会变。你说你在用一种消极的态度对他，时间长了，他觉得没意思，就会退出。哈，有那么简单吗？而且，你真的消极吗？而后，你又说他不会轻易放手。所以我真搞不懂你了。你太矛盾，也太自以为是，如果你执意要走一条崎岖之路，我觉得谁也无法帮助你，包括上帝。

开始练车。并不容易。于是感觉到曾经坐在你的车子上，真是一种福利。你给我留下了很多美好，也给我留下了许多遗憾。人多，就练了两把。学生就业压力大，开始往技术方面靠拢，进一步挤压这个社会。想起你说过不想养孩子的问题，我算是有体会了。其实，生一个孩子来干什么？我们都活得那么艰难，让孩子来到这个世界，将会更加无辜和不幸。但是，没有孩子，人和人的关系又会变得更加脆弱。还是两难。

哈！太岂有此理了！都如此羞辱我了，还说我变得不够温柔，这话说得通吗？我不想争辩，还要看。世道变了，人都不再单纯。不是吗？凡事不能简单要求别人怎样，同时也要看自己做得怎么样。复杂有时候是生活本身造成的，而更多的时候则是我们自己造成的。你告诉过我关于你们这些日子的生活细节了吗？你告诉过我你们对于未来的谋划了吗？你告诉过我你现在的想法了吗？没有是吧，那就请你不要责备我什么。你说对吗？

刚想起你的一点好，突然就因为你一阵莫名其妙的生气而改变了方向。哎，这生活，我该如何收拾？

6

结束了。居然。

一切都始料未及。我还在期待,所以早早回家,沐浴,更衣,准备心情接收一种好消息。但是,完全没有。你摊牌了,说大家结束吧。

好,结束。我没什么好说的。

就是这样。

7

虚伪。我想给你下这结论。但还是忍住了。既然爱过,就不该再伤害。是吗?

我知道你还在那里。在网上。打理自己的痕迹。也许还有一点牵挂?按说,应该有,但也很难说。然而无可置疑的是,电话早已通到了那头。除了问候和汇报,也许还有鼻涕和眼泪。

我不如一个农民。而且是一个据说是不爱说话也没有那种能力的农民。这就是你对我的价值定位?就凭这一点,我们也早该结束了。人各有志,不勉强,还是大路朝天,各走一边吧。

我一直在看电视,想以此分散自己的悲伤,但还是难过。毕竟有过那么刻骨铭心的生活。那种呼唤,那种思念,那种温暖,都从未有过。

你会恨。我知道。但我不会。我想恨的人太多。但最恨的还是我自己。没出息,我对自己说。为一个人,一段情,流什么泪嘛,又还没死。就算死,做为一个男人,也不必如此。

好吧,再见。这是我留给你的最后的话。也是我完全意想不到的话。就像你意想不到我当初的出现一样。我们，终于从终点又回到了起点。

8

还是割舍不下。又回来了。你。夜已经很深了，我上网来看，知道你也还在这里。当时没看到消息，但很快，你就在呼喊我了，我当然马上答应，毫不迟疑。其实，我也一样，害怕错过。人活一世，本来很短暂，美好的生活更少，所以，都不想放弃。

我还以为再也见不到你了呢。心里正担心不知怎么样还你的情。要买好石头，我恐怕拿不出那么多钱，给你买一个一般的，又觉得还不如不给。谢谢你的及时呼喊，让我们在爱情的悬崖边缘及时回了头，刹住了车。

思念又开始了。晚上立即有了很美的梦。

早上起来，去学车，老是分神。记不住那些要领。在第几杆对齐时刹车，然后方向盘如何转，离合器与刹车如何配合，全不对，脑子里全是你。看来此生休矣。别想做什么大事了。就爱你吧。爱死你。看看你能承受多少。

下午不去学车，就在家上网。重新开博了。又开始感受那种思念的幸福。彼此牵挂，彼此呼唤，彼此祝福。

午休时做了一些碎梦。很美。好像一幅幅山水画。其中一次因为我在梦中对你讲笑话，我自己居然从梦中笑醒过来。

晚上如约来到网上，却没见你的影子，短信也不回，一时心又揪起来了。心想不会那么快又变卦吧？果然，快到十点半才回复，说是在喝酒，而且颇醉了。酒鬼！也好吧，难得你开心一回，这么久，大家都受累了。

对于她，对于孩子，我不是没有愧疚感，我有，而且很强烈。几天前我对你的态度坚决，也与这种愧疚感有关。但还是挡不住你的诱惑。我从小缺乏爱，而你可以给我，我为什么不可以要？她当然也给我爱，给我温柔，但那已经是从前了。现在我不知道她在爱着谁？

我们有问题。但我们都不知道问题究竟在哪里？

就算她重新爱我，我也还是希望能够获得你的爱。你火热。她温和。都很好。

我是不是太贪婪了？也许吧。

你一上来就是一阵语言的狂轰滥炸。但词汇简单，反反复复就那么几个字。看得出你是有几分醉了。但我没有半点责备的意思。我理解你此时的心情。应该醉。

9

昨天过了一天思念的生活，以为从此阳光灿烂，将来一路春光明媚了，没想到晚上聊天又提及旧事，大家还是分歧严重，不能融合，终于又谈到了分手。

我拂袖而去。生气了。的确是。因为你在强调你对他的情感的难以割舍。

我还关掉了手机，怕你来电骚扰。哈，结果完全是多余的担忧。今晨起来开机，什么留言也没有。网上倒是留有信息的，却是很坚决的分手话。也好，如果真这样，大家都解脱了。

我立即给你去了信。做了一些说明。

但愿这是最后的折腾吧。

上午又去学车，但很快提前回来了。因为注意力无法集中，心烦意乱。

　　回家看到你的回信。感觉到你已经很克制了。但还是有很多诋毁我的话。所以，不知道该说什么。也感觉到你还在寄予希望？还没彻底死心？但又不是很肯定。所以，更加不知所措了。

　　我在QQ里简单留言，希望大家冷静后再说。

　　我真希望早点儿结束这一切。不管是朝着哪个方向。你有你的事业，我也有我的生涯。时间都不等人，何必如此消耗？！都是成年人了，太不值。

　　下午不学车，也不外出，就在家，上网，到处走走，看看。不去看你了。知道你不在那里，看了也是白看。你爱我。我知道。但你为什么要给我带来那么多的痛苦。我们本来可以好好相处的啊！本来可以过得很甜蜜的啊！但为什么却一而再再而三地互相折磨呢？

　　昨天还在热烈地思念，今天却心乱如麻了。你呀，我真不知该如何来对待。

　　说不挂念是不可能的。但如果老这样挂念着，我们的青春就真的荒废了，浪费了时间太可惜了。想起你说的，在网上那么冰冷的地方说事，也许真的很不恰当，词不达意，容易被误解，被歪曲，被激怒。但最终原因还在于我们自己的灵魂。不是吗？

　　试想想吧，如果你能离开他，也答应离开他，那么事情不是立刻变得简单起来了吗？但你偏偏是一个做事很黏糊的人。态度不明朗，嘴里还一天到晚当着我的面数说人家的好。所以我这边一冷落，你就更加靠着那边了。

　　哎……

10

起晚了。快九点钟了才起床。急急忙忙赶去学车。哈，居然一个人没有。车在。师傅在车里睡觉。我叫醒他。学了两把。感觉还是有进步。

然后去学院处理一些俗务。

回来再去学车，已经有人在学了。不想排队。就回家上网。这才看到你的留言。

到底还是无法忘记我。

我当然也一样在思念她。不过，有时，也真希望结束啊——谁还想继续那么折腾啊！

整个下午都无法再入眠了。躺在床上看电视。看了两部电影。《疯狂的赛车》和《半边人》。都不错。后者尤其不错。香港的。没看开头，不知道导演是谁。只喜欢他那种自然朴素的风格。

然后给你写诗。一首没有分行的诗歌。写到最后一句，我哭了。

我说："如果冬天的时候你依然感到寒冷，那一定是我不在了啊我的爱人，我已经变成了一块石头，躺在家乡的小路边……"

11

一早出去学车。还是记不得要领。但已经有了自信。连续三把后去学院开会。一个课题申请的会议。我居然是学会委员会成员之一。之前我并不知道。

中午回家，才看到你的留言。谢谢你，那么爱我。我需要爱。在这个冰冷的世界里，我感到孤独。没有人爱我。除了我母亲。但母亲不可能陪伴我一生。你点燃了我生活的希望之火。我想要生活。

饭后小憩。做了一个什么梦，记不得了。

下午两点起来上网。没什么消息。

溜达到驾校。看到学车人较多，就走了。

到球场跟学生踢了一会儿足球，再回到办公室等候开会。实习总结会。系里的邹副主任主持，他负责实习工作。

结束时，我作简单发言。

会后会餐。系里老师基本到齐。

回到家，你刚好上网来。哈！一脸疲惫。可怜的你。

视频有问题。你看不到我。当我搞好时，你又睡觉了。错过。总是。

我说如果再次去看你，就直接住你家去，你说好啊。之前你不是没有邀请我去你家，是我自己不想去。我不喜欢他的味道，尽管他距离我们是如此遥远。

我也不知道你是否真心期待我去。

12

早晨还是去学车。没人。只有我一个人。

打电话叫石师傅过来。跟他一起挂杆。然后练习。有很大进步。信心大增。但仍然在一些关键点上没能很好把握。

一个小时练习结束。石师傅去洗车。我到办公室处理一些小事。

当我再次回到车场时，石师傅还在洗车。我知道，石师傅对我有所期待。但我并不想满足他。我只好回家了。

中午小憩。刚入睡，一学生打来电话，醒了，没法再睡。起来看电视，却没有信号。

只好又回到网上。你不在。还是无聊。

重新更新了我博客的音乐。全是英格玛（Enigma）。

四点半后去踢球。回来洗澡。又上网。

很多事，心中不是不想抓紧，但全被琐事耽误了。

需要完整时间。但也许永远没有。

你活在你的世界里。我也活在我的世界里。

13

昨天。不写字。但让你在视频上看见了我的脸和房间。知道你不会很喜欢。太简单了。家徒四壁。像一个空旷的广场。

太可怜了。你如此渴望有一个男人或者一个完整的家。遗憾不能帮你。太可惜。

我不知道未来的路该怎么走，我也不知道当她得知这个消息后是何反应。毫无疑问，我依然深爱着她。同时我也爱着你。我心里渴望着能与你们成一家，共度余生。很顾城。是吗？我知道这对你们都不公平。我不能接受他，为何又要你接受她呢？说不通。但是，我真的很爱你们啊。所以，那次，在你家，我说，我很分裂。你说你理解。

你要我过去。我说还去不了。我还在等待那个消息——关于她的职称的消息。你说，那过几天还不一定见得着是吗？我说是的，不一定。你说，那就坏了。我说，那些东西不会坏的。你说东西不会，但人坏了。我明白。如果不是为了等待那个消息，我早走了。但是，能不等吗？

但愿最终等来的是好消息。那样的话，上帝就总算关照了我一回。

14

很早就起来了。去食堂吃早餐,然后到车场等候教练。没见一个人。电话打过去,石教练说,今日不练了。唉,早知如此,就该在家待着。害我淋了那么多的雨,全身几乎湿透。

回家很无聊。看书看不进去。心里有事。她那职称的事,至今还没有着落。评了好几年了,都没评上。不是她条件不够,而是我们的公关不够。每一次都在最后一轮投票中被刷下来了。她对我多有抱怨。一直都有。理解。我不好,对她关心太少,这是事实。但她本人也有自己的问题。平时不努力,关键时候想到我,晚了。我没尽到自己的责任,但我也已经很努力了,不是吗?但她未必真从内心感激我。

在网上看到你的留言了。开会。你说。哈,你也像学者一样忙啊,原来。我也许是这世上唯一的闲人吧!我没事。在网上瞎串门。到处溜达。看热闹。听音乐。神秘的英格玛。

我看那本杂志。那本苗学的杂志。看到青青了。我的前妻。很风光的样子。处在聚光灯下,一定很惬意吧。人也胖了。胸部居然还鼓了起来,不会吧?是真的吗?如果是真的,那就祝福她吧。为她能拥有自己的世界。我也拥有自己的世界。但我已经远离热闹了。

爱你。这是真的。想起来有点难以置信。我一直以为我不会再爱人了。刚开始见你时,也只以为你是逢场作戏而已,彼此需要而已,寂寞而已。没想到,会走到今天。我不知道未来的路会走到哪一步,也不知道我们是否会有如我们期待的结局,但我此刻是爱着的,也是幸福着的,那就,珍惜吧。

下午去市里买书。这是我生活的主要内容之一。没买到太好的书。但也还是买了两本。然后约鲁老师聊天。吃盒饭。

鲁老师是个好人。但也陷入生活的无助状态。他一直对我絮絮叨叨。是人都有苦恼。我的苦恼是我意外得到双份的爱。他的苦恼是写作无法进行下去。他很早就放弃生活，然后把全部的激情投入创作。一写二十多年，现在才发现自己陷入困顿和迷茫，感觉无路可走。我想帮他，但无能为力。只好告辞了。

回家上网，正好看到你。你说明天要远行。我也不打扰了。恰好我也要回答一位教授的提问——一份采访提纲。

15

清早。妞过来跟我小睡。我还在梦中呢。

没有做爱，就只是互相缠绵了一会儿。我们已经分床多年。她很少过来。我感到有点意外。但也能理解。这么多年了，彼此冷漠。再没有当年生死相依的激情。所以，一次肌肤相亲对现在的我们来说都显得十分宝贵，难得。

我当然爱她。这毫无疑问。所以我跟你说过，我很分裂。我希望你和她都能和平相处，亲如姐妹。但我也知道，这很难。而且，也不符合生物学原理。

上午开会。一个购买器材的招标会。哈，还真是热闹。都是有权力的人，就我的官职最小。所以我的声音也最小。而他们的都很大。

一晃，就是十一点过了。回家吃午饭。午休。躺在床上看电视。看电影《我的父亲母亲》。张艺谋的作品。章子怡的主演。很美。我以前看过了。此次再看，还是感动。为那纯真的爱情，我流泪了，不知不觉地。说实话，我渴望能拥有那样纯真的爱。彼此牵挂和关怀，一直到老。

下午去踢球了。很冷。回来洗澡。也冷。

想你还在路上。一定很孤独。多想去陪伴你啊。但是，不能够啊。她的事情没结果，如何走？难。

16

终于出太阳了。阳光非常灿烂。我起得很迟。差不多九点半才起床。这是少有的现象。

给你电话。你说你已经到达茅坪了。很快就会赶到我的老家盘江。我的天。我的心已经随你而去。我一直认为自己还是一个很有耐心的人，但现在我对她不得不抱怨了。为了她的这个职称，我真是受尽了委屈，也牺牲了我太多的自由和幸福。但她从没真正感谢我。她总是这样，平时不肯用功，却又有那种欲望，还以为一切都很简单。其实，她若早点儿努力，事情根本不会变得那么复杂。我在为她守候，她却说，你走吧，我都忘记那事情了——她要早有那么开通，我又何必现在来受这份罪？！

昨天去参加一朋友的婚礼。一个很年轻漂亮的姑娘。我们的同事。人很好。可惜一直没有找到很好的郎君。现在似乎是找到了。终于。但是，真的相爱吗？满意吗？这就不得而知了。而我是爱你的。你知道吗？

婚宴在中午举行。我跟几个年轻人一桌，他们邀我喝酒。我不好推辞。结果有些醉。回来睡了一下午。到很晚才去踢球。回家很晚了。她监考一天。也很累。就不做饭了。吃面。

我自己煮的面。

晚上与你聊天。你说我不高兴。我怎么可能高兴啊。

我还不死心。很晚了还给一些领导打电话。问他们何时开始评高级职称。他们也没有明确答复。但都说下星期应该开始。太烦躁了。这个体制。它不仅是扼杀人性的，而且是奴役人性的。

整个中午我实际上没法休息。一直在等你的消息。到下午两点钟，还不见你的动静，才打电话给你，你说已经到大河边副州长的家乡了。我赶紧打电话给家里，问做好饭菜没有，弟弟说他在山上。母亲说还没有做好。我觉得这会对不起你。我知道家里人并不欢迎你。自那次你跟我到家之后，母亲一直对我有抱怨，而且为我担忧。弟弟也一样。

但很快，我就从你的来电中听到了你们在处理那些杂物的声音。真为难你啊。你没有名分。因此名不正也就言不顺。很难处理那种关系。母亲和弟弟果然没给你做饭——他们说做了，说是你自己不想吃，但我明白，如果他们热情一点，执意一点，你也许还是会留下来吃饭的。不是吗？

太委屈你了。我渴望此生能跟你在一起。好好待你。但能够吗？人要讲道德，即便我和她没有了爱，我也不能那么拂袖而去，更何况，我们还是深深相爱的。我有愧于她。她其实和你一样纯洁无瑕。

下午去踢球了。阳光明亮。球场里有比赛。是外面的业余球队。每个周末都来。周围也还有不少的学生在看台上晒太阳。

我跑了一会儿，出了汗，然后回家了。到家洗澡完毕，时间才到五点。

毫无疑问，我的心一直是跟随着你的。你到了家，我也到了。

17

上午去学校申请网号。还算顺利。很快就申请到了。回家一试，果然可用。再不用为轮流上网发愁了。之前学校为了加强舆论控制，对网络采取了新的管理方式，只给我们每户一个网号，只能容许一人上网，极不方便。

给你留言。不知道你去了哪里。

中午看电视。因为早上起得晚了，睡眠足够了，中午就不再睡。下午有会。学院安排若干事情。评优之类。我看人不齐，就提前走了。

直接到球场踢球。有很多学生在那里跳舞。感觉他们生活在另一个世界。

刚回家洗完澡，上网来看你，你居然在。说马上要去吃饭。老方请客。我不大理解你和老方的关系。但我知道这样的关系，很不平常。

她走进来。交给我一份表格。她看到了你。不过，大约没看清，就走了。

我继续跟你聊。你老说爱我。还是那几句话。我倒不厌倦。因为以前还没有遇到这样执着的爱情。有些受宠若惊，也有强烈的幸福感。

想去看你。但是，无法脱身啊。都到了这一步了，不愿前功尽弃。但等下去，又似乎看不到尽头。

唉……

18

已经是岁末了。感觉时间真是过得飞快。我有心理准备，但还是感觉太快了一点儿。和你来到我的故乡盘江，不知不觉又度过了一天，今夕何夕？

我是瞒了她去跟你约会的。前天下午得到消息，她终于顺利过关，如愿当上了副教授。我算松了口气。昨日早上我就乘飞机走了，借口去外省开会，其实是去与你约会。我不是不内疚。事实上，我很内疚。因为她对我很好。她那种对人的好，你无法体会。但是，我还是无法不背叛。我不知道究竟是为了什么，我只知道我没有理由不去看你——而事实上，我已欠你很多。

　　很多年不坐飞机了。我对飞机有恐惧症，很害怕，但还是愿意去冒这个险。

　　当飞机如期抵达凉城，我看见了那熟悉的机场，也看见了你，我内心很平静，没有我预料的那种激动——因为我知道前不久，你也来这里接他。我不知道你以前来这里接他多少次，但我仅知道那一次，已经足够令我伤心。

　　我不自私，也不狭隘，但我还是无法接受这样一种处境。我希望你单纯些，再单纯些。但我也知道，这是不可能的。

　　你见到我时，也没有了几日前的那种强烈的渴望，但那一夜还是疯狂。我记不得我们做了几次爱，只感觉是一整晚都在做，没有停止。

　　第二天去保养你的车。我们起得很晚。然后回到家，休息，再次做爱。我的天，你已经接近疯狂。可以理解，你欠得太多。但是，我却因此受伤。你的朋友阿若说，任何男人到了你手上，都会被你玩死。先前我以为是一句玩笑话，现在我有了真切的体会，此言不虚。

　　你家里所有的东西，都有他的气息。我强忍内心的屈辱，尽力表现出无所谓的样子。我不知道你是怎么想的，但我分明看到他在旁边注视我们的样子。

　　次日的离开对我来说真是一个很大的解脱和解放。我跟你去了清江，你欲投资的新项目所在地。我以为我可以彻底摆脱他的阴影了，但你还在电话里不停地跟他联系——恕我直言吧，我觉得，他很傲慢，而你很驯服。我理解他对于你的生活和命运改变的意义——没有他的帮助，就没有你今日商业的成功，也就没有你今日的财富和社会地位——但我无法理解你对他的那种过于卑微的屈服和仰视。

在清江与当地政府部门谈完开发思路之后，我邀请你跟我一起回我老家盘江。你欣然同意，说很想看看我老家是什么样子。老家太偏僻遥远了。山道崎岖，路很不好走，但好歹还是通车的，但也只是近几年才通的简易公路，不然我们还要像以往那样步行回家呢。我们很晚才到家。母亲和弟弟都在家。看到我们，他们感到很尴尬。你不理解这种尴尬，还抱怨他们不热情。他们怎么可能热情啊。我带来的女人名不正言不顺，没有任何名分，他们能热情吗？

你很辛苦。我很惭愧，不能为你分担点什么。你说过，他来的时候，基本都是他在驾驶。所以那次你来卡岭看我，是乘坐大巴车来的，你解释说是喜欢坐大巴，其实我心里很清楚，你是把车子留给他了。

作为一个商人，他已经相当成功；而作为一个男人，他也足以自豪，起码，他有足够的资本过着一夫多妻的生活。我不认识他，所以我无法评价他，也不想评价他，我只是从你的转述中，隐约知道这个男人之于女人，有着相当的魅力。而据我所知，其最大的魅力，其实还是根源于一定的资本积累。至于你说的他如何全面完美之类，在我看来，已经近乎一种笑话——你对男人的与众不同的奇特渴望导致了你对男人的品行判断严重偏离常识，而你对于男人的缺乏常识的判断又反过来更加促成了你一次又一次愚蠢的选择——有时候我觉得不可思议，你居然会如此乐于去做人们常说的所谓

"二奶",甚至把那让你成为"二奶"的男人奉若神灵,甘心受辱,还自以为幸福和荣耀……而我同时也非常能够理解,你对于现如今男人的失望,其实也包含了对所有人的难以信任与彻底绝望。

19

早上起来做爱。这是计划外的,你说是送给你的礼物。好,就给你一个礼物。但是,我自己却被掏空了。稍事休息,我起床去为你做早餐——煮汤圆。昨晚一堂弟来约我于今日早上十点钟去他家吃饭,所以你说希望少吃一点,最多五个汤圆。我对农村生活有相当的了解,我知道他们说的十点钟其实并不确指十点,而是一个大约的时间概念,可能是十点,也可能是十一点,或者十二点,甚至是下午一点,因此我给你,给我,给妈妈都煮了一大碗。

前次来家时我和你散步到河边,看到老平兄弟俩在抬石头砌保坎准备建房。你看中了他们的两块石头。我就跟他们商量,把石头买下了。我当时嘱咐他们把石头抬到我家去。但这次回来,看到石头还待在原地不动。我就去叫老平兄弟把石头抬到我家去。他们都不在。我只好叫他们父亲转告。也只能这样了。这些人,都还是没有经过文明熏陶的人,很原始,自私自利,还没有形成讲信誉的习惯和道德。现代人口口声声赞美原生态文明,其实真正的原生态是野蛮的、自私的,也是非理性的。

早饭后我和你又沿河而上,到河沟里寻找有价值的石头。你是全国石头鉴赏专家。不过我对于你这个专家称号的得来还是有些怀疑的,就像我们学校里的那些所谓博士教授一样,头衔吓人,但却未必都名副其实。证据是上次你来我家时,你居然对"高原舞者"这样有内涵的石头视而不见,使我对你的鉴赏能力不能不有所怀疑。

我们走了一上午，似乎都没有看见一块有点样子的石头。最后我们去上寨堂弟家等饭吃。那是一个带有纪念意义的饭局，据说这天是堂弟妈妈也就是我叔妈去世一周年的纪念日。他们听说我来家，就早早下来通知我了。我不好拒绝，带着你去了。其实我很犹豫，不知道该不该带你去。带你去，如何给人介绍你？不带你去，你又会感到失落。当然最后还是带你去了。但到了那里，等好半天，主人却迟迟不露面，我们百无聊赖。天空阴沉，又没有去处。我们就只在火塘边烤一点很微弱的柴火。我想起小时候故乡的冬天，家家户户都烧着暖和的大柴火，甚至旺盛的炭火，唉，那样的时光已经一去不复返了。

　　等到下午一点半，堂弟终于从县城赶来，还带来了一大伙同事，但也还是没能立即吃上饭，还得等他们去举行一些仪式——比如给母亲上坟之类——然后才开始上桌吃饭。遗憾的是，我堂叔本人既不喝酒，也不热情，甚至还不在主席上吃饭，而仅仅露了一下面，就消失了。年轻的主人又不会招呼客人，大家吃得冷冷清清，兴味索然。回来的路上，你问我为什么这地方的人们如此缺乏热情和礼貌。我摇摇头，没回答你。

　　下午睡了一觉。很扎实的一觉。弟媳也带着孩子从县城赶回家来了。她买来了一条大草鱼，并亲自烹调，味道还很不错，晚间我和弟弟喝了几口酒，饭后跟妈妈在灶边聊天，母亲说到过去的历史，反复说自己这辈子活得太苦。

　　母亲问到我们之间的关系，我不好隐瞒，但也不便如实相告，只能含糊其词。我觉得很对不住老人，都七十多岁的人了，我还让她如此担忧，真是不该。

20

　　早晨有大雾。我猜想今日应该出太阳。果然，到早上十点钟光景，太阳破雾而出，光芒四射，温暖如春。

　　我和你吃过早餐后去爬山。去一个叫豪修的地方。那些山对我来说是太熟悉不过了。你不停地接听电话，公务繁忙，我埋头走在前面。我看到一排杉木，想起我和父亲当年去采摘杉籽的情景，往事历历在目，恍如昨日。还有山坡上的那些野草莓，那也是往日时光的见证者。我的历史太复杂了，也太凌乱，这令我惭愧，令我不安。

　　我没有带你去爬更高的山坡。匆匆走过几个山岗，我就带你走下坡来，到家后立即去给小妈和母亲照相。小妈带来了几件老衣服，那种已经难得一见的传统样式的侗装。我先给她拍照，然后给母亲拍照。母亲穿上那种衣服，实在很漂亮，我从没看到母亲如此漂亮。

　　中午吃昨天的剩菜。我想重新做菜，又嫌麻烦，就将就了。

　　饭后小憩。抱着你做了一些杂乱的梦，醒来全不记得了。你说你梦见了你的父母，说这是少有的现象。你又说你还梦见了自己到医院检查身体，看到扩宫器，十分的害怕。我对梦没有研究，不知道这意味着什么。

　　一觉睡到下午四点多钟，我又把你叫醒，去串寨子。你很喜欢那种古老的东西，包括石板路、老屋之类。我当然也很喜欢。我们看到的几个石碓都被废弃了，我想找机会把它们搬回老屋。

　　晚上吃你从凉都带来的大闸蟹。我并不喜欢吃，但还是努力装着很喜欢的样子，主要是不想扫你的兴。我明白，生活会塑造人的性格，经历也会培育人的喜好。你爱好这个东西，大约与他有关。江浙一带的农民，一般都能欣赏海产的美味。我不喜欢你的过去，你也一样不喜欢我的过去，但是，我们却又无法回避各自经历的一切。

饭后有一些村民照例按时到家里来买马——一种博彩活动，弟弟是最基层的组织者之一。每天晚上八点钟开奖。因为赌注很小，每注不过一两元，不少村民都热衷于此。家里挤满了人。

我想给妈妈看我女儿的演讲录影，但没法看到，不知道为什么，播放器居然播放不了，我只好给妈妈改播一些别的录影，包括你为我拍摄的我儿子的生活录影。当看到我儿子的照片时，妈妈的表现还算平静，我于是略感宽心。

脚又痛起来了。下午痛得很厉害，几乎不能行走。风湿，这是我目前对这个病症的自我诊断结论。

我会残疾吗？会有一天彻底瘫痪吗？如果真有那么一天，我真不知道最终陪伴在我身边的人究竟会是谁——虽然你说你绝对不会因此而离开我。

<h2 style="text-align:center">21</h2>

天气寒冷。北方的寒流继续南侵。不知春天何时才能到来。

我们是昨日从老家盘江赶回清江县城的，跟弟媳一道。上午阳光还灿烂无比，到中午就彻底收敛了它的光芒。天空晦暗下来了。我们在县城一处狗肉馆吃狗肉。你吃得不多，但弟媳吃得不少，我也吃得不少。辣椒尤其香味可口。

饭后即入住宾馆。大洗一番。以为可以那个，不料你来了洪水，中途无功而返。有些扫兴。但也不算难耐。奇怪你的身体并不十分疲惫，相反还显得相当亢奋。之后我们拉上厚厚的窗帘睡觉，一直睡到黄昏时分才苏醒过来。我们先去汽车站旁的洗车店洗车——那也是老地方了，不久前才去洗过的，算是轻车熟路。等待的过程中，我们漫步河堤，有暖暖的夕阳照耀，光线柔和美丽，却令人伤感。我在这儿念的中学。后来读大学，我每年都从这里乘车前往省城。再后来，我结婚了，我和她不止一次经由这车站辗转，回家，或者去省城。多少年过去了。我如今再不是那翩翩少年郎。我老了，从身体到心灵，都很苍老了。

车洗好后我带你去中学看一老师收藏的古董。然后在中学门前的小街里吃小吃。花了总共不到十元钱，我们吃了个大饱。还带了几个粑粑回去预备夜宵。因为太疲惫，你我老早就睡下了。关了手机，也谢绝了所有客人的来访。

次日天气骤变，转阴，而且气温陡降。

一大早起来收拾，忙个不亦乐乎。刚收拾完毕，文化局的龙局长就来电话，说要请我们吃早餐。我谢绝了。随后和杨县长联系，你打算向他汇报一个投资项目。杨县长回说上午要开会，要到中午才能接见我们。我只好再次联系龙局长，希望早上能与他先聊。龙答应。我们退房。到中学门口吃早餐。牛肉粉。龙局长很快赶到，抢先付了钱。随后我们一道去他的办公室小坐。你当面谈了你的设想。龙局长不停点头，然后表态支持。

之后我们去看石头。看了两家，都有很好的石头。尤其几块贵州青，让人看了眼馋。你看上了其中的一块。问价格，对方回复一口价为两万八千元，你说贵了，没成交，不过我因此看到了家乡石头的价格，原来如此不菲。

中午政府安排吃饭。血浆鸭。一道传统的地方名菜。我喜欢。你应该也喜欢吧。因为杨县长要到下午两点半之后才能约见我们，饭后还有一段时间我们无从打发，所以文化局的龙局长提议请我们去洗脚，我们没有拒绝。洗脚的地方在有名的红灯区，你问我这街叫什么名，我信口开河说是"文化街"。大伙儿笑。其实，仔细想来，这名字倒是比较贴切的。

下午跟杨县长的交谈令你失望。当然也令我失望。你说你会看相，说此人无智慧，也无前途，因此无心深谈下去。哈，我也有同感。不过，我也并不绝望。

谈过之后我们就直接往省城赶了。你一路十分疲劳。我们边走边聊，谈的还是老话题。他是我们无法回避的重点。看得出，你对他，还是难以割舍。我理解你的内心，但我还是难以接受你的选择，同时对你多少有些抱怨。

下午六点多钟到达卡岭。有当地报社的朋友请我们吃饭。大家都不喝酒，只有我和一姓石的分摊了一瓶茅台。还好，不算大醉。饭后继续驱车前行。一路上又海聊神聊。也许是酒精的作用之故，我们此时的谈话比起先前来，已经有了较多的愉悦。谈到对彼此的爱，我们似乎都相信了。

但你还在不停地给他电话。或者说，他在不停地给你打电话。你说他不放心你。我就在你的身边，听着你们情意绵绵的问候，我真不知道该如何去面对才是。我应该愤怒，还是继续保持沉默？我不知道。真的不知道。

而你的一句话，更是让我无所适从。你说，不知道他会不会在家里等着我们？"会吗？他会突然飞过来？以前有这种情况出现过吗？""以前倒没有，但是，今天他一再问我回家没有，我感觉怪怪的。"你说。你的话还真把我吓了一跳。不过，我很快就镇定下来了。我说，我倒想会会他。你再次给他去电话，询问了一些事情，然后你说，感觉不像是在家里。又说，他不会那么傻的，那样的话，他就把自己逼得没有退路了。

还好，到家时，完全没有我们想象的情形。门开后，你说，家里没有人来过。此时我倒平静了，不再担心和害怕他是否在家。

你虽然疲惫至极，但还是要等待热水洗澡，而我倒床即睡。不思考了，也无须梦想和怨恨。呼吸，或者停止呼吸，似乎成了我此刻唯一可以依靠的现实。

一觉醒来，天亮了。但不知具体是多少时辰。看着躺在身边的你，突然觉得十分美丽。我靠过去，手指轻轻抚摸你柔软的乳房，你立即就骚动起来了，连连柔声呼唤我的名字。我们又低声聊了一会儿。然后在不知不觉中再次入睡。又一次醒来时已经是上午八点多钟了。我又抱着你躺在床上缠绵不已，直到十点钟才起床。

22

没想到我今生还能拥有这样的生活——彼此关爱，相互爱恋。那么甜蜜，那么柔情，一切都像初恋一般，让人感到有些不真实。

昨天我和你在家里修改那份关于新投资项目的报告，修改了一整天，中午连午饭都差不多忘记吃了，后来实在饿得受不住了，你才提去街上吃牛肉粉。牛肉粉味道不错。我吃的是加粉，很饱。生活简单而实在，我喜欢。

回来我继续修改报告。你也一直在忙着。晚饭吃的是炖排骨下白菜，同样简单实惠。

晚饭后我上床看电视，睡觉，你再去修改报告。真折磨人啊！一份报告竟然需要我们付出如此之多的时间和劳动。

洪水滔天。你无法跟我做爱。但你却对我有无限依恋。一晚上都在侵犯，也让我一晚上都躁动不安。

晚间我醒来过几次。听到你均匀的呼吸，还有轻轻的鼾声。我不能说我不喜欢这样的生活。但内心还是觉得不够踏实。我在很多年前就已经对自己发过誓言了，决心全心全意爱她，专心致志，心无旁骛。却没想到会在这个时候与你遭遇，并且相爱。

今晨依旧很晚才醒来。起床后我们到街边吃米粉，之后我和你驱车去看你买的新房子。我本无兴趣，但还是跟着你去了。房子当然不错，毕竟是省城闻名遐迩的一处高档住宅区，位置、空间、采光都很好，但我并不激动。因为这是你和他共同购置的产业，你们本来有着另外的计划和打算。

下午我去出版社拜访一位朋友，顺道在出版社门口的读者服务部买了几本新书。然后上楼拜访朋友，和朋友聊了一下午。出版社改制，许多人提前退休，朋友迎来了机会，提升了职位，但朋友也想提前退休，因为压力太大了。

到四点多钟你来短信问我事情办理得如何，我说已经办妥。于是步行到你的办公室。哈，你不在，你的秘书在。我稍等，你就到了。说实话，这一次我再来打量你办公室里的布置和陈设，感觉已经没有第一次来访时有那么强烈的好奇和惊讶了。

你过来带我去买抓绒衣。我们各买一件，然后回家。你睡觉，我上网。没有看到任何有价值的消息。就去客厅打开电视看电视。尽管我把音量调到最小，但还是惊动了你。你醒来，去煮饭，做菜。因为是昨天的剩菜，倒也很快弄好。还是炖排骨煮白菜，又让我吃了个大饱。

晚上你给我带来了惊喜——你说，可以那个了。我很满足。你也一样。

我不知道未来的命运会怎样，但就目前来说，我觉得这儿已经是天堂，而你就是我的上帝。

23

　　早上又做了一次爱，你彻底释放了。然后再沉沉睡去。你每次都这样，只要一高潮，必然瘫软如泥，然后沉沉入睡。

　　记不得我做了些什么梦，但肯定是做了很多的梦。

　　上午九时起床。吃过早餐，我们一起出门。你去公司办公室。我到五之堂书店买书。我本意是借此散散步而已，并不打算买书的，没想到还真有新书。于是买了一大堆回来。顺便也给你买了一本，《生死禅书》，记得你说过你喜欢看禅宗方面的书，给你这一本，也是希望能对你有所帮助。

　　之后你接我到油炸街游览花鸟市场。我的脚又开始疼痛起来，很难受，但我尽量掩饰自己的痛苦，心里却在想，不知道我们是否会有真正的明天？

　　中午到青云路口吃花溪牛肉粉。然后回家小憩。

　　到家后才发现，我的书少了一本，心里立即很不痛快了，决定下午再去补买。

　　你先睡下。我躺在床上看了一会儿书，眼睛开始发困。于是也躺下休息了一会儿。三点多钟我们再次出门。先去见你的一位在银行工作的哥们，跟他兑换点新币，用于过年发压岁钱。我说我一般不在外地取钱，怕被人复制银行卡，你说这样活着就太累了。我想反驳你，说这不是累不累的问题，而是基本的警觉。但想了想我还是没有吭气。其实每一个人都有自己的生活习惯和方式，无所谓谁对谁错，或者说，在生活习惯的问题上，人们一般都很难说服谁。

　　兑换了钱币我们就直接去书店。我补购了那本新书，《陀思妥耶夫斯基画传》。然后立即回家。我打开电脑上网，你去煮饭弄菜。一会儿你过来跟我聊天。你拿出了一大堆照片，那是你最近一段时间的影集吧，大多数是跟家人和朋友的合影，虽然没有摄影价值，却有纪念意义。我翻阅得很快。你似乎有解说的欲望，但也许看到我没有多大兴趣，你也就打住了。我的确没有多大兴趣听你讲你过去的故事，尤其是当我看到你一直相当称颂和赞美的所谓香港前男友时，我感到很不是滋味。我终于还是忍不住直接向你表明了我的看法——太恶心了，你都不知道我有多么恶心——我说。你感到很尴尬。内心似乎受到了很大的打击，开始变得有些不安起来。

事后想来，我也许不该那么对你说话，不管怎么说，你毕竟和他生活了近十年，但话已出口，覆水难收，我也没有办法挽回了。不过，我由此也明白了一些道理，比如，我一直纳闷，不明白你何以如此珍惜我，几次说分手你都舍不得放弃，现在以我的小人之心猜想和揣度，我明白了我虽然很丑陋，但无论从哪方面讲，应该都要远远优越于你此前相处的这些男人。

我当然不喜欢你有那么多不堪的过去，但无论怎样我都无法改变你的历史。正如你也不喜欢我的那些经历一样，对于过去的沧桑来路，我们虽然都很憎恨，但却无法不接受。

"那么胖，那么老，那么难看。"我喃喃自语。

"什么？"

"没什么。"

"但他真的很有才……也很懂女人……"

你点开我的博客。

从我博客上的照片，你又回忆起了我们相识与相爱的时间和日子。看得出，在追忆中，你感受到某种人生的幸福和甜蜜。我也感受到了。但与此同时，我的内心也变得更加杂乱而迷茫了。

24

　　你不快乐。心事重重。我知道,是我的直言伤害了你。你一直处在男人的欺骗和你自己的自欺之中,因此你无法直面我的批评。而我的所谓批评,其实不过就是说了实话而已。

　　昨晚上和你去散步,走过的地方,全是我当年挥洒青春之地。我还记得南明河畔一处古迹旁边的那家舞厅,就是我和华妹当年经常光顾的地方,我在那里恋爱,也在那里迷失,最终在那里沉沦。我吸取了上次在小关湖边说到我和一女友曾在此做爱的教训——当时你听了之后一整天都不再开脸——这次我不再告诉你这些往事。

　　走了半天,脚痛得几乎迈不开。我不知道这究竟是为什么,当我身体十分健康的时候,我没有得到女人的关爱,如今我拥有了你,却患上了这一莫名其妙的怪病。

　　早晨我照常早起。我试图爬起来看书,但把你惊动了,你醒过来问我是不是那个了你。我说没有,但知道你刚才在做梦了。你问为什么。我说你刚才狠狠扯了"弟弟"一把,而且,当我试图去抚摸你的乳房时,被你拒绝了。你说是吗?随后拍拍脑袋,说,噢,是的,是的,是做梦了。你复述了梦中情景。我不觉得奇怪,因为都是白天谈论的话题的延伸。其实我也做了梦,梦境似乎也与你的相同。

　　晚上十点钟你侄子龙儿打来电话,要你寄钱给他,说买这样那样,以及缴这样那样的费用,你跟他算得很仔细,最终还是答应给他寄去一百元。看得出你对孩子的教育很严格。你自己没有孩子,但显然,你是打算把龙儿当作你自己的孩子了。你说你弟弟本来就是个混混儿,什么事情都干不了,只会谈恋爱和生孩子,结过几次婚,生下了好几个孩子,但全不管,你如今领养的龙儿,在来你家之前，几乎是一个弃儿。

我被吵醒，再睡不着了，于是干脆起床。我上网去看了一下，没有什么新消息。你也起床做好早餐——一份简单的泡饭，配上霉豆腐，可以吃，但实在不怎么美味。

之后你上网，我百无聊赖。太阳出来了，明丽的光线照射在对面的建筑物上，我到你的花园里走了走，没有阳光，还是感觉寒冷，又回屋了。

大便干燥。口臭。我心烦。

你在电脑间呼唤我。叫我过去说话。你说你被我批评后，心里明白了很多，但心里也顿时空虚了很多。我理解。你是应该有些明白了，否则，你还将重蹈覆辙。但问题是，你真的明白吗？我看未必。

聊到下午两点钟，我们一起出去吃午饭——水饺。

之后你去你的建筑工地开会，接受有关单位对你的工程的验收。我继续去书店消磨时光。哈，又买到了一些新书。

脚还是很痛。我提前返回了。打的回来。第一次一个人单独打开你的家门，在你屋里上网，看电视，看书。我想睡一觉，但没睡着，迷糊了一会儿，立即醒来，重新打开电脑，写字。

说实话，我差不多已经习惯了在你这里的生活，如果没有他的存在，也没有她的存在，我们就这样生活下去，应该不会有任何障碍。

但是，他们的存在，却使我们很难看到一个梦寐以求的理想未来。

25

周末了。明天我就要回去了。太不舍。谁不想过这种恩爱生活？！

昨日下午，你出去参加一个苗族同胞的聚会，很晚才归来，居然非常的兴奋。你说你见到青青了，而且还和她谈起了我的孩子。你说她现在过得不错，已经在广州找到了男朋友，而且还是什么留洋归来的博士。你说你还见到了其他的一些人，许多都认识我。看得出，你喜欢那种场面，那种热闹的场面。

我很平淡。我已经活在另一个世界里了。如果不是你的提起，我不知道这辈子我还能不能再记得他们——那些曾经剪不断理还乱的陈年旧事，那些跟我有过千丝万缕瓜葛的人，那些不堪回首的青春岁月和苍茫日子，我何尝还想再去记忆，再去提及。

晚上我本来是想煮面条吃的，但找不到你的面条放在哪里，我才在很晚的时候上街吃了一碗炒饭。

我们躺在床上看电影。《2012》。没看完。都太困了。很快双双睡着了。

到早上醒来，竟然已经是八点钟。又做爱。我的天，我们做得太好了。你连续拥有了三次高潮。你说这是前所未有的。可谓死去活来。

然后我们一起出去。你去办公室。我先去见一位朋友，然后去书店。

一小时后你开车来书店接我。之后我们一起去看你父母——准确地说，我们是去给你的父母上坟。坟在你的老家清镇。从省城凉都过去，有一个小时的车程。红枫湖，一个著名的旅游胜地，风景的确美丽。多年前我多次来过这地方，读大学时还曾经跟同学赤身裸体横渡了整个湖区，后来跟单位的同事也来游玩过多次。往事依稀，都太遥远了。想不到我如今居然跟这地方的一个女子发生了关系。

你在你父母的坟上说了很多话。像是交代，也像是誓言。

应你要求，我当然也说了，但心里其实并不踏实。当我问你他是否来过而你说他每年都来时，我的心里更不踏实了。我们都有太多不堪的生活史，而这些历史业已构成了影响我们未来生活的阴影。

我们在镇上吃羊肉粉。那是你童年生活的小镇。你说你在这里就像我在我的老家盘江一样自由和熟悉。这个我相信。不过还是有很多的不同，比如你说你小时候是打架大王，爱欺负别的同学，而我则一直被同学欺负，在打架的历史上，我从未胜出过一次。因此对于故乡和童年的记忆，于你是光辉岁月，于我却不堪回首。

你特意点了一个土豆粑粑，还有一份臭豆腐。太多了。我吃得很饱。

之后我们又去看了你买下来的那个岛。那个三面临水的小岛，大约有五百平方米，面对着一片辽阔的湖面。岛上有山，有平地，都长满了板栗和松树。你说板栗树是你父亲生前栽下的，而松树则是自然生长。十多年不去料理，如今它们都已经林丰木茂，郁郁葱葱，几成参天大树了。这是我第二次跟你去视察这个小岛了。第一次去的时候，我心里很激动。我觉得如果能在这岛上修一栋别墅，再建一个足球场，那就太完美了。这一次，我没有像上次那么激动了。但我还是对这地方充满了幻想。我真希望自己能做这岛上的国王。

回来的路上，我们都太困了，就在路边停车休息。但偏偏被你接的电话吵醒。我很烦。不过，眼睛闭了一下，好多了。我们继续上路。回家。

一路上，你不停地讲述你父母的生前事迹。我有些心不在焉。但还是听清了一个大概。你说你父亲是彝族人，母亲是苗族人。说按道理，你本来应该报彝族的，但户口跟着母亲，就报了苗族。父亲勤劳，爱干净，母亲则比较懒惰，也不大讲究卫生。你小时候跟父母的关系一直都很紧张。你父母本身的关系也很紧张。你不听他们的话，因此也从来得不到他们的宠爱。兄弟姐妹六个，你排行老四，都跟着做小生意的母亲在这镇上艰难度日。父亲也做生意，但多年一直独自漂泊在外。你们很少能见到他。即便见到，也没有感情。直到他老了，退休了，你才开始接受他。你说他做了一辈子生意，都没有发财，而你却没用多久就实现了他实现不了的梦想。在他的晚年，你给他买下了这样一个小岛。但就在准备开发这小岛的时候，他却突然去世了。

一到家我们就上床休息了。但没有睡着，而是躺在床上看电影。

我真喜欢这种生活。但是，明天，我却要离开了。

26

一直都很美好。像开局一样。思念，关爱，温暖。但午夜醒来后你说的一堆话却严重伤害了我。你说："你们积点德吧！"说实话，这句话太让人难以接受了。我不知道你何以说出如此不过脑子的话来。我知道你和青青有过接触，也有民族情感。但总不至于爱屋及乌到这种份儿上吧。爱她，就一定要贬损我们吗？！我沉默片刻，还是回击了你。虽然我尽量控制自己的音量，但还是显出了极大的愤慨。

话题是从孩子开始的。你希望我能把我准备用于买车的十万元拿去资助孩子。你说那孩子现在很需要这笔钱。我没说什么。你似乎很不高兴。于是说出了如此昏聩而无礼的话。

后半夜我几乎不再睡着。你干脆起来那个，反复折腾我。甚至我的不射也让你感到不悦。你说你希望我回去后不能再做爱，所以要把我抽干。

太歹毒了吧你。不过还算坦率啊。竟然还可以直接说出来。

我心甘情愿让你榨干。一直折腾到上午十一点，我们才起床。还是我先起来的，你的意思，是希望还能再缱绻几分钟。

半小时后我们全部收拾完毕。然后驱车到老地方吃早餐。牛肉粉加粉，加酸菜。吃了个大饱。再驱车去机场。意外发现一条新路。赶到机场时还比较早，还剩余三十分钟时间。我先去办理登机手续。随后我们再次告别。你给龙局长去电话，询问项目的进展情况。那边很冷淡。你我由此明白了那事情的结果。

飞机按时起飞。一路顺利。抵达沙城时这边大雾弥天。气温只有2℃。我的好友邦哥早已在机场恭候多时。接上我，走高速回家。他打转。我敲门半天没反应。开门看到孩子在屋里做作业，我喊了她一声也不答应我。哎，我不知道该如何来收拾这样的局面。

给你短信：到家了。你回复：辛苦了，做一个男人真不容易啊。话里有明显的讽刺意味。

说实话，我觉得我跟谁都不好。我还是自己一个人过吧。

27

你的阴谋差点儿得逞。昨晚是太累了。早早睡下。今晨醒来，就不能不过去找她。我去了。说了些话。她显然明白我的心灵世界已经起了变化。所以表现得很冷淡。但我还得佯装下去。我要了她。我庆幸自己还有比较好的身体。总算敷衍过去了。

你说得对，做一个男人是不容易。但也可以选择不累啊，而我却选择了累的那种。

做爱后小憩。我们都睡着了。突然电话铃声响起，把我们从梦中闹醒。我接过一听，是一位同事的声音，问我是否记得还有监考？学校领导正带人来检查呢。我一听脑袋就大了。我一直记得监考时间是明天。我把这事情忘到九霄云外去了。

赶紧起床。骑车飞奔到9教305室。还好，同事们都帮我应付过去了。领导也走了。我在教室里枯坐了两节课，开始思考一些问题。心情沉重而复杂。因为所有的问题都是要命的问题。而所有的问题都没有答案。

监考结束后我去办公室拿我的信件。有一些信件。但都不太要紧。

脚痛得更加厉害了。上楼梯很困难。

回到家，我把她的信件交给她。她还是那样冷漠。一如既往。

孩子彻底继承了她的性格和脾气。我从没想到我会有一天陷入这样的境地——连一声问候也没有，更谈不上还有微笑和温情了。

你当然可以给我问候和温情。但你就真的那么可靠吗？你那天夜里说的那句话令我至今心寒——"你们还是积点德吧！"我很难想象，这话居然出自你之口。我们没有积德吗？你知道为了那孩子，我曾经流过多少眼泪，又忍受了多少的耻辱？你不会明白的。因为你没有孩子，你也不想明白。

中午休息了一会儿。下午去医院看病。交了钱。光检查费一项就六百多元。真后悔自己早年没有学医。钱太好赚了。但检查的机器坏了。说明天再来。

我顺道去书店看书。又买了一大堆书。

回家。吃饭。孩子莫名其妙发脾气。重重把门关上。

待孩子走后我过去对她说，是不是电视遥控器有问题她没能打开电视，能不能去换一个新的。她冷冷地说，你试一下嘛，试一下就知道了嘛！我没心情跟她再说什么。匆匆吃过，我洗漱回房间，上网，写字，过我力所能及的生活。

28

真希望时光重现。希望一切重新开始，从头再来。无论是跟她还是跟你。

早上去跟她亲热。我们没有做爱。不像跟你在一起那样，只要身体一接触，马上就要进入实质性的交流。我和她很少那样。我们大多时候是肌肤相亲。说些情话。仅此而已。但我们约定了下午那个。九点起床。十点去监考。中午被领导安排去搞伙食，请一牛人吃饭。这牛人是学校第一把手安排下来的，说是要我们好好接待，最好能搞成客座教授。我们领导当然欣然应允。我倒霉。去应付这种无聊事情。

中午喝酒较多。回家时以为她睡下了。没料到她在看电影。我就邀她过来那个。阳光从窗外穿透进来，屋子里很明亮，也很暖和，跟你的那个地道式的屋子完全相反。我抚摸她，进入她，她很快就高潮了。而且一次又一次。大约好了四五次。之后我们躺下来，说着话。我给她看我最近一段时间买的书。她很高兴。只有说到女儿时她的脸上才又聚集阴云。

说实话，我不愿离开她，你对她并不了解，她除了有些自私之外，其实人很善良，很传统，我喜欢。我当然也很爱你，但你是后来者，不是吗？你是中途插进来的，我并没心理准备。

中午回来写了一篇博客文章。很久没写了。都有些生疏了。但感觉还在。

晚上你在QQ告诉我，说我的博客点击率已过十万。而且，这到达十万的最后一点是你去完成的。我听了，内心感到非常的温暖。

29

一大早被你电话吵醒——其实也不早了,已经是上午九点半了。我没接。电话在我卧室里充电,而我和她在一起。我们当然不是在做爱,而是在一起和衣而卧。我是早晨七点钟才过去的。相拥而眠。不知不觉就睡着了。一直在做梦。醒不过来。

我过来一看,是你的电话,赶紧回了。你问侄子龙儿嘴唇上长了胡子,咋办,要不要剃掉。哈!多么有趣的问题啊!我说不用,顺其自然,留着。

昨晚看了两本书。一本残雪的自叙传,很精彩;还有一本《文学的承诺》,极其乏味,我后悔买了这本书。没办法啊,跟你买石头一样,有时候,大师也走眼。

昨天什么也没做。上午在家猫着。在网上耗着——好歹也写了一封回信。下午睡觉。到四点钟出去订饭。订星期六下午的晚宴。要请一大帮人吃饭。都是帮助过她评上职称的人——其实也未必是他们帮的,只是当时托了人家,现在评上了,不请客说不过去。

日子在消耗。生命在缩短。不知道明天的太阳是否还属于我。

30

已经有好几天没做功课了。大约是从星期四起吧,北京一朋友来信约我出书,先是说不要钱,后来又说入选后要一万元,给五百册书。我想了想,觉得一万元给五百本书还算划算,就答应了。但我不同意用原来的书稿,而打算重新整理一部新的论文集,于是这几天似乎就一直在忙乎这件事了。

星期四下午开了个会。四点钟。午休醒来后我一直躺在床上看一部电影。之后很准时去出席会议,刚好赶上开始。中途我发了一个言。从我嘴里说出去的,当然不是什么中听的话,但我说的绝对是事实。事实就是,我们的某些领导太他妈自私了,上面有好处的时候,从来没想到我们这些老百姓,要检查验收学科了,他们又死皮赖脸地来求我们拿成果去应付……我说科研还是领导自己搞吧,我们这些身处底层的群众也不想沾领导的光。晚上会餐。我问王院长可否资助我一万元。王说可以。

我没有喝很多酒。匆匆吃过就回家了。与你相约网上,继续过着我们彼此牵挂的生活。

星期五上午叫周博士开车送我进城里买酒。中午请鲁老师吃饭。下午回家小睡。又过一天。星期六上午忙编书稿。下午请客。大醉。喝了四瓶酒。贵州习酒。很久没那么醉了。几乎人事不知。晚上还是去跟她睡的。星期天又睡了一整天。到晚上才感觉人开始苏醒。我和你又在网上见面。你说想我。我知道。但我却无能为力啊。昨天和她和衣而眠时,我谈到了我想过一种三人一起的生活,她几乎不容商量地一口回绝了。她说,你要跟别人过,那我们就先离了。我立即没有了言语。我不是不可以离开她。但是,她没有犯什么错,我怎么可以离开她呢?

我现在陷入两难处境了——你要我对爱情专一,我当然可以对爱情专一啊,但怎么能专一呢?离开她,就意味着背叛,不离开她,又陷入不忠。我还有别的路可走吗?

你说你跟宋老师说起我,他好奇地问起我的情况,我觉得这件事你没有做好。其实,跟谁相爱,跟谁过日子,这样的事情是任何人都帮不了你的,跟人家说什么都没有用。

但倾诉有时候也还是必要的吧,尤其对于单身女人来说。

31

下雨了，而且是夹雪雨。下了一整夜。滴滴答答。给这寒冷的夜晚又平添了许多的落寞。还起了风。一直吹着那树叶。那门前的樟树。我刚来这城市时，它才是一株小小树苗，如今已经长成亭亭玉立的大树了。枝繁叶茂。在风中沙沙作响。

气温骤降。从白天的20℃一下子下降到了4℃、5℃。

其实这几天天气都很不错。我还暗自庆幸，说今年在这里过的是暖冬。

但这几日真不知道是怎么过来的。日子糊糊涂涂，人也晃晃悠悠，很恍惚。

星期一下午我又去踢了一场球。跟学生一起。状态很差。心里感觉特别窝囊。晚上在网上等你，但你又去机场接什么张处长去了，很晚才来，一回来就连续给我几个短信，恰好她又在房间里找电话本，死也找不到，我心好烦。

后来她终于走了。我到网上见你，你又怪我不高兴——我有什么理由高兴呢？须知这种双重生活，并不是我所需要的啊，所以我曾经要求你我早点儿结束这种尴尬的生活，但你死活不愿意，当然我也不坚决。我知道，我对于你意味着什么——你太可怜了，长这么大，都四十多岁的人了，却还没有被一个男人真正爱过。我曾经骂过你，说你跟他们过的不过是性奴的生活，你没有直接反驳我，但我知道你心里其实并不一定认同，因为你至今还以为那就是爱情。

星期二我们评优。我作为系主任，亲自主持评选。一个系就一个名额。去年给了刘老师。今年，哈，大家都想要，因为要评职称嘛，除了我不要评职称，大家都要评，但大家的成果都不硬，所以都寄希望于这些方面的弥补。名额有限，我提议给张老师。大家当然没意见——不是真没有，而是没法有——这就是典型的中国式的民主，一家之言，却代表了大多数。邹副主任提议投票表决。我说才这么几个人，就直接提名算了吧。大家无话。我知道邹副主任其实很想评他自己。但他去年不是已经评上了一个教学优良了吗？再要优秀，就未免贪心了，而且，就那一个优良而言，也未必名副其实。我虽独裁，但却还算公正，至少，我没有想到为自己谋什么利益，也没有为自己喜欢的人谋什么利益。

晚上聚餐。又喝酒。宴请给我们系上课的外系老师。除了女教师，男教师都喝了不少。我满脸通红。回家上网。你在等。你说我脸好红。我说是吗？我一看，果然是。我其实喝酒很少红脸。红脸，说明身体状况不好，有问题。

因为要彻底诊断我的腿疾究竟是什么引起的，从上个礼拜起我就一直给医院打电话，问他们核磁共振机修好没有？他们说礼拜一已经修好了，你可以过来检查了。我不知道要排队，就没有在电话里预先排队。结果前天去医院，他们说，要排队，而且，说已经排到次日晚上了。我没想到这玩意的生意居然那么好。我跟值班的女护士开玩笑说，我们合伙买一台核磁共振仪器吧，既然它有那么好的生意。护士小姐笑了，说，我哪里有钱买得起这个啊，我恐怕连一个零件都买不了。我说我贷款给你啊。她笑得更欢了。于是，她同意给我插队。插到次日上午九点四十。于是我又蹭到书店去逛了一圈，再次买一大堆书回家。

昨天我总算去做了核磁共振。结论是：腰椎间盘突出。因此而压迫神经，导致大腿疼痛。六百五十元就得来那么一个结论。其实，用中医的望闻问切，不花一分钱就可以得出这结论。西医，在许多时候，纯粹就是为某些职业群体敛财的工具。

"会瘫痪吗？"我问医生。

"有可能。"医生说。

晚上在家吃饭。你说你家里来了客人。中学同学。中午你们在一起吃饭。晚上又到你家里吃饭。他们走后,你说老朋友老方又来跟你聊天。如此热闹的生活,我肯定不会喜欢,说不定我最终会在这个事情上跟你彻底分手。

32

明天就放假了,今日下午学院开年终总结会,然后晚上会餐。

我和她昨天做了爱。中午,她给我端来热水,叫我洗。我洗了。然后跟她那个。她很满足。我也一样。但我已经有比较了——如果就单纯的性爱来说,她当然没你好。不知为什么,她里面是空的,松弛的,而你里面给我的感觉是实的,有肉,有弹性,有挤压感。

但她身体娇小可人,也一样有令人着迷的地方——如果我抛开情感,而仅就单纯的性爱来说的话。

今晨她又来了。当然不是来做爱,而是来亲热。她需要这种亲热。我也需要。可惜她给我太少。她这个人,比较自私,比较自我,孤芳自赏,自诩高洁,这是她明显的缺点。我可以和她谈论艺术——虽然她对艺术的理解也还是肤浅的、幼稚的,但与你相比,就天上地下了。你粗俗、浅薄、无知,但却也通透明朗,单纯可爱。

昨晚我叫你看电影《通天塔》。我觉得那是近年来不多见的好电影之一。可你说没能看完。仅从这一点来看,你以后和我在一起也是有很大问题的。当然,你可以用别的优点去弥补你的不足。

昨天开始动笔写作新的长篇旅行笔记了。开头并不顺利。一直写了好几个开头,都不满意。我想写得空灵些,然而总是不能够,一下笔,就总是落实到实处。不好。我今早重新写。也还是不满意。

也许，我并不适合写这些作品吧？

我还是感到孤独，有一种老无所依的感觉。表面上看，我有你们两个陪伴。但实际上你们谁都不关心我的死活，我甚至没有得到最基本的关怀。前天我冒雨从医院回到家。我把做核磁共振和医生的诊断结论拿给她看。她只是轻描淡写地问了一句，"骨质增生？你原来不是也得过这病吗？"之后就不闻不问了。很冷淡。医生要求我住院。我不同意。我说没时间。于是他只好给我开药。又是一大堆，而且是自费的。二百五十多元。我医疗卡上的钱都被她用光了，不知道她用来干什么。

药吃到今天，感觉病情还是有所缓解。还是有作用。

我说过，药要对症，否则没用。现在总算对症了。只是花钱多了些，折腾的时间也长了些。令人丧气。

33

突然又变卦了。一切都始料未及。

昨天和今天都是大晴天。我也都去踢球了。学校放了假，学生都走光了。校园里空空荡荡的，很安静。操场上空无一人。我一个人满场跑。

晚上一如既往地跟你聊天。你问我什么时候买机票？我说明天再看。我主要是觉得机票太贵，舍不得买。而且，行期也没一个准，难以确定，所以就一直在观望，在等待。幸好我没订，否则还真麻烦了。

麻烦是在晚饭间突然冒出来的。吃饭时，我的QQ响了。她问我在跟谁聊天？我说没跟谁聊，是家乡的一个QQ群。她没再说话，但看得出，她有些警觉了。

其实，这两天，她老过来找我，倒不是来做爱，就是想来说说话，想表达一下情感。说实话，我很矛盾。我没有理由离开她。我不能因为爱你而跟她分开。这样就太自私了。但我的确很爱你。一想到你我在一起时的那种美好，我就情不自禁，丧失理智。

我还是按照原来的计划准备月底去看你。但就在刚才，就在我刚吃过饭之后，在你帮我把机票订好的那一时刻，她和女儿有过一次谈话，然后，她过来把她们的想法告诉我，说女儿在11日到22日之间有空，她们想去广州玩。我和她早上才在床上谈过女儿的事情。我们都觉得没有把女儿教育好，我们有责任。我们都太自私了。都太专注于自己的事业，完全不考虑女儿的感受。我们几乎没有时间跟她沟通。所以，我一直想找个时间跟女儿出去走走，看看，跟她好好沟通一下——我知道我们之间的沟通其实很难，但我不想放弃。

结果，她们给了我这样一个决定——当然不是最后的决定，但我有什么理由拒绝呢？

我把情况告诉你，你立即就蒙了，说计划全被打乱了，说不想再多说一句话。我理解你。所以我立即从QQ上下来了。你刚才还抱怨说，今天太累了，单位里事情复杂而凌乱。年底了，都是事，而且都是揪心事情。理解。现在，你更烦了。

我也一时不知道还能再说什么。哑在网上了。

我不累吗？

累！

还爱下去吗？

不知道。

我心里其实早想结束了。但分手的话就是难以启齿。

我估计，你可能也一样。

34

天气又变了。一改昨日的明媚和暖和,变得灰暗,阴冷。

一如这天气,生活中某些习以为常的细节也一下子改变了,不复存在了。比如,你QQ上的图标不再像往常那样跳跃。

我明白你内心的绝望。你说过,你最怕过节,因为这个时候,亲人都不在你身边。

我一直都想弥补你在这方面的缺憾。本来,这事情对我来说轻而易举,顺理成章。事实上,这么多年来,我都是一个人在山里行走的,也都是在乡村里过的年。但昨天不知道为什么,情况竟然急转直下。

我好像跟你说过,我和她对这孩子的教育是很失败的。她对于孩子的教育没有方法,也不用心,导致孩子从过去的活泼可爱变成了今日的沉默寡言。现在孩子都不愿意跟我们说话,每次想表达思想都只能通过身体和行为来完成。上次就是因为突然莫名其妙地发脾气,大摔东西,被我狠揍了一顿,结果,她至今仍然不愿意跟我说话,每次问她,她最多只用一个鼻音来回答,为此,我很苦恼。

昨天孩子突然提出要去广州过年,我毫不犹豫就答应了她。因为我看到这是她给我发出的一个积极的信号。我要争取跟她和解。尽管我知道去广州过年也未必真的能使我们达成和解。但我不想放弃努力。我已经失去一个孩子了,不想再失去第二个孩子。

不知道为什么,我这一生做什么事情都很不顺心。事情往往就是这样的,当我对生活刚刚建立一点希望和信心的时候,它就总会有意想不到的节外生枝来打击和破坏,使我美梦不能成真。这一次似乎也一样。我是如此地期待着我们的这个假期,我甚至都在为这个假期里的每一天和每一个细节进行设计了,但是,我没想到变化会来得这么快，这么突然。

爱上我你注定还要经受很多意想不到的痛苦啊央金。我不知道该怎样去安慰你，正像你昨天说的那样，面对这突然的变化，实在不知道该说什么了。今天早晨，我试图去说服她，希望她能劝说孩子，改变计划，她说不去广州也可以啊，那就去三江过年吧，但这对我们来说还不是一样的吗。我于是不再吭气，也不再指望。

很抱歉啊央金。现在，除了对你抱有深深的歉意，我的确无言以对了。太惭愧了，没能带给你最起码的幸福。

35

早上醒来很晚。不是晚，是一夜难眠。我心情烦躁，为你，也为孩子。

昨晚本来我到外面吃饭，同事请客，喝了点酒。回家来看到她正在跟孩子沟通。我进家时看到她们谈得好好的，孩子突然生气猛地离开，然后重重关上房门。我问她怎么回事，她说不去广州了。我说，她为这事生气了？她说不是。我问那为什么？她说不知道。然后她若无其事地转身去做自己的事情——看电影，不再理会我。

她们不去了。那我得重新规划我的行程。但我还是想跟孩子沟通一下，如果她实在很想去，我当然就得陪她去。但是，孩子把门反锁了。任凭我怎么叫她，都不应。

我的心真烦透了。

这都他妈的什么事啊？！我到底欠了谁的啊？！

我把消息告诉你，在网上，在QQ上。

但没见你反应。

我又给你短信。也一样没有回应。

我只好直接给你电话。但你正在和谁说话吧，没有答复我。

我把电话关了。看电视。

看丁俊晖在英国打斯诺克。输掉了。居然。

看来一事不顺，便事事不顺。连我期待的一场胜利都变成了泡影。

晚上很晚了，我没睡着，再起身去网上看你。哈，你来过了。但又走了。

我几乎崩溃。

我不知道为什么要把自己的生活搞得如此糟糕。想想，在没有遇到你之前，我是何等的自由自在啊！

即便为孩子的事情烦心，也毕竟是家里的事，到底单纯，哪像现在这么凌乱啊！

有时候，我真后悔自己交友太不慎重，太沉迷于快乐了。但是，我又不得不说，我的不慎重，又与她长期对我的冷漠直接相关，如果不是她一贯的冷酷，一贯的吹毛求疵，一贯的自私自负，我又何尝会铤而走险，走到今天这一步？！

早上她过来跟我亲热。我说我还要睡。她就待在我身边，听我的鼾声。后来，她起身去买菜。我又继续做梦。我还真的做了个春梦。跟一个女人有那种想法。但没有成功。因为不知道为什么，那女人最后竟突然变成了我女儿。

上午起床后你终于跟我联系上了。而且，你把机票也帮我买好了。网上订购。大后天。

我没感到特别的兴奋。你应该也一样。都疲倦了。但还在往前走。也只有你才有那么大的耐心，换了别人，早结束了。

昨天的酒一时没能消退，令我颇为难受。就躺在床上看。体育直播。李娜和郑洁的澳网半决赛，结果双双失利。使我心情更加黯淡。

晚上吃饭时，我告诉她，我后天回家，去继续搜集我的写作素材。她问，你不是说搞得差不多了吗？我说，春节期间，外出打工的人都回来了，我要回去采访他们。

她不悦。已经意识到了什么。只是还没抓到证据而已。

我太不想过这种生活了。要撒谎。而且还要经常地撒谎。何时才是尽头啊！

我不会撒谎。不习惯。一撒谎脸就红。现在倒不红了。但表情极不自然。很容易让人看出破绽。

你或许已经习惯了这种生活，但对我来说，这实在是煎熬啊！我每次听你当着我的面跟他打电话，说的全是谎话，但你说得是那么自然，那么理直气壮，简直让人难以置信。

36

起晏了。差不多过了九点才起床。起来看QQ，你已离开。

我其实老早就醒过来了。先是躺在床上看书。后来又躺着假寐。大约七点刚过她过来了。陪我假寐。相拥而眠。其实都是醒着的，但无话。最后我说了我昨晚做的梦，很古怪的梦，有关女儿。她笑了。

如果生活就这样持续下去，该多美好啊！但遗憾这样的日子却并不多。

过了八点她去做早餐。我继续假寐。然后也起床了。打开电脑，想写些文字，却很没心情。不知为什么，我一直都这样，想得多，做得少，时间常常也就那么蹉跎过去了。

昨天上午写了一些，但还是很少。下午停电，就借口上街了。

我倒也的确有事。一是去买皮箱。我上次那皮箱因装书太多，被拉坏了。二是去看书店。我几天不去书店，心里就堵得慌。我是买书成癖的人，几天不买书就难受。其实，我买的书大多数无用，只翻翻就扔掉了，但就是控制不住这瘾。

果然我又买了几本书。之后去看电脑显示屏。我们家有三台电脑，有一台是台式的，显示屏老旧了，不是液晶的，我想换一个液晶的。但价格一千一百元。还是贵。权衡一下，没买。

箱子买到了。

不料遇到两位同事，都是博士，其中一位刚评上了教授，说要请我吃饭，我只好恭敬不如从命，就跟着去了。他们又邀约来七八个文友，都是所谓名流了，但我对他们的谈话并无兴趣，在他们谈话的时候，我居然头一仰就睡着了。

还是我先提出撤退的，他们才恋恋不舍地道别，分手了。

回到家，我打开博客，看到有一些人给我留言，多是夸奖之词，我不理会，跟你聊了几句。你还是那么迷恋影像，要视频，我没心情，谎称摄像头被没收了，你问谁没收的？我说是女儿拿走了——哈，其实都是信口雌黄，我就是不想跟你瞎聊而已，但我没想到我现在撒谎居然也这么自然了。

我不知道你是否真的爱我，但我对你的情感似乎很复杂，爱与不爱，是很难说清楚的。

37

昨晚她在这里。先跟我看电视，后做爱。所以我提前给你留言，说我在倒腾照片，不上QQ了。倒腾照片那也是事实。但主要原因还是她在，不方便。

她第一次在我这里过夜。许多年了，我们没有这样的生活。

我们先是说了很久的话。然后睡着了。天亮时，她告诉我，她做梦了，是噩梦，说我跟别的女人走了，她生气，要杀死我，却又找不到方法……我曾跟你说过，她天生就是一个女巫，有预知能力。她要我安慰她。我不知道该怎么安慰。事实上，我很痛苦。我爱她。但是，我也爱你。如果我们能在一起，相安无事，那太好不过，可惜啊，人不会这样想，因为反过来也一样，我也接受不了同时爱着两个男人的你。这就是人啊！

九点起床。她去做早餐。我上网。你在。说想我了。哎。

不跟你聊了。马上要见面了都。

分裂。太分裂。早知今日，真悔不该当初啊。

38

一觉醒来，已经在另一个世界里了。我内心的挣扎你是体会不到的。

温柔，依恋，甜蜜，但依然无法取代另一个怀抱，我能感受和体会她的那种绝望和悲苦，那种煎熬和折磨。其实你也一样。三个人的世界——不——四个人的世界，对谁都是一种羞辱。

赢了。我对自己说。

什么赢了？

赌赢了。

赌什么了？

赌命。

赌命？

嗯。

赌什么命？

赌自己的命。坐飞机，就是赌命。

哦。那赌的人多了。

是啊，都在赌，其实，飞机一上天，都害怕。

是啊是啊。但其实我们无论做什么事情，都是在赌博，也都是在赌命。

那不一样，坐火车或坐汽车，虽然也有危险，但多少还有存活的希望，而坐飞机……

但你只能坐飞机，坐别的，都不方便，不是吗？

嗯，的确，唉，都是为这该死的爱情啊。

没有做爱。你洪水泛滥了。我口头说运气不好，其实我是多么庆幸啊。这种东西，没有不行，多了也不行，都是要命的事。

我有罪，有了家，还那么不满足，终于引火烧身，害了大家。

但也怪她。平时性情孤傲，太冷漠，太不懂得关心人，体贴人，长久以来，让我寂寞难耐，孤苦伶仃。就像人们常说的，虽然结了婚，却是未婚待遇。好几回，我甚至去到发廊门口了，在那儿徘徊……那种日子，那种生活，太不堪，终于酿成了今天的结果。

我爱你，央金，只可惜我已经不是一个人了。太遗憾了。

39

又做梦了。已经记不清最初的情形，只记得中途我不知道为什么跟一个女人打了起来。但她并不责备我，而是靠着我的身体，对我轻言细语道："你怎么这样啊？"我立即跟她道了歉，说自己是醉酒了。她说没关系。

但我的确醉得很厉害。头晕脑涨，天旋地转。我的身体不自觉地向后倒去。我倒了。我听到很多人在说:"他倒了。"但我感觉脑子还是清醒的。我还能听清每一个人的说话。

一个小孩来到我身边,深情地呼唤我:"爸爸,爸爸……走吧,回家,妈妈叫你回家……"我听到了她的呼唤。我想起身跟她回家,但是感觉头很沉,也很晕。

那小孩到底还是把我扶起来了,我跟着她回家。

中间似乎走过了很长一段路程,但我记不得具体的细节了。能记得的是小孩在前面引路时,我突然遇到几个稀奇古怪的人,他们袖子里都藏着刀,他们走到我面前时,都要把袖子里的刀子向我甩过来,几乎刺着我的脸,我躲开,他们却笑着说,你别害怕,这是湘西人打招呼的礼节……

我知道这是一个噩梦,而且是我昨晚做的一个噩梦。但醒来后我感觉这个梦跟我现在所处的现实密切相关。孩子,女人,妈妈,回家……我走在了一条不归路上。

昨天你去上班,我去书店。买了几本书回来,我心里踏实多了。

打的回家。我上网。写作。心里却无时无刻不在惦念着她。我去她博客看了一眼,果然,她更新了文章,还是表达内心的悲苦——她是明白人,又敏感,她不可能什么都不知道,只是苦于没有确凿的证据而已。

我知道迟早有一天,你我她都要面对这个现实。

真到那一天,我真不知道该如何取舍。

昨晚是早早就睡下了,既没有做爱,也没有谈爱,你是倒床即睡,我看了一会儿书,也睡了。我说生活很堕落。你笑了,说这怎么说?我说不工作只睡觉就是堕落。

早上老早就醒来了,但不起床,一直赖在床上说话,说到上午十一点钟,才起来去街上吃早餐。老地方。牛肉粉。我是加粉。你加肉。也是老习惯了。回家又感觉困了。我去睡觉,你也跟来了。又缠绵好半天,你才离去。

你走后我迷糊了一会儿,不幸被电话吵醒了。

打开电脑,想查看我早上下载的文件。但打不开。我用杀毒软件查了一下,有三个病毒。但杀不死。我只好重新下载杀毒软件。

我眼下的生活就跟这电脑一样,它在给我带来方便的同时,也给我带来了无限的烦恼。

何去何从,只能听天由命。

40

"我走了。我无法工作,所以还是走了。《生死禅书》你不喜欢,我拿到路上看。"这是我留给你的话,也许是最后的话。

我希望是最后的折腾吧。反反复复,对大家都不是好事,都是折磨,不是吗?

我搬家到仁达宾馆。打算明天离开。

我没想到事情会是这样的结果。昨晚你回家时,一切都还是好好的,一起吃的饭,一起看电视。但饭后我说要提前一天离开你去跟邦哥他们会合时,你突然就沉默了,然后是怎么也没有言语。我知道,你是觉得自己还不如一个朋友重要,所以生气了。你关灯睡觉。我睡不着,提出到书房去看书。你也起身离去。说是要去外面散步。继而又说,不回来了。

你愣住了。无可奈何。

我只能以沉默来回答你的话。

你带上门,出去了。

我继续愣着。在电脑房里。

我还能怎样？要跪下来求你吗？

还好，你又回来了，说要跟我谈谈。那脸，黑得像煤炭。长过马脸。自从认识你以来，我还没有看到你有那么难看的脸色——就在这一瞬间，我决定离开你。

说是要谈谈，其实你什么话也不说。倒是我问了你，就提前一天，有什么不可以？有什么问题？如果你去不了，我就先走，你来追我，好吗？

你始终一言不发。

我也泄了气。我们都沉默了。之后我上网瞎看。你去客厅睡觉。就僵着了。最后还是我去把你拉到床上，然后各自脱衣睡去，算是结束了这一夜的危机。

到早上，你破例醒来很早。问我时间。我不知道，去客厅拿手机一看，是五点。

我全无睡意了，想起来看书，你却说要聊天。我知道，你想抒发你心中的块垒。果然，你开口说话："我的爱人观念是，爱人高于一切。"我说："我和你刚好相反，我觉得爱人是随时都可以在一起的，而朋友的事无小事。再说了，我和邦哥他们出去旅行的事情又不是现在才告诉你的，我是老早就跟你说了的，我出来是有工作任务的，哪能一天到晚陪着你玩呢……"

你开始冷笑。

说实话，我很讨厌你两种笑容，一是肆无忌惮地狂笑，目中无人，高高在上；二是这种冷笑，一下子就拒人于千里之外。

我知道，就凭这两点，我们的分手已经不可避免——至少，我从内心里已经厌恶你了，我相信，你其实也一样。

我说过了，我们纯粹是出于偶然才走在一起的。从你来说，你是因为太需要一个男人才黏上我；我呢，自然也是出于对女人身体的渴望才走近你。是身体的欲望使我们相互吸引，而不是爱情使我们陷入疯狂。

大约七点，我又睡着了。而你醒来，自己洗漱，准备上班。你给我留言："亲爱的，看你睡得很香，不打扰你。我去上班了，中午回来，厨房里有面。"表面上，依然看不出你内心的绝望，但其实已经是最后的交代了。

你走后不久我就起来收拾行李搬家。我不想在你家继续待下去了。如果人的心思已经不在这里，那就是煎熬。

但我内心非常不忍——我知道，当你看到我的留言，你会非常伤心的……

我走出你家，走到大街上，打的，来到市北村，一路上，我没有一句话。

差不多到中午，你来电话了。一开口，就是一句："你太过分了！"

我说我不觉得过分。就把电话挂了。

但你很快又打过来。要我立即回去。

"我不回去。"我说。我希望上帝救我。我不想回去了，而且，希望是永远不回去了。

我知道你很难过，知道，但我帮不上忙，我曾经给你设计过的最好的途径，就是躲在两个人的背后活着，你当时满口承应，但现在却是得寸进尺，步步为营了。

我还记得你当时说过，你并不需要一般意义上的家庭，为此，你还多次为他的家庭隐瞒着你们的私情。

但现在，到了这个山头，你却要唱这个山头的歌了。

你痛苦，但你要知道，还有人比你更痛苦。

唉，都是我造的罪孽啊！

睡了一下午，晚上自己一个人去街上吃饭。蛋炒饭。白菜豆腐加肉丸子汤。一共十五元。哈，美死人。不过，心事沉重，还是吃不香。

我不知道你现在怎么样了，也许在哭，也许在到处找人诉苦？我不知道。手机一直关着。我还以为你会有短信进来。打开一看，什么也没有。

真的希望你死心。但又担心你死不了心，却去做蠢事。女人，一切皆有可能。

41

昨日上午九时我乘坐大巴来到卡岭。一路都在担心你。路上看到几起车祸，触目惊心，也担心自己。

中午十二时三十分到达卡岭。就近到一朋友开的照相馆里等候别人的车子送我回老家。一等就是好几个小时。天很冷，我都快感冒了。赶紧换了羽绒服。

幸好照相馆里可以上网，我在那里才不至于很寂寞，同时我也看到了你在博客上的文章。从文章上看，你终于打算放弃了，这对我来说，就是福音。但我知道，你不会那么轻易罢手的。不是说你有多爱我，而是你的性格使然。我不知道过几天你又会有怎样的举动。

下午四点钟朋友才把车开到照相馆来接我，然后一路狂奔到清江县城。因为等车就耗时半天，时间实在太可惜了，这就是没车的苦处。跟你这半年，最大的福利就是有自己的车，太方便了。当然跟你在一起的好处远不止于此，我知道，如果不是邦哥的介入，我们的生活就还会继续，我也还会继续享受到你给我带来的福利。

天空弥漫着大雾，能见度极低。到清江县城时天空几乎完全黑下来了。我们被清江的朋友带到一家鸭肉馆去吃饭，喝酒。喝了两瓶茅台。还好，不算太醉，但也相当麻乌了。饭后又去唱歌，又喝啤酒。回来时就感觉很有酒意了。

耗了一夜，暂时忘却了眼前的一些烦恼。但今晨一醒来，又还是想你。我几乎控制不住自己，想要给你打电话。但我还是强迫自己把电话关机了。

跟我来的朋友，是卡岭地区文化局的一位朋友，他陪我下来，同时也带来跟了他多年的一个相好。很多人都羡慕他们这种关系——那么多年了，大家彼此牵挂，彼此相爱，但却各有自己的家庭。很有意思的是，他们的相爱几乎是向整个世界公开的。他们的家人及整个地区文化界的朋友，也都知晓他们之间的情人关系。但很奇怪大家却都能宽容他们经常在一起的行为。

我曾经设想过我和你如果也能保持像他们这样的关系，那就再好不过了！可惜你不是这么想的。她也不会同意。你开始是答应我好好的，说以不破坏我的家庭为前提。但实际上，随着接触的增多，你就开始进一步索取了。你还是要得太多了。当然作为一个女人，你有权利索取更多，但问题是，你从一开始就错了——你没有位置了你知道吗？所以后来，你无论如何努力，都很难摆正自己的位置。你没能像我朋友的情人那样，摆正自己的位置。相爱并不一定要建立家庭——如果是真相爱的话——同时还要承受起更多的委屈。你做不到。我也做不到。所以我们才有今日的结局。不是吗？

县林业局的朋友送给我二十棵白果树，同时还委派一辆皮卡车送我回家。我们走的还是老路。因为在这条路上我们走过好几回了，所以一路都有你的影子，使我伤感不已。

下午一点钟到达老家盘江。

妈妈、三弟和三弟媳都在家。但村里有一户人家结婚。家人都去吃饭。因为有司机小张同来，我不便去吃。弟媳很快吃完回来给我做饭。我大舅也来送礼，顺便到我家小坐。我和司机小张随便弄了点吃的，大舅陪我喝了半碗米酒。司机吃完饭就往回走了。饭后，我、侄女和妈妈去老家栽种银杏树苗。二十棵，分了四棵给大舅，两棵给堂弟老松。我和侄女栽了半天之后回家。我洗过鞋子后到房间里收拾东西。突然悲从心来，眼泪在不知不觉间挂满了面颊。

屋子里到处弥漫着你的气息啊央金。也到处飘忽着你的影子。我想，如果不是因为我们去讨论邦哥和你孰轻孰重的关系，那么，再过几天，我们就将在这里度过我们的第一个年夜……但是，一切都不复存在了，一切的情爱都已经成了过眼烟云……

你还在哭吗，还是已经开始恨了？我不知道，我只知道一切都是悲剧，一切都是命运。

村里结婚讨婆娘的人叫成海，是大萝卜的儿子。与我还是姨妈亲。所以晚上他来喊我去吃饭。恰好我的小学同学老铭也从县城赶来送礼，听说我在家，特意来邀请我一道去吃饭。我只好同去。刚下楼，大萝卜也专程上门来喊我，于是我们在天未黑尽之前来到这户充满了喜庆的人家。因为资格有些老，我受到格外尊重，被安排在堂屋中央吃饭——那是最尊贵的客人才能入座的席位。

成海的奶奶显得很高兴。她指着墙上我给他们两个老人拍摄的照片，说，都挂上去了——在那一刻，我的眼睛又湿润了央金，因为那照片虽然是我拍摄的，但装框却是你去完成的。我知道，你深深地爱着我，不爱我，你不会为我做那么多。

你有尊严央金，我也一样，所以，直到今天，我们都还没有主动跟对方联系，但其实，我相信你也和我一样，是多么期望着对方的电话啊！

我知道此时我应该给你去电话，或者短信，但我还是忍住了，我知道只要联系一开始，我们彼此之间的纠缠又会没完没了，永无终结。

我开始了新的生活计划央金，我决心放弃你，并忘记你，虽然我知道这太难。我内心感到非常的惭愧。如果有来世，我希望能跟你做一回名正言顺的夫妻。

42

心事重重。到底还是没能逃过你的魔咒。你的影子无处不在。

昨晚看了一夜的书，但几乎什么都没看进去。字是读完了，意义全不明白，都白看了。

夜里也做了许多的梦，都是和你在一起的。一旦有了生活，想忘记就太难了。更何况，你在各方面都是如此优秀！

早晨迷迷糊糊睡去，到九点多钟才起来，热水洗脸，然后泡一杯咖啡，像以往和你在一起的时候一样……央金，你可知此刻我是多么孤苦无助啊！

听到门口有许多人在说话，我起身下楼去看个究竟，原来是成海的客人要走，在门口等车。弟媳问我洗脸了没有？我说洗了。母亲说，去对门找茶吃。我说好。于是一家人跟着别的人家来到对门大萝卜家，吃甜酒和茶。

我们地方说的茶，跟城里人说的茶是两个完全不同的概念。我们的茶其实是一种早点，主要原料是米豆腐和接骨茶，还有肉汤。你没有吃过这种茶，央金，如果你能来，你会很喜欢的。不过也不一定，因为在饮食上，我们有许多不同的理念和喜好。

吃完茶我就溜出来给几个小孩拍照。新郎新娘也追出门来要我帮忙拍照。新郎很礼貌,一直叫我"公"。我们地方说的"公",就是你们说的"爷爷"。我叫他爷爷奶奶为大哥大嫂,他当然该叫我"公"。看得出,他很爱自己的妻子,整个婚礼期间,他和她几乎形影不离。他身材矮小,没有新娘个头高,当他和新娘站在一起时,总会引来众人的哄笑。

给他们照过相我就独自离开了。我漫步在故乡的田野里,一直走到下面那个寨子去了。那寨子对面有一大片正在扬花的油菜田,映衬着灰暗的大地和阴沉的天空,看上去格外鲜艳明亮。我利用其作前景拍摄村寨,有一种难以形容的美丽——可惜你不在我身边啊央金,也遗憾我们不是真正的恋人。

在一处小河边,我看见一株梅花,我试图寻找一个理想的角度拍摄,但并不能够。而此时我却意外发现脚底下有两块美丽的石头,使我心头顿时一热,我看了看,皮很好,但有一半是被土掩盖的,我不知道挖掘出来会是什么样子,如果很美,我就把它送给你,希望能以此减轻我对你的愧疚感。

弟媳打电话通知我去吃中饭。我立即赶回大萝卜家,跟几个在厨房的伙夫一起吃最后一桌。大萝卜专门过来陪我吃饭,他说,"你几次来屋,都没撞着我,你帮我爹我妈做的相片太好了,太好了……"

饭后我带着弟弟和两个侄儿去搬运那两块石头——很遗憾央金,挖掘出来之后,石头完全没有我想象的那么完好,皮是很不错,但造型太一般,没什么特别之处,把这石头献给你,显然太没有诚意了。

我很失望央金,我连想弥补一下的愿望都不能实现。不过,我知道,其实,对你最好的弥补,就是娶你回家,然后天天厮守着你,拥抱着你,与你彻夜狂欢——就像我们家乡那个古老的传说那样,两个相爱的人，因为一个在阴间一个在阳世，两个人通过一种巫术相会，跟阴间的人彻夜唱歌，阳间的人最后舍不得回来了，身体一直唱歌和跳跃，最后烂成骨头了还在唱歌和跳跃……

晚上成海又来喊我去吃饭。我去了。还有不少屋三头没有散去。共有四桌。

我和妈妈及三个嫂子共一桌。村主任哥十也在我们这桌。他问："你的那个司机不来啦？"因为之前你跟我来到盘江的时候村人问我你是谁，我说你是我的司机，于是他们就一直这样称呼你了。

我无言以对央金。我想哭。

43

昨晚我是十点钟睡下的，一觉醒来，以为天快亮了，打开手机一看，居然只有十二点半。却再无睡意。于是起来看书。还是看不进去——央金，我知道今生今世恐怕再无安宁之日了，离开你才知道原来我们已经有了那么多的生活和记忆，今生今世，我不可能把你忘记——我索性爬起来给你写信，尽管这信可能永远也到不了你的手里。

不，不是写信，而是回忆。回想我们相识相见以来的种种日子，情景历历在目，往事并不如烟。

我是在去年夏天的黄州鬼方文化艺术节上认识你。当时我刚好把她和孩子送走。因为正逢暑假，之前她们本来是要跟我来到那黄州县城里过节的，但由于孩子还要回学校去参加补习，她们只好提前回去了。我留了下来。这样才有机缘结识你。

说起来，这机缘也真是不容易。因为我本来不是安排在你们这一组的，我属于学者专家组，你属于企业家组。但因为我认识你们这一组中的一位来宾,是老朋友,中午临时被她喊去一起吃饭,就私自加入了你们这一组,结果,我没想到,在饭桌上,我们相遇了。

一番介绍之后,你很豪爽地说:"久闻大名,你长得很像你的儿子……"

我不认识你,但你的名字我仿佛似曾相识。"你是××报社的记者吧?"我问。

"不,我不是。"你说。你的脸上始终堆满笑容,使我感觉格外有亲和力。

席间我谈到我想要提前返回省城凉都,不知道有谁也将提前回去,我好搭乘顺风车。你说你将会提前回去,也有便车可搭乘。你递给我名片,告诉我上面有你的电话。

说实话,当时我并没有很在意你的职业和你的头衔,对你也没有进一步交往的愿望。但你提到我的儿子却使我产生了想找机会拜访你的念头。

而就是这么一个念头,最终导致了我们后来的结缘。

当天下午我并没有搭乘你的便车回省城凉都。但你走之前给我留下了电话,问我要不要走。你的这一礼貌性的问候,给我留下了良好的印象。

我比你晚一天回到省城凉都,安顿下来之后我突然记起了你,我当时的想法不过是找你聊聊有关我儿子的事情——如果你愿意的话——但我并没有把握,也没有很强烈的见面欲望。我只是想试试看。你说你有时间,也愿意见我,并且说要请我吃饭。我说吃饭就不必了。但找个地方喝喝茶总是可以的。你说反正要吃饭,就约我在某一饭庄见面。

央金,那时候我对你的情况一无所知,但冥冥之中确有一股力量在推着我们往前走。我答应了你。你很快就开车来到我下榻的宾馆楼下,把我接走了。我很好奇地问:"你不回家吃饭吗?"你说:"我是单身。"但你很快又修正说:"我有男朋友的。""哦。"我说。不久之后,我又通过你的自我介绍,才得知你确切的婚姻状况,其实你的所谓男友,并不是真正意义上的男友,而是有妇之夫。而且那时候我完全不知道,他其实刚走,刚刚离开凉都返回杭州。

那天晚上我们谈得很融洽。可以说彼此都给对方留下了好印象。虽然那晚后来又增加了好几位朋友,吃饭喝茶的单也由她们买了,但你把我送回宾馆之后,我们却不约而同地都失眠了。第二天我们相约前往清江——你是有约在先,要去公干,我是出于好奇,也有意与你同行。于是一拍即合。没想到当我们再次见面时,都看到了对方疲倦的容颜。

一路上我们海阔天空聊得天花乱坠,那时候,我很喜欢你那烂漫的笑容。但我对你仍无任何非分之想。

到清江已是下午一点钟光景,与人相约的时间还相差一小时,我们在路边一小店随便吃了点东西后回到你的汽车里休息。我们把座位倒下来,往后靠着睡觉。那是我第一次跟你那么近距离地接触啊央金。我们都很疲惫了,真想睡觉。但似乎都没睡着。我感觉还是迷糊了一下,精神状态略有恢复。

后来你一直在追问我,为什么我们第一次见面彼此都会失眠呢?

这个问题我至今也仍找不到答案。

当天下午我们与清江县委领导见面了。你谈了你的问题。我也谈了我的问题——我跟你去,主要的动机就是想借此跟李书记接触一下,谈我与他们合作的可能性,结果他们没有这种意向——你的问题很顺利就谈好了,我的问题仅仅保留希望。晚上,我跟你一起返回卡岭。也是合当有事,我的一个搞摄影的朋友当天晚上请我吃饭，席间谈到从江加鸠梯田美丽迷人——他们刚从那里回来——我就有了前去走访的欲望，没想到你也有此意，于是又一拍即合，决定一同前往。有时候我想，这就是命运的安排啊央金。

我们从丹寨走，经三都、榕江，到达从江。在榕江，我们住了一宿。一路上虽然都是分开住的，但我却不能说对你完全没幻想——如果你对我没有好感，你不可能带着我走那么远的路对不对？如果我们从一开始就忠诚于各自的家庭和爱人，我们也不会走得那么近对不对？更何况，人在最初的时候，都是因为不了解而相互爱慕的，所以才有那句"人生若只如初见"的诗……那一晚是我朋友请吃的饭，我喝得烂醉如泥，怎么回到宾馆的都记不清了。午夜醒来，我给你短信，问你住在哪里。你说你住在隔壁，也睡不着。我问你是几号房间，你没有答复我。到天亮时我去问服务员，她告诉我你的房号，我去敲门，你开了，我不敢对你怎样，只问候一声就离开了，但你身着睡衣的性感模样深深地打动了我。

次日清晨我和你前往从江，天气晴好，我们的心情也很舒畅。到从江后因为有朋友的接待，我们的所有旅程都十分顺利。先去的占里、秀王和岜沙，当天晚上我们夜宿从江。就在那天晚上，我拥抱了你——央金，对于当时的我来说，我有些情不自禁，也有些不那么自重了，旅途寂寞，作为一个长期被自己的女人冷遇的男人，我想我产生这样的非分之想在所难免。但我想不到，这一抱，竟引来了我们现在的思念和烦恼。

第二天我们一同前去加榜看梯田。一路阳光灿烂，秋色迷人，我们的心情也美好无比。

晚上我们直接赶回黎平，我借口为了节约开支，就只开了一个标间。你没反对。不过，这天晚上我醉了，我们一直分开睡觉，彼此互不干扰。直到天亮醒来，我才跳到你的床上去，拥抱了你。这一次，你不但不再拒绝，而且简直是疯狂地缠上了我。

说实话，那一次做爱我们并不尽兴，但已经感受到了彼此肉体的健康美丽。那是一种召唤，一种觉醒，一种生长——你我太长久的性压抑都得到了初步的释放。

当天我们从黎平返回卡岭，你已经十分迷恋我的身体了，一路不停地在抚摸我的手掌。在清江午餐时遭遇大雨，相互之间的照顾也更增进了我们的情感。下午入住卡岭速8宾馆，你我又一次做爱。这是我们的第二次做爱。由于我的顾虑，我还是不能让你尽兴。但你已经进一步体会到了爱情的甜蜜。晚上你返回凉都，我也回到了沙城。然后，漫长的思念之路就这样开始了。

44

有时候我真不明白我们为什么会争吵央金。人生苦短，相爱不易。有缘更是难得。我昨天去吃酒的人家是一对农民夫妇，他们都是年近八旬的人了。但彼此相爱，互相搀扶，举案齐眉，相敬如宾。因为两个人的耳朵都不好，平时说话都很大声，他们一说话，全村人都能听见，所以，他们的爱情没有秘密。但村里人都说，他们平时干什么事情都总是在一起的。去吃酒要同坐一条板凳。在家也一起出来晒太阳。他们是夫妻相爱的楷模和典范。

回想我们的交往经历我的眼泪总是止不住流淌啊央金。我知道我不该再去爱你，我有家庭，有儿女。我不想离开他们。但不知为什么，我们从第一次认识开始，就仿佛前世相识似的，彼此都没有陌生感。也许最初的时候，我并无明确的交往目的，但在后来与你的接触中，我一步步陷入了爱情的深渊，不能自拔。

回到我生活的城市我与你继续保持着联络。我们的交流方式是

QQ。几乎每天晚上，我们都会在QQ上见面。我有时候感觉这QQ也的确耗费了我不少的时间，所以每次从网上下来，都非常懊悔，觉得不该如此耗费生命。我有很多优点，其中之一就是非常珍惜时间。但每次身临其境，我都无法自拔。我迷上了这种交往方式央金。我以前是从不聊QQ的，更不懂得使用视频。但现在，只要一天见不到你，我心里就发慌。

第二次的身体接触是什么时候我已经记得不大清楚了央金。我能记起的大约是在距离我们初次越轨之后一个月内的某一日，我和邦哥他们去湘黔桂边境的侗寨采风，我被他们抛弃在一个叫平架的侗寨，我从那侗寨返回卡岭时被你带回了省城，那一夜，我们终于痛痛快快做了一次爱，巨大的声响惊扰了隔壁的客人，他只好以开大电视声音来抗议。说实话，在做爱这件事情上，在你之前，我从未遇到过如此疯狂的女人。你那种疯狂，几乎令我窒息。而床铺发出的巨大声音又让我感觉格外惭愧。我毕竟是一个知识分子，脸皮还没那么厚。第二天我们搬到一个新的宾馆中，展开了一种更加肆无忌惮的肉体狂欢。但这种疯狂并没有维持多久，很快就被新的烦恼终止了。起因是第二天上午我和你来到黔灵湖游览，我说我想起了很多年前我在这里曾跟一个女人在水中做爱，那情景如今依然历历在目。我之所以敢于这样开诚布公地向你透露我的过去，并不是想炫耀什么，而是因为你说过你并不计较我过去的生活，因此也希望我不要计较你过去的经历，我因此误以为你在对待性爱问题上比较大胆而开放，而不拘泥于保守和传统，什么话都可以直截了当地跟你说。结果，没想到你的反应那么大。你那著名的马脸立即拉下来了，阴云密布，山雨欲来，一整个上午，再没见你笑过。当天下午，你的一位朋友请我们吃饭——那朋友其实是你的朋友，甚至是跟你走得很近的男人——你没有去赴宴。饭后我告辞了你的朋友而直接打的去书店，后来，你开车到书店接我回宾馆，途中你再次为我的一句什么话生气。下车时我已经明显感觉到你已经对我十分反感和厌倦了。当天晚上我们没有住在一起。事实上那天晚上我也已经打算离开你了。我的计划是在第二天早上悄悄离去。但第二天你却又来接我去你的老家清镇，你后来说其实你当时只是出于礼貌才这样做的。但我不知道。如果我当时知道你仅仅是出于礼貌，我就不会跟你去清镇了。在清镇，见过你的姐姐和姐夫之后，我们就返回了。快到省城时，我接到一个朋友的电话，我们相约在达德茶馆见面，商谈一些事情。你把我送到那里你就回家去了。洽谈结束后我返回宾馆。晚上你开车过来接我去外面吃饭。然后你把我带到你的家中，说要跟我好好谈谈。那是我第一次来到你家吧。一走进家门，我就闻到了另一个男人的味道。我很不喜欢那种味道。所以我也显得很拘谨。你把我带到花园里，我立即就被蚊子袭击了。我当时觉得你是对我的歧视，以为你不愿让我的气味污染了你和他的爱情宝地。但你后来解释说不是。我相信了。也觉得那或许是巧合吧。但当时在你家我就觉得很受侮辱。我对你的爱情也因此大打折扣。

  不过，那天晚上我们还是谈得比较融洽。最终的结果是，我们都愿意继续交往。当天晚上我们又住在一起了，相处融洽，如鱼得水。晚上与你去河滨公园吃从江香猪，次日跟你去高坡，再去施洞和镇远，一路相亲相爱，如同家人。之后我也邀请你去我老家，见过母亲和弟弟。虽然他们感到很尴尬，但他们也并不为难我。而在老家的那几天，我们的爱情可以说已经进入了一个新的阶段。换句话说，事实上，我们已经私定终身了——尽管我没有答应给你婚姻，但我答应跟你相爱一生。

  你迷恋石头，而且还担任着全国品石协会的要职。与你交往后，受你影响，我也对石头产生了好感。说来也巧，就在这次回家期间，我们村子有人在淘金，河中石头被掀翻上来，其中就有一块石头十分美丽有形，质地优良，我努力把它搬回家，没想到中途却被抬石头的人把石头的有形部分摔坏了。我悔恨半天，一再自责："唉，真是无福消受啊！真是无福！"你也深深自责，说自己有眼无珠，看走眼了。因为之前我叫你去看过那石头，你说一般，并不动心。但我不死心，仔细看过后，才决定找人来抬上岸。但那两个人力气不够，中途把石头摔坏了。你一直后悔，说太可惜了，如果早点儿重视，多找几个人来抬，就不至于损坏，若不损坏，那真是价值连城。

损坏了的石头依然非常有形。你叫我给它取一个名字。我说，那就叫"高原舞者"吧。你说，好，很形象，也很诗意。

回到卡岭我们分手，你返回凉都，我回到沙城。在分手的那一刻，我们相约下次再见，彼此情真意切，有如初恋。

45

我不知道你现在过得怎么样央金，我想你，思念你。但是，许多事情都在变化。前天，邦哥来电话说，他们原来打算出来到秀王村过春节的四个人，现在只剩两个人了，因此他们会把她母女俩也带过来。而就在刚才，我又接到秀王村的人来电话，说他们举行集体婚礼的时间提前了，由原来的农历二十八日改为二十六日，也就是后天。看看，如果你跟我来，不知道又要发怎样大的脾气。你说爱人的利益高于一切。没错，事理本当如此。但是，这要看情况央金，许多时候，为了更好的将来，我们得学会妥协。而你，一味地强调自己的感受，事情就很难办了。我处在多种矛盾的焦点中，自然有更多难处，如果得不到你的理解，我们当然只有路头分手了。

我那天交出你家的钥匙离开你时，我在电话里对你的解释是在这里没法安心工作，其实，我现在在哪里都已经无法安心工作了。这几天我在老家，整天都在想着你，那本书稿更是再没有多写一个字。爱情冲昏了我的头脑，也几乎荒废了我的事业。

我和你的第三次见面大约是在一个月后的某一天吧。

你当时正在清江你的基地活动，我借口有事提前去跟你约会。你亲自驾车到边城来接我。毫无疑问，那是一段非常艰辛的旅程。但你没有太多的抱怨。接到我之后我们继续往回走。当天入住清江金穗宾馆。第二天我又带你回到我的老家盘江。我们再次深入老家河沟去捡拾石头。这次虽然没有发现像上次那样有形的石头，但也还是找到了一些很不错的石头，数量和质量都很不错。我打算就此在老家建立一个石头博物馆。

之后我和你再次取道镇远去了你清江的基地。在那里，我也很有收获。其中之一，就是发现了清水江的石头魅力——说实话，我是多么希望这基地是你一个人的独创，而不是有很多人的参与，尤其是他的参与。

在我与你的交往过程中，他一直都在远方遥控着你，每日里来电话问候，我身处其中，自然很不是滋味儿。但也不便对你提出更多要求。毕竟，我是后来者。我无法不接受这份可耻的遗产。

接下来，我和你一起去谷拢过苗族芦笙节。那是你们民族的节日啊央金。节日期间，整个谷拢地区一派欢腾，到处洋溢着欢乐的气氛。但我看不到你内心的欢乐啊央金。我觉得你已经不再属于这个民族。节日里，你更多地关心着各种可能出现的商机。

随后我乘火车回到了家。

她哭了——十八天，整整离家十八天，我把她给忘记了，全心全意投入在你的怀抱之中——面对她的眼泪，我内心愧疚不已。

46

　　我没想到事情的结果竟然会是这样央金，一切都太突然了，一切也都太出人意料。

　　前天，也就是星期天上午，我突然接到电话，说秀王村的集体婚礼时间提前了，由原来的农历二十八日改为二十六日，我立即跟邦哥联系，叫他提前赶到秀王。他当然只好提前动身。而正当我也打算提前返回县城时，你的电话打来了，真及时啊央金，我看到是你的电话，就接了——我知道，你是犹豫了很久才打这电话的。你问我的打算。我告诉了你关于我的行程。你激动起来，表示要立即动身跟我前往。我们约定，当天晚上在县城见面。

　　前来接我的汽车在下午两点抵达故乡盘江。接我的是一位老朋友。我们马不停蹄地返回县城。弟媳带着小侄儿同车。到县城后我入住宾馆。弟媳和侄儿在我房间里洗澡，之后去吃饭。县计划局的朋友安排晚饭，我们喝了一瓶白酒。饭后他们提议去唱歌。我不同意。于是回宾馆聊天。聊到十一点钟他们走了。我看电视到凌晨两点。因为你说你要过来，我是多么盼望和期待！结果，到两点左右，我睡着了。凌晨三点钟，你来敲门，我从梦中惊醒，开门一看，你站在面前，我简直不敢相信，你犹如神话一般从天而降！光彩夺目，熠熠生辉！我拥抱了你央金。你也紧紧拥抱着我。我们就像久别重逢的亲人一样，立即融化在一起。

　　次日一早我和你一起驱车赶往黎平。我们的计划是去秀王过年。但是，她也来了。而且，也要在黎平会合。本来，她并不计划过来跟我过年，更没有跟我去秀王的打算，因为她一直坚持着要带孩子一起去她老家过年。意料不到的是，到黎平后，她居然提出要跟我一起去秀王——我当时就蒙了央金，我完全想不到她会提出这样的要求。她当然可以提出这个要求。但我就很为难了。之后的一段时间里，他们说了些什么，我几乎没听见，我心里只有一个念头：你怎么办央金？你呀，完全不明白事情已经发生了变化，还去商场里给我买衣服和计算器——央金，此时，你哪里知道，事情已经发生了很大的变化啊！

我叫他们先走，说我随后跟朋友的车去追他们。然后，我立即给你打电话。你说你正在商场买东西，马上到。央金啊，你不知道我那时心里有多急！

你来到之后，我立即告诉你事情的变化。你也一下子蒙了。央金，我看到你的眼泪立即流了出来。这消息毕竟太出乎你我的意料。你费了好大的劲儿千里迢迢赶来，无非是想跟我一起过一个温暖的春节，你说你今生从未跟自己的爱人在一起度过大年三十夜。我不是不心痛，我心痛。但此时我想到的不是心痛不心痛的问题，而是如何解决目前的困境的问题。

我提出了两个选择：一、你回去，我跟他们走；二、你也去，但你住另一个宾馆。你傻了，央金。我看着你孤苦无助的样子，心如刀绞。但是，我却不得不立即做出选择。最后还是你慷慨。你说，你跟她去吧，我回家。

我看着你的眼睛，看着你流淌出来的眼泪，心碎了。

在当时那种情况下，我也只能答应你了。

你把新买的衣服交给我，说："天气变热了，我给你买了件短袖衬衫。"

我立即给邦哥去电话，问他们到哪里了。幸好邦哥他们还在县城附近的加油站加油，没走多远。我给他打电话的时候，他说油加好了，但车子刚开到黎平县城不远。我立即叫他停下。我赶紧打的过去。在我站在路边等候出租车的时候，你走过来了，再次来到我身边,像生离死别一样,紧紧抓住我的手——央金,在那一刻,我早已经六神无主,头脑一片空白。

我打的很快在城边加油站与邦哥他们会合——谢天谢地,我算是渡过了一个难关。而我上车后不久,你又来短信说,你决定去堂安过年,这多少使我有些心安,因为,你去的那地方,距离我们要去的秀王村并不遥远。

这天下午我在车上就像失去魂魄一般神情恍惚,我对所有人的问话都心不在焉,答非所问。邦哥大概也看出我的心思,干脆不说话,所以一路上我们几乎没有言语。

晚上七点十分我们一行安全抵达秀王侗寨,并顺利入住老乡家。因我以前在这寨子做过多次田野考察,各方面情况都十分熟悉,所以所有事情都处理得十分顺利。还在从江县城时,一位老友请我吃饭,我喝得大醉!在路上,接到你短信,你说你也喝得烂醉。

47

又在午夜时醒来,无法入眠,我只好爬起来给你写信。

今天可真是个好日子。秀王有十几对青年人要结婚。他们将在今天同时举行婚礼。这一古老的习俗近年来被各路媒体不断渲染和炒作,被赋予了许多的神秘色彩,于是前来秀王采风的游客真是不少。

一大早,我就醒来了。站在窗子边看到东方的天空上有红色的光芒,继而太阳慢慢露出山坡,照耀大地和村庄。

我带领大伙先去寨上串了一下,然后回来煮面条吃。没有服务员,我们自己煮。还不错,有基本的原料,做出来味道也还差强人意。

早餐后我们立即投入到工作之中。我们先去的一家，有一位美丽的新娘，并不知道她的名字，当时许多人都在拍摄，所以也不便打听，后来才知道是吴支书的儿媳妇。在今日十几对新人中，有一对是他的二儿子和他二儿媳。

吴支书的二儿子和二儿媳都非常出众，加之家在鼓楼边，因而也吸引来众多的摄影家和游客们的注目，大家蜂拥而至，相机的快门声响个不停。

大约九点半，就在大家都还不怎么注意的时候，新娘由媒人带着，从家里出来，直接走向新郎家。她们走过街上，受到围观人群的注目和评论。

我和她来到另外的一家，在吴支书家的隔壁。我们跟着新媳妇来到新郎家后，就看到新娘一直坐在堂屋中，面朝东方，默默不语。她试图跟新娘说话，新娘摇头表示不能说话。阳光从窗户上照射进来，尘光飞扬，十分温暖美丽。

新娘坐到一定的时辰，就起身去挑水，然后就自由了，除了不能回娘家外，自己可以自由自在玩耍。许多新娘自己结成伙伴，加入了街上看热闹的人群队伍。

在老支书家隔壁的新郎家里，看到新娘独坐堂屋的情景，她哭了——她用侗语告诉主人，说自己结婚的时候由于条件所限，没有举行婚礼，多年来一直耿耿于怀，如今触景生情，难免激动。

我这辈子大约是一定要欠着女人的情债啊央金，那天是欠了你的，今天却欠了她的，或许在更早的时候，我还欠着别人的。

中午十一点半开席吃饭。我们在吴支书家入席。且送了一百元的礼。但这一带侗乡饮食简陋、原始，我们几乎无从下筷。简单吃过一点糯米，我们就辞别主人走出门来了。

我继续带着她去街上拍摄一项礼物展示的活动，就是由新郎家人挑着客人送来的礼物来到大街上向众人展示，同时沿途抛撒一些糖果之类。这是婚礼的高潮部分。因为阳光明媚，十分适合拍摄，我拍到了一些自以为比较满意的镜头。

下午我带她爬东西两个山坡，分别拍摄到顺光和逆光的秀王村寨。洒满阳光的村寨和山坡美丽无比，动人心魂。

下山后回到吴支书家，吴支书已经为我们准备好了晚饭。

又喝酒。还好，并不大饮。微醉。饭后跟邦哥去泡茶，聊了一阵。我借口去拍摄离开他们，实际上是去给你打电话。半天才打通。问你是跟谁通的电话，你说是他。我一时哑然，无语了。

48

过年了。你最终还是如愿以偿，跟我来到了我的老家盘江。秀王采风结束，她提出要回她自己的老家过年。我顺水推舟，叫朋友派车送她回家。你跟着就来到了我的身边。几经折腾，我们终于还是在一起了。说实话，我并不想跟你在一起过春节，毕竟是过年，本应该是亲人团聚的时刻，但很多时候我发现，除了母亲，我其实并没有亲人，孩子不理我，名正言顺的妻子对我从来不闻不问，形同路人。而我想起你曾经说过，你很害怕过节，因为过节时总是不能跟自己的爱人在一起，内心感觉特别孤独，也许正是这样的同病相怜吧，这个春节我千方百计把你带回了我的故乡。

因昨天在县城没找到吃的，我们临时在街边吃了一点烧烤，结果一路上肚子难受，到家刚入睡，就大拉肚子，而且胃寒肢冷，恶心想吐，十分难受。直到熬过了半夜，到四点钟醒来时，才略有好转。醒来后一直跟你聊天，依恋着你的身体，有一种醉生梦死的感觉。

我爱你央金，遇到你我感觉是上帝对我的格外关照和补偿。但我同时也爱着她。她不像你那么善于体贴人和关心人，许多时候对我甚至还是非常冷漠和寡情的。但我毕竟和她在一起共同生活了二十多年，一路走来，风雨同舟，即便我们之间已经没有了爱情，但亲情总还是存在的，更何况，我们还有孩子。所以我们绝不能说散就散了。

今早很晚才起来——大约九点过了吧。刚起床，妈妈就差侄女来喊我们去吃茶——这是我们家乡的油茶，是一种以灰碱粑为主要原料的食物，我很喜欢吃。我一口气吃了两碗，出了汗，感觉身体舒适了许多，但还是疲劳，而且肚子依然不舒服。

早餐后我们把你车上的老古董卸下来一些——那是你在黎平的堂安采购来的——说实话，我对你从乡间收购来的这些古董并不是很喜欢，但你喜欢，我也不反对。

之后我们上床继续休息，结果一睡又是两个小时。天太冷了，什么也不想做，睡觉是最好的选择。

下午五点钟你和我一家吃年饭。你说，这是你第一次跟爱人一起过年。我由此理解了你内心的那种孤独和绝望。你以前的男人都是有妇之夫，他们可以给你某些东西，但不能给你真正的家庭生活。

年夜饭很丰盛，都是大肉，我们喝了两杯小酒。我肚子不舒服，很难尽兴。饭后我和你一起去下面的寨子散步。天空飘着寒冷的毛毛细雨。回来时衣服都淋湿了。时间还不到六点，但实在无事可干，也没合适的去处，我们也只好继续上楼休息。你用无线网卡上网。网速太慢，你没能登录上去。我趁你回房间拿衣服的时候悄悄给她去了个电话，问她吃饭了没。她说正在吃。我就说，请你以我的名义给孩子一百元压岁钱。她说，好的。

在电话里，我听到她那头也是其乐融融的。

49

　　一大早起来跟你那个。因为昨天的拉肚子，有点力不从心，但你很满足。作为男人，我很欣慰。但是，刚刚结束，他的电话就来了。你当着我的面跟他撒娇。谎称自己在某地某处。我很早以前就发现你撒起谎来是心安理得的，脸不红心不跳。而对我来说，撒谎是一件很难的事情。

　　起床后我准备带你上山砍春柴，但你却提出要烧香纸，我只好满足你的要求。我自己不信这个，对此深恶痛绝，但还是得在一旁耐心等待。

　　你很虔诚，一张张撕纸，一张张烧掉。直到全部烧完，还拜了几拜，才走——美国人不烧香，但他们创造的财富却比全世界财富的总和还多。所以烧香跟财富的增长没有关系，最多，只能增加一点 GDP 的数字而已。

　　早上我带你爬到后山砍柴。这是我们侗族的传统习俗。我问你苗家人都怎么过年，你说你们那里实际早已全部汉化了，你既不会说一句苗语，也不懂得真正的苗家风俗，因而实际上只是名誉上的苗族而已。

　　爬上后山时，你气喘吁吁，可知你的身体并不像我想象得那么好。缺少锻炼是现代人的通病，像你这样长期依赖汽车的人就更不可能有真正的健康，相比之下，你还算好吧。

　　我只在路边随便砍几根麻栗柴就返回了。天气寒冷，木桥、路上、树上，都结了冰。

　　原计划是一大早叫弟弟去喊人来吃饭，但我到家时，弟弟说他们都不来，都在某家吃饭了。而且已经有人在我家门前等候。我不愿去，叫妈妈煮茶吃，然后上楼写字。

但在家吃过茶,刚躺下,就有人来喊我了,是哥井,叫我去吃饭,我无法拒绝,去了。然后就是一整天没完没了的饭局,先是哥井家,然后到哥十家,再到老科家,又到老铭家,最后到老安家。整整一天,一直都在喝酒,最后自然是大醉而归。中途我回家时,见弟媳请你开车带她到南明乡场去买东西,我还是比较感慨,觉得有车还是有好处。

晚上回家我叫弟媳给我们做茶吃。还是油茶。你吃了一碗。我也吃了一碗。

其间妈妈问我你和我的关系,并表示担心,我还是不敢告诉妈妈实情,只说你是来帮我开车的,没什么关系。但妈妈还是担心。央金,说实话,我实在不希望妈妈为我担心,但事情到了这一步,我只能听天由命。

50

日子突然安静下来了。我和你都睡到很晚才起床。没有人来喊我吃饭。年节的气氛已经不在。我想起从前爸爸他们还活着的时候,此时必是最热闹的时节,每家都做好了甜酒和油茶,都差各自的孩子上门来请人吃饭。然后是一家家吃过去,直到天黑酒醉方各自回屋……想不到那样的情形已经一去不复返了。现在大家都图简单,粑粑不打了,甜酒不做了,油茶不喊人来吃了,一切都显示出衰败迹象。

昨晚酒醉,在半夜醒来,问你几点了,你说大约三四点或四五点。我起床打开手机一看,才刚过一点。肚子很不舒服,起来上厕所。之后再睡不着,就跟你聊天,做爱。我完事了,但你没满足。我心有愧意。同时也很有些后悔。觉得有点不那么负责任。如果有了孩子,又是在酒后行房的,万一生了个傻子怎么办?

之后迷迷糊糊又睡去,到天亮才起来。你问,今天还有什么活动?我说,今天还是吃饭,跟昨天一样,吃转转饭。

起床后我们洗漱,下楼吃茶。然后再上楼写字。家里已经有客人到来了。可惜不是大人,是小孩,没有引起我谈话的兴趣。

九点以后一堂侄来喊我去吃饭,你不去。后来老普来喊,我去了。还是昨天那伙人,只少了一个老铭。其实去早了,我等了半天,还没到开饭时间,就顺道去看望我的大伯和大妈。我大伯和大妈都是八十多岁快九十岁的老人了,他们从年轻时候起一直恩爱到现在,从未吵过架,日出而作,日落而息,过着最平凡而普通的中国农民的生活,一生之中,从未有过任何远大抱负和理想,也不曾走出过比乡场更远的地方,却健康而长寿,算是福气。稍感遗憾的是,晚年他们失去劳动能力后,却被两个儿子分开来供养,大伯跟了大哥,大妈跟着二哥,说起来也还是有些美中不足。

大伯恰好在家,我给他一百元压岁钱。又去看大妈,也给一百元压岁钱。大伯基本上还可以自己做主,但大妈的钱却要交给儿媳。我为大妈感到悲哀,回家问妈妈,妈妈说,给了就算,她们像是还债一样的,以前大妈整你二嫂,如今你二嫂反过来整她,算是报应。我无语。觉得人生好残酷。

我给老普的奶奶也送了一百元。她是我们村里目前最高龄的人,已经九十三岁了。但身体还十分硬朗。她不仅在年龄上比我大妈稍长几岁,而且在身体上也比大妈好很多,更重要的是,她儿孙满堂,个个孝顺,这是大妈无法比拟的。

在老普家吃过,又去老普的弟弟老海家吃。其实都吃不了什么,大家只坐下来喝点酒,聊聊天,东拉西扯。

下午回家,看到家里来了许多客人,有妹妹,有姑妈,还有二姐，四姐，三弟和哥东，都正在喝酒，我又去陪了几杯。

51

天气变得越来越寒冷了。昨夜里刮起了大风，我还以为下雪了。

我和你照例在午夜醒来。做爱。你一如既往地狂热至极，几乎把床弄垮，但还是没能达到高潮。这是你的奇异之处。

起床后下楼吃茶。你吃粑粑。我单独给你烧的。事实上，这种粑粑是我童年时代的美食，现在也还是，但是，如今已经逐渐淡出人们的生活了。

上午二嫂来喊我去吃饭。你也同去。但你吃得很少，说菜难吃。我理解。但也实在很难满足你的口味。大伙一个劲问我孩子和她妈妈怎么不来？我解释，一遍又一遍。你在旁边，很不自在。昨晚的枕边风里你说过你的尴尬和你的不安，我说这个我无能为力，因为这是你自己选择的结果，没有谁强迫你来跟我经受这份屈辱。

大嫂和二嫂一直不和。但亲戚还是继续往来。二姐和四姐昨天在大哥家，今天去了二哥家。大伯和大妈也一样，虽然被两兄弟分开来供养，但有亲戚到来时，还是在一起吃饭。我很不欣赏这样的方式，却也无力去改变什么。

在二嫂家大伙显然都没吃好。我喝了几杯啤酒，菜很少下筷。二嫂自命清高，其实狗屁不是，对待老人的态度我更是无法认同，无论怎样，不能虐待老人。人可以以德报怨，但不能以怨报怨，更不可以怨报德。

我还没有看到你对老人有格外的孝顺和敬重，但也没见你有对老人的不敬。这一点你比她好。她纵然有一千一万个好，但在这一点上不好，就足以令我心凉胆寒。

我对她的背叛，如果一定要追溯到最初的源头的话，大概可以追溯到这里。

回家小憩，一堂侄儿又来喊我去吃饭。你先是不肯去，说去了也吃不下什么东西。后来我到了堂侄儿家，看到有些好菜，就叫堂侄儿再来喊你去吃饭。你去了，好歹吃了一些东西。还给我们录像，我心稍安。

之后你回家休息，我继续在堂侄儿家聊天。回来后与你午休片刻。刚躺下，一个叫哥关的堂兄又在楼下喊开了。哥关已经多次上门来请我了。我不好不去。他如此热情，我原本以为他会有什么特别好吃的给我留着，但我去到他家的时候，所有饭菜几乎无从下嘴。哥关家的东西第一是低档、难吃，所谓好菜无非是猪头肉、猪下水之类；第二是不卫生，无论是筷子、碗，还是锅子，都有一层油腻，甚至酒里也有油；第三是部分特殊菜肴一般少见，也犯忌，如老鼠肉和麻雀肉之类，实在难以下咽。

哥关的弟弟哥江也过来陪我们喝了两杯酒。

哥江是我童年时的伙伴，我们年龄相差不过一两岁，小时候在一起做过很多有趣的游戏，只因人有些傻，至今还是单身。

"哥江，你曾经到上海几年吧？"

"嗯，是的，去了三年。"

"你去上海干什么？"

"打工。"

"打什么工？"

"帮人家打砖。"

"一个月有多少钱？有三千块吗？"

"没有，有一千多。"

"一千几？"

"一千八。"

"那不少啊。"

"嗯，除去吃饭，也还有千把块。"

"那你应该存不少钱吧。"

"存有一点。"

"存有多少？"

"一万多。"

"那你很不错啊，存了那么多钱。"

"现在也搞得差不多了，因为家庭拉用了一点。"

有人笑他，说：

"家庭拉用？家庭哪个会拉用你的啊？"

"盛国拉用了一点，二宁拉用了一点……"哥关说。

"那是被拉用了。"我说。

除了头脑不大灵活，哥江在各方面均与常人无异，身体尤其健康。他也是年近五十的人了，却从未碰过女人。不知为什么，我倒觉得，他很适合你。

52

因昨晚的酒不多，休息正常，所以照例在凌晨三四点钟醒来。如果是我一个人睡觉，我就开灯看书。但是因为有你在身边，我久久不能入睡，只好跟你聊天，都是漫无边际的无聊话题。最后落实到性爱上，又做了。这一次，床没有受到你太多的摧残，你就很快高潮了。立即沉沉睡去，直到早上九点才起床。

我去给你煮甜酒粑。我自己也想吃。吃过之后立即去哥东家吃饭。小妹一直执意邀请我去她家玩。大妹也说想去小妹家玩一下。

还有另一个同样嫁在小妹寨上的侄女，也刻意挽留，我推辞不过，临时决定跟她们回去。你车子坐不下那么多人。侄女临时又叫了另外一辆面包车。我与妈妈跟小妹一家坐你的车子先去，留下大妹和侄女随后赶来。

妈妈刚出家门不远，就晕车了，然后吐了一路。好可怜。

到小妹家后，我们立即去河边玩耍。你我很快就被河边大量美丽的石头给迷住了。我兴奋地扛了一块石头回到小妹家。其实那石头很一般，不过在水中感觉色彩不错。第二次再返回河边时，我们过河看到了更多精美的石头，令人惊叹——这也许是你我此行最大的收获吧？

大妹带着孩子们也赶到了。她们加入了我们沿河捡拾石头的行列。孩子们只当是娱乐，个个欢天喜地，笑逐颜开。你也一样。我专注于石头，发现美丽石头越来越多，意识到一时间根本拿不了那么多，于是决定另寻时间前来挖掘和搬运。

我发现，你找到的石头都比较小气，跟小孩子的见识相当，而你居然号称全国鉴赏石的名家，我不敢对你的审美观有所评论，但我显然并不欣赏你捡到的石头。

小妹喊我们去吃饭。我们立即起身往小妹家走。妹夫已经做好了丰盛的饭菜——后来才得知，妹夫原来受过专业的厨艺训练——你今天可是吃得不少，你自己也说，这是你跟我回故乡过年以来吃得最多最好的一天。

我也吃饱喝醉了。妹夫不喝酒。只有妹夫的爸爸陪我喝了两碗。饭菜虽然丰盛，但气氛还是不对，已经没有了传统侗家人原先的那种热情，不过，能做到这样，已经很不容易了。

饭后我们又去河边看石头。不过，这一次，我们没有再捡拾了，而是带着妹夫去看，告诉妹夫如何认识哪些是有价值的石头。妹夫不才,不敏,但也应该有所进步和觉悟。

之后我们回到村寨里,看到寨中球场上有四个孩子正在打篮球,经你提议,你我分别加入四个孩子的打篮球队伍,分队比赛。我跑得满头大汗,你也一样。结果我队以 5∶3 的比分战胜你队。

刚回到家,侄女家的人就来请我们去吃饭了。我什么也吃不下,只喝了半碗米酒和一瓶啤酒,就缴械投降了。

应该说,无论是侄女家还是妹妹家,主人都表现出了极大的热情,但我还是不怎么高兴——客观地说吧,我希望看到的那种传统并没有出现,也不可能再出现了——那种温暖的、热情的、高雅的侗家人的传统生活,已经一去不复返。

53

初五了,要回去了。蜜月即将结束。但就在即将离去的前夜,我们又发生了极不该发生的争吵。

从小妹家回来后,我就一直跟母亲在家聊天。到晚上九点上楼准备歇息。不知道为什么,你突然莫名其妙地冲我来了一句:"……你连乡下姑娘也不放过。"真是无头无脑莫名其妙。我猜想大概是你想起了白天我曾告诉过你我年轻时跟一位乡村姑娘的恋情吧。那本来是一段十分纯洁美好的初恋,不值得你来臧否。但就是这句无头无脑的话,严重地刺激了我。我立即反唇相讥。"她比你好。"我说。"她比我哪方面好?"你问。此时,你依然是微笑着的。"她爱她的家庭,而不是像某些人,专门去拆散别人的家庭……"此话一出口,我就知道我闯祸了,但出口的话覆水难收,我明白我们已经再次走入语言伤害的逻辑怪圈。我希望打住,我说:"你怎么总是这样,哪壶不开提哪壶,你说这些话惹恼我干什么?你知道我并不想说出那些话。"但是，你沉默了。

于是，冷战开始。

我希望我们立即结束这种局面。我借喝着的咖啡为题说："我认识你之前你说你爱喝咖啡，但你为什么现在不喝呢？"你还是沉默。

我的心态也在悄悄发生变化。

我不明白为什么女人都是如此难以伺候，更不理解为什么大家本来好好的，却要互相伤害。

我打开电脑斜倚在床上写作杂感。写了大约30分钟，我太困了，想睡，但你老不睡。我知道你心里有怨气，但也不想再去碰你。

我终于坚持不住，关掉电脑就躺下休息了。

一躺下我就进入了梦乡。

你不知道我已经睡着。突然用手拐捅着我问："我有一个问题想问你……"

"你要不要我活啊！你问什么鸡巴啊你问！"

我终于爆发了！而且是如此的暴怒！如此的粗俗！连我自己也大为惊讶！

沉默了几秒钟，你也终于崩溃了。

你翻身下床，边哭边穿衣服，说："太恐怖了！"

我立即就后悔了，知道自己做了最不该做的蠢事，但还是余怒未消地在为自己辩解。直到你快要穿好衣服了，我才下床去把你强行抱起来塞进被窝。我对你说："我不准你走，你要走也要等到天亮了才走。"

之后，我不断向你道歉，并解释我愤怒的原因。但我也知道，其实不管我怎么解释，我此生都很难再洗刷自己的清白了——我再也不能还你一个儒雅和智慧的形象。

好在你最终还是接受了我的道歉，并很快安静了下来，然后跟我一起进入梦乡。我知道你很爱我，为此你几乎失去了一个女人应有的尊严。甚至更多。回想你对我的爱，我真正从内心里感到愧疚。

天明后我醒来，再次向你道歉，你紧紧抱着我，一如既往地说，亲爱的，我爱你……我立即明白，从今往后，我恐怕是再也不能拥有真正的安静生活了。

54

你走了，我坐下来，打开电脑，开始给你写信。

我们是昨天下午三点钟从老家出发的。先前的目标是清江县城，但中途我们突然决定改道去了清江。出发前我们在为故乡修庙的事情而奔波。老家盘江本来有两座庙，一座南岳庙，一座地母庙。原先那是村民的精神寄托之处。几年前因修公路被迫拆除了。村民一直想重建这两座小庙，却苦于没有资金，一直停留在议论之中。年前我偶然提到这事，你立即同意出资修建。而且到老家后，你就把资金交给了我们村里的哥关，由他具体负责重修。整个上午，我们都反复跟哥关交代。到吃中饭时，姑妈来了。还有一位在北京读书的女孩来访。闲聊一阵，我们就一起吃午饭。然后去叫哥关找人来破土开工平整两座小庙的地基。按照前天与村上巫师的约定，我们决定在初五日下午两点即未时开始开工。我和你各负责一个庙的破土动工时间。我在下面的地母庙放了火炮之后就返回前面的南岳庙看你们动工的情况。见大家已经开始动工，我们就辞别家人往回赶了。

一路顺利。下午五点到达清江县城，入住金穗宾馆。一百元的单间，堪比别处的四星级宾馆。先是大洗。都已经有五天没洗澡了。感觉非常享受。之后我们驱车去市区找饭吃。也很顺利。一人十元的火锅，我们加了两个菜，总共也才四十元。你破例陪我喝了一点酒。习酒。你说我们是在过自己的年。

晚上困极而眠。到凌晨四时醒来。开始鏖战。连续两个回合。把你所有的情欲都全部释放了。然后又沉沉睡去。到今日早上九点钟才起床。拉开窗帘，外面阳光灿烂。天，终于晴了。你我依依不舍地收拾东西。到街上吃早餐。然后驱车直奔边城市。一路上你直喊困，同时抱怨下面疼痛。

中午十二点钟到达边城。

到边城我以为会很顺利买到车票。没想到当日的票早已售完了。只好买了次日的。我带你在城里找宾馆住下。因为不熟悉地方，找了好一阵。终于找到一家叫"同缘宾馆"的，住下了，八十八元一晚，房间狭小一点，但设施一应俱全，还能接受。我们吃了一盘水饺，一笼包子，算是打发了午餐，再回宾馆休息，很快就呼呼入睡了。大约休息了一个半小时。到下午三点钟醒来，你非常不舍地依偎着我说："真喜欢被你抱着睡觉，这种感觉太美了。"我知道，我也喜欢这种感觉，肌肤相亲，的确美妙。但我同时还在挂念着家里的她。她昨天来电话，说已经到家了，而我现在还在路上。那么多天了，我知道她已经非常地思念我。你有你迷人的地方，但无论怎样，你还是无法取代她在我心中的位置。

我送你下楼。你发现车子居然没有熄火。于是熄火稍微休息一下。我为你买了两瓶矿泉水。然后与你吻别。你驾着车子到前面路口调头。我继续站在路边目送你远去，再返回来，然后与你挥手告别——央金，像这样难分难舍的情景在我的生活中已经很多年没有出现了，我记得在与她相爱的时候有过，但那也是十几二十年前的事情了，如今我年老体衰，想不到还能重新体验到年轻时代的恋爱心情。

我爱你，央金，但我不知道该怎样去面对我的另一种生活。

55

一觉醒来，你已经离我很远了。我在这边思念着你。

昨天下午我的同学王琼来接我去她儿子家吃饭。我很不习惯，也不想去，但还是去了。半道上她把她老公也拉上车，没有介绍，我以为是她的同事，后来她才告诉我说那是她老公，因为我从口气上听出这位老公并非她原来的老公，所以略显尴尬。不过，到她儿子家后，几杯酒下肚，一切都显得自然了。

我们喝的是杜康酒。还行。但到底不能跟我们的习酒相比啊。

她亲家母炒的菜，很不错，你在的话，就大饱口福了。遗憾，你没有这口福。

王琼送我回来。跟我聊了半天。她走后，我给你去电话。你说你已经到家了。"辛苦了，妹妹！为了我，害你跑了那么远的路……"

因为喝了酒，我很早就睡下了。当你再次给我来电话时，我已经睡下。我迷迷糊糊答复你明天早上给你电话。然后再睡去，中间大约在凌晨两点醒来一次，之后再睡下，尽管窗外车流如潮，吵闹得不得了，楼上打麻将的人也吵闹得一塌糊涂，但我还是睡得很沉，夜里做了什么梦，一概记不得了。

今晨醒来，已经是七点多钟，窗外阳光灿烂，车水马龙。我略作收拾，准备离店。

人在旅途。有一种孤独难以言说。但因为心里有了你，又有些许温暖。

56

　　昨晚我睡得很早。大约十点就睡下了。她在午夜走进来,我很模糊,以为是一个幽灵。我分不清是梦中情景还是现实情景。我以为她是想我了,想来和我做爱的。但不是。她来那了。我问她为什么来那个了还过来。她说,孩子在上网。

　　她太迁就这孩子了。

　　昨天我走进家来,没见到孩子,问她孩子去了哪里。她说,出去玩去了。不一会儿,孩子回来了。她要我过去给孩子打个招呼。因为她口气很硬,我心里不悦。但还是去了。问孩子去什么地方玩了,得了多少压岁钱,孩子一言不发。我很无趣地走开了——央金,你看这都是什么事啊!孩子被教育成这样,生活还有什么意思?要命的是,我们在高校里居然还是被人称道的所谓教育家、教授、高级知识分子。但我们的孩子却被教育成一个完全没有一点礼貌常识的人。这真他妈的太反讽了。

　　我对这个家,是越来越绝望了。

　　但我也没有明确的去处。跟着你,应该是可以通达幸福的吧?至少物质上可以比较满足吧?但我还是不能完全肯定,没有百分之百的把握。事实上在我这个年纪,可能跟谁都没有那种踏实感了。不是我对人太挑剔,而是我经历了太多。我想这种感觉,其实你也有。你得明白,只有经过了岁月的磨洗,那种情感才是稳定、可靠和有把握的,而半路夫妻,通常都很难具有原配那样的稳定感。

　　没有做爱,但我们也还是相拥着睡了一夜。到天明时,我听到窗外鞭炮声隆隆,太阳也升起来老高了,我知道那是人家的单位上班了,在按照传统习惯放炮驱邪。我知道时间已经不早了,但还是不想起床,就抱着她说了许久的闲话——央金,和你在一起时,我习惯了说"宝贝"和"亲爱的",我差一点也跟她这样说了,好在最终我清醒了,没有说出来。

就男女风情而言,她实在无法跟你相比,她几乎只是礼貌性地依附我的身体,而并没有像你那样热烈地渴望着身体的交流与接触。我握着她的手,感觉很陌生,而且似乎没有那种强烈思念的感情。她对我说着一些天南海北的事情,主要是家乡的见闻。我心里却七上八下的,一面想着你,一面担心被她看出其中任何一点破绽。

爱你可真不容易啊央金。我不知道未来究竟能否有如我们所设计和期待的种种美好生活。

57

我回来早了,此时,我应该和你在一起,在那些山野间,在那些村寨里,自由飞翔。

不知不觉,都初十一了。记得我们是正月初五从老家出来的,一晃,又是一个星期了。在回到城市的这些日子里,我像一只无头苍蝇一样忙碌着,却没有收到任何成效,就是说,我期待的写作并没有完成,而交稿的日期迫近,我心里的压力越来越大了。

从前天起我重新去学车。我不明白那师傅是什么意思。前几次我给他电话,他老说没空,要等几天。有人告诉我说是他的车撞人了。但现在我去看才知道他们原来一直都在学车的。他的车也并没有撞人。"你忙嘛,找不到你嘛。"他说。

我从头学起。倒桩。因为有了原来的基础,我学起来也不算很难。几下子又恢复到原来的水平了。驾驶这东西,就是花时间而已,我不觉得是什么高深的学问。

我也开始去踢球了。一个人。宽阔的操场。空旷,自由,美丽。

昨天我一个人躺在草地上休息。我看见辽远的天空之上，白云朵朵，阳光迷人。我于是发了一连串的疑问：我从哪里来？我要到哪里去？我是谁？当然，这些问题当年早有人问过了。但我现在来问，却是发自内心的啊，而不是一时的心血来潮而已。我问：宇宙到底有多大？宇宙之外是什么？宇宙之中，除了地球还有没有生命？为什么在地球附近只有一个月球？地球为什么会诞生生命，而月球没有生命？生命为什么会有差异……我问了很多。当然没有答案。不可能有答案。

昨天下午她过来跟我亲热。刚想那个，孩子回来了。她立即起身去招呼孩子。我以为她晚上会过来。但没有。今天下午我过去了。她对我有了一些疑问央金。她问我："你怎么有女人用的护肤水？"她指的是你说的"BB油"，我说那是用来擦洗石头的，是水蜡的替代品。她笑了。大概心中释然了。放下了一块石头。但我无法交代我最近对她的冷淡。我以前是非常需要她的身体的。最近这种需要明显减少了。这个她是无法释然的。

今天下午刮起了大风。狂风。也是春风。我一想起山里那些即将开放的花朵，就按捺不住了，所以我感慨回来早了。

下午上网才知道你要去卡岭，要去巴拉河。如果能和你同去多好啊央金。但我知道，如果真跟你在一起，我又牵挂着她。她是有很多毛病。但她爱我啊央金。我没有任何理由抛弃她。当然我也没有任何理由抛弃你。这就是问题啊央金。这就是麻烦。

58

我不想陷入这种烦恼央金，但烦恼还是主动上门找到了我。仔细想来，许多东西都是天定的。如果我对于家庭负有更多的责任心，如果她不是那么喜欢跟我怄气，如果我对生活的要求不是那么苛刻，如果我不喜欢出游，如果我不是那么贪恋女性的身体，如果……如果……那么，我们就不会走到一起了。

你可能也有许多的如果。你的如果和我的如果最终都只能存在于假设之中。而现实是，我们的命运都没有按照如果的逻辑发展。我们按我们现实的逻辑发展。于是，我们走到了一起。要命的是，我们现在彼此相爱着、思念着，虽然都还看不清真实的前途，但相爱已经是事实。

你昨天又去卡岭。我知道你肯定又去找你的那些狐朋狗友了。所以我在网上留言指出了这一点。你答复说你没有去找。并说我不可以用这种语言侮辱你。我不想申辩。我真的不喜欢你的交友方式——跟男人保持着的那种暧昧方式。那是你的喜好，我似乎无可指责。但我真的很不喜欢。也许，这个问题最终会妨碍我们走得更远。

你说你不去找。我并不十分相信。按道理，我应该相信。但我可不只是一两次见识过你的撒谎啊——你对于撒谎是如此自然，如此面不改色心不跳。我问过你为什么，你说你从小就这样，习惯了。

我不喜欢撒谎。我也撒不了谎。我一撒谎就脸红。而且，我对于自己撒过的谎会很快忘掉，因此很容易就露馅。所以我一般不撒谎。

59

转眼间，都正月十五了央金，我感觉这些天来日子过得很恍惚。许多事情是那么的琐碎，又那么的无聊，却又不得不去应付，太无奈，也太疲劳了。

先是前日有黎平的朋友送孩子过来上学，我去陪他们吃饭、喝酒，浪费了一个下午和一个晚上。接着第二天，又有清江老家的朋友送孩子过来，我又去请他们吃饭、喝酒，实在疲惫不堪。昨天他们都走了，但学校开会，新的学期又开始了。

学车断断续续，时间并不连贯，技术学了忘，忘了学，不好掌握。好在我还略有天赋吧，到今天总算是比较熟悉了。我今晨去练了两把，均顺利通过。但愿考试时不至于因紧张而失误。

你依然还在清江。在你的巴拉河基地。一个人。好可怜的人啊！但有时候我也觉得你其实也并不像我想象的那么孤独。你总有一些狐朋狗友，那种很无聊的人，可以陪你聊电话，或者打情骂俏之类，消磨去你许多的时间——你是否心甘情愿如此？我不知道，在我看来，你到底还是值得怜悯和同情的。

昨晚我照例在午夜醒来。中间有很长一段时间没有入睡，就起来看书，同时想到一些事情，甚至还想起来一些美妙的段落和句子，于是想起床写下来，但又担心太兴奋了再睡不着，天明后起不了床，所以没有起来写，结果现在是无论如何也想不起来了——到底什么事呢？什么句子呢？我已经完全记不得了。

她走了。去跟她的朋友们玩。她有一群所谓的"驴友"，具体都是些什么人我不知道，但据她说那些人文化层次都不高，工人居多。所以有时候我很困惑，觉得她宁可跟这些人在一起，也不愿在家陪我说说话什么的。这次据她说他们是去看屈原故里。孩子还在睡梦之中。没有上课的时候，她总在睡觉。平时她太辛苦，所以我也很纵容她。

家里就剩下了我一个人。屋子空空荡荡的。倒也清静。

昨晚连续来了两拨客人，都是学生，前来拜年，送些茶叶之类。我每年都收到许多的茶叶，有些因为来不及喝，都变坏了，很可惜。

不过，学生送的茶，通常也不是什么好茶。

因昨晚没睡好，下午我补了一个觉。好像睡了很久。三点起来，在网上浏览了一下，就把电脑搬到书房去了。又打扫了大半天卫生。女儿出去了。家里安安静静。我喜欢这种时刻。太难得了。

大约四点半我去球场踢球。遇到一名学生，就跟他一起踢。先练习一下传球，然后练习带球过人。居然也练得大汗淋漓。回到家时她们也都回来了。我洗澡。吃饭。再上床躺着看电视。元宵节的文艺晚会。媒体上宣传说，元宵节的节目不比春晚差，我就想看看。因为同时要看电影频道，就看得断断续续的，也看不到有什么真正的好节目。

给你发去短信。问你吃了没，你回说吃过了，在等待看焰火。哈！我担心你孤单、寂寞，但其实你还蛮会调节生活的。

60

一转眼，到3月份了。时间过得真是何其匆匆啊！

原计划在2月底完成的书稿，到现在还只是开了个头。合同里说是3月交稿，看来也完不成了。

早上去学车，只学一把就回家了，因为自觉已经相当熟练。

刚到家就打开电脑看你。你果然在网上等我。你说昨晚清江县城的虚花舞龙很热闹，场面极为壮观，令你大饱眼福。我可以想见。但遗憾不能跟你一起去体验。我知道，那些场景，对我来说，魅力无穷。

我说要到月底才有可能见面。你说，还有一个月呀。我说是啊。多可怜。我心想，还是自己有老公好啊。但这话我不敢说。

时光如流水。许多事，从来急。但我不知道我们未来生活的曙光在哪里。

今天早上她过来了。跟我做了爱。她好了很多次。我说，这次可以管一个星期吧？她说，不行。起码一个星期要有两次以上。

说实话，在认识你之前，我很渴望跟她做爱。有时她不主动，我还暗自生气。但现在，一切都变了。因为有了与你在一起的那些经历，我对跟别的女人做爱的兴趣就大大减弱了。

下午没有去锻炼。天气突然变得很冷。昨天是30℃，今天突然降低到只有5℃。而地震海啸又接连不断地发生，真有世界末日的感觉了。

晚上看电影《十月围城》。不喜欢。差劲。中国的电影在最近几年都一个水平。喜欢搞大场面。然后是武打加美女。恶俗至极！

你说你已经到了卡岭，而且入住速8酒店——我知道，那个地方一定会引起你太多的回忆。

61

今天起了个大早。上网看。你居然失眠。而且比我早到网上留言。不过，我来的时候，你又走了。我估计，此时你可能再次进入了梦乡。

奇怪我昨晚一个晚上都在梦见和你做爱。细节很清晰。我和你在酒店里相拥而眠。

62

下雨了。而且还夹杂着冰雹。就在昨晚，大雨倾盆而至，裹挟着电闪雷鸣。好吓人的天气。

随着这场大雨的到来，春天算是真的来到了。春雨缓解了南方持续的旱情。但并没有波及真正的灾区云南和贵州。

我昨晚早早就睡下了。因为感觉身体疲惫。而这疲惫是前天就种下的因果。前天我参加了驾照科目二的考试，顺利通过，有些高兴，恰好她的学生晚上来访，带来了土家族土酒两瓶，我就当即打开来喝了一瓶，接着又喝了我自酿的药酒两碗，于是喝醉了。米酒醉了以后很难受。甲醇含量过高。第二天起来头痛欲裂。因此到昨天我一天都感觉不舒服。好在上午不练车，我在家休息了半天。下午本来想去踢球，但教练喊我练车，就去耽误了半天，回来就很疲惫了，于是早睡。

你说他要去看你。我说没关系。其实，我心里哪里真的会那么大度啊。毕竟是个男人啊。但有时也还真希望他去。他去，就可以缓解我的压力啊。你老是说想我，我咋办？又不能分身。我自己本来过着很平静的生活，现在因为你，一切都乱套了。

早就想放弃你。但又舍不得。你那么体贴人。正如你所说，我是身在福中不知福。是的，从一定意义上讲，就是这样。但是，我真的有福吗？什么是真正的有福之人啊？就是那些没有心理负担的人，自由自在的人，那些清心寡欲的人啊。

今天早上，我和她做爱了。她很满足，也很依恋我。我心里却对她充满了愧疚感。我在瞒着她和你恋爱。她要知道心里会多么难受啊。我和她不是结束了，而是刚刚开始。就是说，我们是到现在才磨合到一个彼此相当适应的程度的。而我和你，还远没有达到这种程度。你说我那次出走和那天晚上的恶言相向使你至今仍感后怕，甚至还噩梦不断。我当然深感抱歉。我也一再向你道歉了。但是，问题的根子并不在这里，知道吗，我们之间有问题。我和她有二十多年的夫妻生活，而我和你才有多久呢？我们萍水相逢，遭遇一场，感情的根基是很浅的。所以，一旦遇到某种特殊的情况，要解体是很快的。

你不理解这些，以为我有毛病，说我性格上有很大缺陷。我自己也说我有毛病和缺陷。但其实，我有没有毛病和缺陷我心里很清楚。

日子在延伸，生活也还在继续。但我不知道明天我们到底将会面临怎样的命运。

你昨天跟我QQ聊天时说，你的生意面临很大的危机，可能彻底破产。投入进去的资金也许血本无归。我问那怎么办？你说你还在努力，还在继续跟甲方单位周旋，希望能追回一点算一点。生意并不好做。我早就知道的。所以，我从来不对你有所指望。上次你说要出钱在老家买木材维修老屋。我不同意。你还很不礼貌地说是你多事了。不是你多事，而是你没有这个实力。如果你有实力，我又何尝不会支持你去投资呢！我做任何事情都喜欢实事求是。大家如果都能将心比心，许多事情就会好办得多。

你说是吗央金？

晚上一诗人请客吃饭。约了我好几次，不去不好，就去了。

来了一大堆人，都是所谓教授、博士、文人、知识分子，其实很次，也很无聊。我不想跟这些人在一起，但到底还是去了。

饭前大家的话题是什么，我没有记得住，但饭后的话题是一些政治话题，我听起来索然无味。我已经不是三岁小孩了，实在不想听这么乌七八糟的东西。

就提出散伙。大伙也跟着说，回家吧。

回来的路上，两个博士提出要请他们的朋友——一位在省里某科研机关工作的处长——来做讲座一事，我觉得这些人太可怜了，居然主动要求来学校做讲座——"我那朋友说了，开春以后，他就要来给你们做讲座……"我恶心得找不到地方吐。

有趣的是,这些人还死要面子,还提出给的报酬不能太低,要派人去接……我靠,什么破玩意儿啊!

跟这些无聊透顶的文人在一起,我实在难受。但我仍要装出一副很谦卑的样子,对他们说,好的,这事情我去找领导商量一下——我想推托,但遇到这么厚颜无耻的人,又如何能推托得掉啊!

回来想上网,但不知为什么,上不了。

63

昨晚因为网络出故障,上不了网,我早早就睡下了。大约九点吧。

醒来是凌晨两点半。我照例起来看书。把何小竹的《藏地白日梦》看完了。实在很一般。比我期望的差很远。有一种盛名之下其实难副的感觉。我由此对自己的写作更有信心了。

早上本来是要去市里开会的。但我突然决定不去——一个无名之辈的作品研讨会,我去干什么?而且,还是诗人的研讨会,跟我就更无关了。于是,借故说有人要来家里采访我,推辞了。哈!我自己为此感到很满意。我终于学会了拒绝。

孩子老早就上学去了。她也一大早就起了床。说要去爬岳麓山。三八妇女节的活动。我问有早餐没?她说你自己做。我就自己去煮了一口面吃。

你说去跑步去了。回来告诉我,已经吃过早餐了。我说要工作。没有跟你聊。

上午一直在家写作。中午小睡一会儿。下午去学车,人多,师傅也没叫我学。我就上街去了。先到书店。没有买到书。接着打的到华鑫酒店。一个朋友过生日，请客吃饭，很排场，来了十八个人，一大桌。都是文友。有人喝醉了。我喝得很少。

饭后主人还发红包。二十元。有意思。

又去唱歌。我本不想去，但还是跟着去了。结果一唱就唱到深更半夜才回家。

孩子还在上网。她已经睡着了。

我上网来看你。你说你刚把我前妻送回家。还说了她是多么可怜。我并不心动。说实话，我被她害得太惨了。她剥夺了我做父亲的权利。难道还有比这更令人寒心的事情吗？

我不会原谅她。我不管你怎么说，我都不会向她低头的。没错，我爱儿子。一直爱。至今还爱。以后也爱。但我不可能再向她低头了——我曾经在她面前把头放得很低很低，我母亲也是，我们都曾经苦苦哀求过她，只希望能见上孩子一面。但是，她没有同意。

她是女人。可她不是一般的女人。

64

昨晚看了电影《阿凡达》。虽然睡觉时已经很晚了，但这电影是梅丽推荐的，也是你推荐的，我肯定要看，即便在眼睛睁不开的情况下，我还是坚持看完了。

感觉一般。也许在电影院里看会有很强的视觉效果。因为是三维动画嘛。但我从来不把视觉作为评论电影的主要指标。我只喜欢那些有深刻的思想内涵的东西。电影如此，文学如此，一切艺术都是如此。

晚上失眠了。在午夜醒来。以前也常在这个时候醒来。但以前我醒来可以看书。昨晚不能看书。头脑里老在想孩子的事情。我明白你的心思。我知道你希望我能直接把钱给儿子——"要爱就趁早"。你昨晚在QQ里说。你已经不是第一次那么说了。那次,你说得更可怕,我至今还记得你当时几乎是咬牙切齿地说:"你们还是讲一点道德和良心吧!"你这要求太无礼了。我当时就气愤得不能言语。但那时我还很克制自己,还在很耐心地给你作解释。但我知道,你什么也没听进去。事实上,你考虑的还是你自己。你没有设身处地站在别人的角度考虑问题。什么是良心啊?什么是道德啊?她这么多年来不让我看望孩子,她无耻地剥夺了我做父亲的权利,剥夺我的亲子权和探视权,剥夺我对孩子教育的权利,她有良心吗?她有道德吗?她现在懂得在你面前哭了,流泪了,但是,你能看到我在漫长的数十年黑夜里流淌的那些犹如长河一般滔滔不绝的眼泪吗?你能感受得到我在听到每一声婴儿的哭喊时那种剜心的剧痛吗?

我不是不爱我自己的孩子。我爱。我很爱。我比谁都更爱。但这孩子现在跟我有情感吗?他还姓我的姓吗?他还叫我原来给他取的名字吗?他还叫我做爸爸吗?

我有没有良心和道德央金,也不能由你来评判——虽然你也有权来评判——更不可能由她来评判。对于我们没有能力去弄清楚的事情,任何道德与不道德的评判,就还是交给时间和上帝吧。

因为我告诉你我有十来万块钱准备买车,你就要求我把钱拿去给儿子应急,这符合基本的人性吗?何况这孩子跟我那么多年没有见面,就算我们一直没有分开,我恐怕也做不到。人活在世上,需要情感,更需要理智。我可以支持孩子,但不会以这种方式。这对大家都是一种自杀。我的这些钱,不是我一个人挣来的,是我俩一起挣来的。我有权利去独自处置吗?就算我有这个权利,我也不能这么处置。孩子落到今天的境地,谁的责任?你说她带着孩子很不容易,太辛苦了,我理解。但是,她为什么不提出来让我们一起共同扶养呢？——当一个女人用牺牲孩子一生的幸福和前途的方式来报复一个男人的时候，她就是在犯罪，同时也在为所有孩子的亲人都埋下了苦难的种子——比起我失去儿子的痛苦来，她的这点苦算得了什么呢？

你没有生过孩子央金，你也没有孩子，你无法体会什么叫丧子之痛。多年来，我一直在梦见我的孩子，也梦见她。梦里的她，总是柔情万种，孩子也能如普通家庭般与我亲近，但是梦醒之后的现实呢，却完全相反。

我已经品尝够了人生的苦果央金。现在，就让她也体验那么一点点吧。

其实，你要我把买车的钱拿去给孩子，有你很深刻的自私动机，那就是你不希望我买车，你希望我永远坐你的车。

你想永远占有我。从肉体到灵魂。

65

几天来一直下着小雨。天气寒冷。气温只有不到4℃。

昨晚不能上网。学校网络最近都不大正常，晚上经常上不了网。我没能上来看你。自己早早睡下了。醒来后看了一个电影叫《拆弹部队》，奥斯卡获奖大片。拍得还可以。

昨天下午我私下塞给石教练两包烟，他的态度立即好了很多。我也趁机多学了一把。

上午被领导叫到办公室谈话，我听了大半天都不很明白他们的意思，我以为是要我下岗，但好像又不是，只说要我去找邹副主任谈一谈，然后把结果告诉他们。

回家后我给邹副主任打了个电话，我这才得知，他已经提出了辞职,但并不是正式提出,只是口头上向领导表示这么个意思而已。这就很难明了他的真实意图了——是想逼我下台呢,还是真想退了?

我本来想安排系里教师今晚聚餐,顺便说些事情,但人都来不齐,只好推迟了。本以为可以逃过一饭局,但晚上廖博士又请我吃饭,到底逃不掉。

喝了不少酒。回来头晕。就早早上床了。在看着电视的过程中我不知不觉睡着了。醒来后关掉电视继续睡觉。却又再难入眠。看书看不进,睡觉又睡不着,在床上辗转反侧半天,只好爬起来打开电脑上网,写作。但刚写了一点点,又困了。再去睡。这回很快睡着了。

窗外一直淅淅沥沥地下着小雨。有风。吹动树叶。沙沙沙,响了一夜。

66

八点三十起床。看到窗帘外有明亮光线,开窗一看,天晴了。天气预报是准确的,说九日以后天转晴,果然。

上午在家写作。下午去练了一会儿车。还去踢了一个小时的球。回来洗澡。上网。听音乐。给你留言。你不在。不知道去了哪里。

其实,你有你的生活。我也有我的日子。所以,真不知道那次相识到底是祸还是福啊?

67

上午两节课。下午也有两节课。上午的课是本科的。下午的课是研究生的。上午出门时，出了太阳，我以为气温会升高，就没有穿棉衣，结果冷得半死，回到家就感冒了。加上昨天晚上吃的是学生送的干鱼，发霉了，今天拉肚子，十分不舒服。下午去上课的时候，头本来就有点晕，结果只来了两位同学，我上课的积极性受影响，随便聊几句，就回家了。

练了两把车。感觉不很理想。老踩错油门和刹车。

没你的消息，不知道你过得怎么样，和谁在一起。你有的朋友，包括你的生活方式，与我有很大差别，我不大能接受，但受制于现实，我也只能睁只眼闭只眼。而这些东西，最终将会影响到我们对未来的选择。

68

生病了。突然。

事情真是来得很突然啊——上午还好吧，我在家写作，等网络中心的人来维修网络。那时还是好好的。但是，中午吃了一碗面之后，肚子就变得很不舒服了。我睡了一个小时，以为会好些，没想到，越来越不舒服。我起来写东西，肚子胀得已经不能再坚持下去。我就去踢球，以为跑步锻炼可以改变这种状况。但是，跑了半天，根本跑不起来。倒是打了不少嗝，释放了一些胀气。但是，肚子却越来越疼了。回到家，立即大泄。全是水。而且，连续拉了两次。整个人立即垮掉了。

她回家来，煮饭，我说，我不吃饭了。她问为什么？我说我拉肚子，不想吃。

她也没怎么理会我，继续做她的饭。我叫她拿她平时爱吃的藿香正气水给我喝。她去找来了。只有一瓶。一瓶也好。我不想上街买药了。身体很虚。心里也觉得没必要。因为以前拉肚子,都是不药自愈的。但愿这次也一样。

晚上又上不了网。无法跟你联系。就一直躺在床上看电视。现在,都快十点了,我打开电脑,看能不能上网。还是不能。妈的!什么鸟高校啊,连上网的自由都没有。

人生病了,感觉万念俱灰,内心很悲凉。真如你所说,人啊,健康比什么都重要。

69

又吵架了。很不想这样,太伤人。但是,又实在不能避免。

你应该发现,我们其实是很不适合做一家人的——不,甚至连做情人也不适合。我们都太好强了。即便是夫妻,也经不起这样的折腾,更何况,我们还不是。

  我:最近你对我也没什么话了。
  你:是吗?
  我:难道不是吗?
  你:我没有发现呢,可能是觉得你太忙。
  我:我事情那么多,心里很发慌。
  你:不想影响你的情绪。
  我:每次跟你聊天都觉得宝贵,可是……
  你:怕给你写书带去阻碍。
  我:你又老是没什么话。
  你:好了。
  我:那又何必呢!

我：我这个人，喜欢实事求是。

你：我不知你要什么话？

我：没有话就不要勉强。就留言即可。不要那么勉强啊。

你：我觉得和你说说话很幸福，即使没有事情，知道你在就很幸福。

我：大家都是成年人。

你：亲爱的！

我：嗯。

你：不要多虑。

我：好。

我：我是说，跟我在一起，你要抓紧点时间。

你：你是说和我聊天很耽误你是吗？

我：要珍惜，不要浪费光阴。

你：如果聊天很耽误，我会减少的。

我：像这样的聊天，你说，难道不浪费吗！我们聊了半天……

你：好的，我就不聊了。

我：一句实质性的话都没有，纯粹……

你：好吧。

我：是胡扯一气。

你：好吧。

你：好吧。

你：好吧。

你：我以为你和我一样，

我：好吧，保重宝贝。

你：会因为见着而高兴，看来我误会了。

我：我有点烦你了——我是说你这种说话的方式。

我：我喜欢看到你，

我：但我不喜欢看到你这样子，

我：我喜欢听你说话，

我：但我不喜欢听你废话！

我：知道吗？

我：88

你说，你对于一个病人，有足够的耐心吗？

当然，我也没有耐心。我应该对你更温柔，更宽容，更怜爱，更……但我不会那样的。我要做到那样，我当年就不会跟她离婚了。

70

天又转阴了。前天起。下午飘起细雨。到昨天，一整天都是阴天。

前天吃了一天稀饭。到昨天上午才总算把肠胃调理好了，感觉到饥饿，想吃东西了，晚上就自己煮了一碗面吃，结果肠胃又不舒服了。

一下子不能补那么多。我煮得太多了，而且过分油腻。

到晚上就很不舒服了。躺在床上看电视。肚子很胀。心烦意乱。

没有你的消息。上午一直没有。看来你还真不是好侍候的主。下午我这里又上不了网。直到现在，夜深人静了，我才上得了网。一看，有你的信息。但是，还不如没有吧，你那冷冰冰的语言，那种抱怨的态度，我实在受不了。

我不知道你还有什么可以抱怨的。你如果没有自知之明，也应该学会宽容啊。你说不知道浪不浪费我的时间是什么意思？难道那么长时间以来我跟你通信息我都说浪费时间了吗？我想我已经说得很清楚了——我喜欢听你说话，但我不喜欢听你说废话。什么是废话？就是没有实际意义的话！那种无聊的胡扯，就是废话！

问题已经暴露出来了央金，我们之间存在很大的差异——生活上的，观念上的，还有兴趣上的……这些东西在彼此接触的早期阶段是不易发现的，或者说，可能早就出现了，但被我们故意忽略了，因为没有人愿意正视自身的问题和矛盾，更不愿意在一开始就看到不想要的结局，但问题既然是客观存在的，它迟早会自己暴露出来。

哎，真不知道该说什么央金。

71

最近的忙乱几乎到了登峰造极的地步。我已经记不起来最近这几天是怎么过来的了。

学车自然是其中的一件事情了，几乎每天下午都要去练几把的，不练不行啊，不练就不能考试，就不能拿到驾照，就不仅失去驾车机会，而且还会白白浪费报名费。

而后，大约是星期二吧，一位同学来电话约我给学生开一场讲座——摄影讲座——我答应了。当天晚上我就开始着手编辑PPT。编辑了一晚上。大约编辑到十一点半，快接近成功时，电脑突然中病毒，死机，重新启动后，看不到编辑好的文件，全部心血报废了。

更要命的是，第二天打开电脑时，电脑居然黑屏了。当天我有课。我只上了一节课就往市里跑。去修电脑。我告诉维修人员，说我C盘里有重要文件，请先给我保留。维修人员说，没问题。但是，修了半天，最后却找不到C盘上的文件。我的脑袋立即就大了。那里有我写作了几个月的长篇书稿啊！要我再重写，那可是要命的事情啊，更何况，我也没有时间和精力再写啊！

电脑被留下来继续修理——主要是恢复数据。当天晚上那几位邀请我做讲座的同学来访，我讲了我这两天发生的事情，他们都表示很不好意思，耽误我了。我说这不怪你们，还是我大意了。

然后昨天一天，我都在学车，到晚上九点多钟才回家。下午学院院长约我去谈话，询问有关系里的各项工作安排问题。邹副主任消极怠工，我的工作就被动了。学院的意思是要我申报优秀实习基地，但我目前手下无人，实在不想做。恼火！

今天去考试——驾考科目三之场内。还好，我顺利过关，我们那一组中，我还是做得最好的一位。但是，与我一起学车的两位女同学却没有过。很可怜。她们挂在最简单的项目上——走起伏路。她们自己很想不通，教练也一路抱怨。

我在第一时间向你报告了这消息。我听到了你的声音——似乎有些陌生了。

72

日子过得糊里糊涂的。星期六和星期天都是大晴天，上午都在家写作，下午去踢球。星期天她的学生星光从外地专程赶过来看望我们。我很高兴。星光曾经就读于我们学校，是一个很朴实的学生，又懂事，又上进，我很喜欢这孩子。一年前他毕业了，在外省找到了一个很不错的工作。晚上我陪他喝了一瓶啤酒。星期一、星期二星光都住在我家，没有走的意思。我就问她怎么啦，她这才告诉我，说星光在北京一家传销单位被扣了很久，不知道为什么出来了，他家里人已经派人拿钱到北京去赎他去了，正在回来的路上。这消息让我感到很惊讶。

昨天,星期二,院里开会。我本来也想叫系里开个会。但是,人来不齐,没开成。于是干脆请大家吃饭。顺便在饭桌上交代各项工作。院领导都来了。喝白酒两瓶。很有酒意了。饭后去市里跟周博士等聊天。因为酒醉说了一些不该说的话,大意是说他的小说太靠近主旋律了之类。又说了一些狂话。他很不悦。我回来感到很后悔。真不该当面跟他说这些。

晚上回家,家人都睡了。我上网,跟你聊天。感觉又疲惫又困倦。于是不洗脸洗脚也去睡了。

夜里下雨打雷。早晨起来去上课。雨还没停。天又变凉了。还可以穿棉衣。

昨晚喝的酒不好,人头疼。今天课也上不好。回到家,星光走了,留下条子,说是回单位去了。

还是上不了网。没法看你。

73

校园里的樱花突然一夜盛开。我当机立断,立即叫学生到樱花园上摄影课。这就把下周三的课提前上了。

阳光明媚,我一直在樱花园里照相。当然主要是照她。她穿我们传统的侗族服装很美,很好看,也很适合。但今天她穿了一套自己买的所谓时髦衣服去照,太难看了。我不想说她什么。她是说不得的。其实,你也一样。你也是说不得的。

鲁老师也带他女儿来看樱花,我给他们拍照。当时太阳还没出来,但天是晴朗的。他们中午回家吃饭。他们一走,太阳就出来了,非常的明亮。

下午的阳光简直灿烂无比。可惜下午我要去学车，没法去拍照了。

下午我把车开到市区里去了。哈，还不错。但还很不熟悉。主要是一些交通常识还不熟悉。

你的毛病又犯了——自以为是，无端指责别人，却又不许可别人解释——我想把你在QQ上说的话复制到这里，可惜没有成功，最近我的电脑一直有问题，速度慢，动不动就死机，看来得换新的电脑了。

74

我居然能把你的车子开到老家盘江，这简直是个奇迹。

当然，技术还是有问题，在铺子过来的一座大坡上，我没能在一大坑前及时刹车，车子底盘被剐得十分严重，你痛在心头，我也一样——在驾驶中，经验有时就是技术。

不过，我还是很开心，我到底还是把车子开回家了。而此时，距离我驾考结束仅仅过了一天。

我是星期一上午参加最后一科考试的，即科目三的场外考试，谢天谢地，我总算顺利过关了，女考官并没有为难我，当然更没有为难别的学员，在我们最后一组的四人中，我居然还算上乘的，几乎没有差错，而他们几位都错得很多，而且紧张得一塌糊涂，最可怜的是其中一位女学员，两次考试都没有通过，几乎要哭了。

当天下午我就买星期二的汽车票准备回家，我没想到那么快就能见到你，你来边城接我，我从大巴上下来，换乘你的车，直奔清江县。晚上住老地方金穗宾馆，少不了又鏖战一夜。

今早起来，你让我亲自驾车载着你前往故乡盘江。我真没想到，我居然可以很轻松地把车开到老家。四个小时，是有些慢，但是，安全到家，这就是奇迹了。

有了这样的驾驶经历，我对未来更有信心了。

75

昨天晚上我们早早睡下了。做爱一次。

山村的夜晚，很安静，心情也放松下来了，自然睡得很沉。

今晨醒来，再次做爱。这次，我是被动的，完全没有做爱的欲望，但被你强迫，却居然使你彻底满足。在欲望的满足上，你真的太可怜了，你亏欠得太多了。

早上吃的甜酒粑粑。我很喜欢。

我用自来水给你洗车。洗得很干净。整个变了样。

上午哥关过来，我跟他一起到村外的山坡上挖土修庙。地基已经初步平整出来了。

中午我叫哥关来家吃饭。饭后他一个人继续去挖地母庙的地基。我和你休息了一会儿，然后我去帮哥关挖了一点儿，你一个人留在屋里上网。你很无聊，所以需要翻看旧照片来打发时间。你那些自以为很精彩的照片和录像，还有图像里你自以为很亲密或亲爱的人物，在我看来都很无聊，但我无法去改变你根深蒂固的低俗的审美意识。

事实上，你活在你的世界里，我也活在我的世界里。你曾对我说过，你希望我不是一个知识分子。我想，这就是我们之间的距离。

下午我和哥关终于把地母庙的地基挖完了，这是个很好的基础。

晚上我请哥关和哥十来吃饭，大家喝酒聊天，到很晚才散席。

我决定明天继续和哥关挖南岳庙的地基。

76

晚间做了一个奇怪的梦，说是被一家媒体邀请去参加一个什么活动，中间有午餐，但我找不到吃东西的工具，我最后发了脾气，警告他们说我是××……醒来后我想这是平时的我吗？不，不是，平时的我绝不是这个样子。但我也不知梦中的我到底从何而来。

早晨有些许寒意。窗外的景色很美。有行人在公路上走。但我很烦心。原因就是你不断打扰我。问这问那。我不是没有告诉过你，说我写作时不希望别人打扰，但你还是打扰了，而且，你也明知是一种打扰。

我还是尽量克制自己，努力微笑着应付你的问这问那。但我内心其实已经烦躁之至。好在这种事态没有继续往下发展。

哥先恰好来喊我去吃饭，算是解了我的围。

我毫不犹豫就跟着哥先去了。你说你不想去。我是巴不得。立即同意。

我到哥先家小饮。计配和哥燕也在。我们几个弟兄喝了两小碗米酒。略有醉意。听说我要带头修庙，他们很高兴，答应下午跟我一起去帮助哥关。饭后他们回家去拿劳动工具。我直接回家跟哥关一起去挖南岳庙地基。

一整个下午，我都在陪他们挖土。非常辛苦。

一直干到下午四点多钟，我和你驱车去乡场买菜。留他们几个继续干活。去乡场的路极为难走，下雨，路滑，又是窄路，等我们从乡场回来，他们已经收工了。

不过，晚上我回来还是做了一桌算是较为丰盛的晚宴招待他们。大家喝了不少酒。我略有酒意。

77

凌晨三点左右醒来，被迫跟你那个。很疲惫。

之后再睡下，七点半醒来。缠绵一阵。我起床，继续去组织人来完成南岳庙地基平整。我们只用了不到一小时即宣告地基平整结束。

哥燕约我晚上到他家吃晚饭。我答应了。

"有一种粑粑很好吃，我估计你肯定没吃过。"我说。

"什么粑粑？"你很好奇。

"一种野草粑，我们侗族语言叫'矢艮'，汉语大概叫'三月粑'吧。"

"你们家有吗？"你问。

我说我们家没有。现在我们村很多人都不会做了，会做也不想做了，要吃这种粑粑，得往山里走，那些还没汉化的地方，还在做。

"哪个村还做？远吗？"

"不远，"我说，"也就七八公里路程。"

"那还不远啊？"

"但路上风景很美……"

经不住我的诱惑和怂恿，你答应跟着我去一个叫上野的小山村讨野菜粑粑吃。

才满十岁的侄女也跟着我们去。

因为头天下了雨，道路泥泞难行。你叫苦连天。可怜的侄女更是因为鞋子打滑，走路十分困难。

但你一路非常的兴奋。我知道你会高兴的——因为这儿毕竟不是省城。

我和你在下午一时抵达上野村。因为打不通家飘的电话，我对此行没有把握。果然，到了上野，寨子空空如也，什么人也看不见。最后总算找到了哥才的母亲，在她家里吃了碗甜酒。而且，还很顺利地吃到了美丽的甜藤粑粑。

"好吃吗？"我问。

"好吃，的确好吃。"你说。

你也很喜欢上野。一路赞不绝口。说在哪里哪里可以修房子，在哪里哪里又可以做果园，云云。一路看到许多尚未成熟的野樱桃，你说希望樱桃成熟时能再来。我说没问题。但实际上我也不知道什么时候才能再来。

回到盘江，时间刚好到五点，正是我与哥燕约定吃晚饭的时间。我邀请你去吃饭，你说不去了，太累。于是我只好独自先去赴宴。但哥燕和哥关一再请求你去，叫我打电话给你，你最后还是去了，吃到了你喜欢吃的土鸡。你显然比较高兴，还喝了不少酒。

但是，回家时，我们因为一点小问题又争吵了。事情的起因是我要洗头，你叫我用你的香波，但我打不开，你说按三下即可打开。我按了，没有打开。于是，我洗完后请教你如何打开。你当时正在忙于整理上午在上野村拍摄的图片，心情很烦躁地把香波打开了，香波是打开了，但你的态度却极其恶劣。我为此变了脸色。声音也变粗了。

我随后躺在床上写日记，但感觉太困，很快就睡着了。你继续整理你的照片。你来叫我的时候，我已经听不到。

78

清明节到了。

我原来并没有来家过清明节的计划。只是黄州那边事情没办妥，仍需等待，我才临时起意来家的，结果来家后那边也放假了，只好延迟到今日。

昨天跟你去凯寨玩。你对高郎寨很入迷，决定深入其间看看，我开车上去，没想到走进一条极小的路，几乎找不到掉头的地方，最后在一山弯里掉头，重新下山找寻你们，结果在一田坝掉头时把车尾轻撞了一下，幸好并无大碍，把我吓出一身冷汗。随后返回凯寨，我在找寻地方停车时差点又掉下沟去，使我对于车子又有了许多的认识——或许正如张教练所说，没有擦擦碰碰，是学不好车的。

本来想去姨妈家吃饭，但她没在家。只好回家吃饭。下午睡了一个长长的午觉。原说去爬山，也去不成了。晚上在家吃饭，母亲把大公鸡杀了。

又是早早睡下。

凌晨四时醒来。你又强迫我做爱一次。你满足了，我彻底垮掉。

七点半起床，已经有人去挂亲了。老铭一家最早。我喊你起来准备吃早餐，但妈妈说，早餐不吃了，到坟山上去吃。

我们跟弟弟及哥相夫妇还有大嫂凡一起去盘休岷拜祭奶奶，然后又跟妈妈到凸引夺拜祭大奶和乃大妹。

妈妈和我们一起在坟山上吃饭。之后回家，我和你稍事休息，就往卡岭赶。我把车子开到清江。你接着开到卡岭。虽然车子较多，而且道路泥泞难行，但一路顺利，我对于驾驶似乎更有感觉和把握了。

下午五时抵达卡岭，入住速8酒店。

晚上吃粉。加粉。简单，但很实惠。

79

回到省城了。

一早起来，洗漱，冲澡，然后打开电脑开始工作。

你去工地。忙你的事。走时，你把钥匙交给我，说，别走了啊。我说，不会走了。

我们是昨晚上十一点多钟到达省城的。上午我们从卡岭出发，前往黄州。十一点半到达黄州县城。我们来黄州县是为了我的那本书稿。我为黄州写作的一本有关该县旅游宣传的手册。我已经在半月前写完了。按照合同要求，他们需要开一次审稿会。

我开的车。我把你送到老县政府，你自己打的去洗脚。我驱车去新政府大楼面见宣传部的杨部长。她安排下午的座谈会和中午的接风宴席。

因为开着车子，我不喝酒。哈，这一招还真管用。不喝酒使身体感觉很轻松。午饭后他们开房让我去休息。我没有睡着。只躺了一下。我给你打电话不通。发短信息给你。你随后赶到。我驾车去开会。你留在宾馆里看电视、上网。

下午的审稿会其实只是个形式。组织部的马部长主持。来开会的除了县政协的潘主席，其余的都是外行。发言的人不多，发的言也没说到点子上、我稍作回应。

会后我要求立即返回卡岭。杨部长死活不同意，硬留我吃饭。她和马部长还坐我的车子返回县城。无奈。我只好跟他们去吃晚饭。潘主席作陪。

饭后我驱车去接你。杨部长太热情，派洪站长跟我回宾馆。这样一来，你就有可能暴露目标了。我心里很着急。好在中途他下车帮我去买牛肉干。我立即给你去电话，偏偏你的电话又不通。反复打了几次，均提示无法接听。我只好给你短信——"快下来。"你很聪明，知道可能有不便，于是立即下楼到宾馆对面的公路等我。

但你还是被洪站长看到了。好像。

不过，他也许不一定认出你来。但愿啊。

我在前面拐弯地方等你。上车后，我说了事情的经过。你说事已至此，也无所谓了。

当然无所谓了。还能怎样。

我很不习惯夜晚驾车。半道上把车交给你。

一路辛苦到省城。你没回家就去看你的朋友——一个叫阿泰的男人。他的老婆因一个小小的子宫肿瘤被省城医学院手术致死，尸体停放在医院大门里示威。

回到家时已经是凌晨一点过了。我们都已经精疲力竭。脚不洗就直接上床休息了。

但一躺下来你又兴奋得没法睡着。最后，我们在一场酣畅淋漓的做爱中进入梦乡。

80

早上又做爱了。而且，你说，这是最高潮的一次。

我是彻底垮掉了。好在休息了一会儿，体力又有所恢复。

我起来洗漱。打算回去了。你打电话给我订机票。但没接通电话。

躺在你的怀里，搂着你的身体，我承认，这就是爱，这就是美好的生活。但是，我同时还爱着另一个女人啊。所以，心，到底还是分成两半。

——我可以把身体给更多的女人，但我不能把心分成两半。这就是问题之所在。

我要回去了。我是要回去过那种正常的生活。

81

我回到了家。自己的家。今早跟她那个了。很不一样。她对我的身体几乎无动于衷,从不主动挑逗我的身体。而你恰恰相反,你对我的身体十分迷恋。前天晚上,我们还因为你的过分迷恋而发生了争执,结果导致你的一夜未眠。

你老喜欢用手玩弄我的"弟弟"。我不是不同意。我觉得,偶尔玩一下,是可以的。但你的问题是,时刻都想玩,而且,你是像玩石头一样玩的,反复搓揉,这就让人难以承受了。前天晚上,你又这样了。我把你的手拿出来。但你不干,坚持要玩,要搓揉。所以,当我把你的手拿出来时,你的手肯定是被捏痛了。你于是生气。自己跑到电脑房去玩电脑。我不理你。自己睡下了。

我发现,你骨子里有一种很邪恶的东西。但到底是什么东西,我又说不清楚。我只感觉到你并非一般的女人。

当你回来睡觉时,我已经进入梦乡。而且,我做了一个梦——我梦见她发现了我们的隐情,她是从我的日记里发现的,于是,她拿菜刀砍我,我拼命奔逃,四处躲避……你大约发现了我的呼吸极不正常,于是叫醒我,问我是不是在做梦,我说是的。但我没告诉你我做了什么梦。

她不是没有察觉。她是有所察觉的。但她还没有证据,所以,暂时保持着沉默。

我相信,总有一天,一切都会暴露在光天化日之下的。你是个好姑娘。她也是。不好的人只有我。我害了你们。我有罪。绝对有罪。

"你坐什么车来?"她昨天这样问我。

"坐火车。"我说。

我现在撒谎都很平静和自然了。我自己都在鄙视这种平静和自然。当一个人他撒谎还知道脸红时,他的内心就还保有基本的良知和善意,也还是有药可救的。否则就没有指望了。

我其实是坐飞机过来的。CZ3655次航班,从一个省城到另一个省城。早上七点五十的飞机。我们五点钟就醒来了。争论昨晚的事情。没有结果。但气似乎都消了一些。基本心平气和了。争论到六点,我起来打开电脑,倒腾你需要的图片。你起来煮面。六点五十我们准时出门。七点二十到机场。我去办理手续。然后跟你告辞。我们在机场大门口拥抱。我不知道有没有人看见。但我担心别人看见。也许总有一天会有人看见。

一个小时后,飞机顺利在沙城降落。没有人接我。只好在大厅里等候民航车。等到十点半了,才有车来。倒腾半天,到家时已经是午夜了。

她没想到我会突然回来,什么也没准备。她吃面。我吃从老家带来的醮粑。随便对付过去了。

小孩不在家。如果是在以前,我们肯定会立即做爱。但这次,我们没有做。主要是我不想做。我做不了。你每次都喜欢把我掏空,然后让我在这边无能为力。这是典型的妇人之心。你其实不过是想给我点难堪而已。但我真难堪了,这对你有什么好处呢?一个真正智慧的女人,是能够善解人意的,也是善于替对方着想的。你的所作所为,其实都是在把自己逼上绝路。

没有女人的时候,我渴望女人,但有女人的时候,我也厌倦女人。我不知道我为什么不能善待她们。

82

生活太琐碎了,也因了这种琐碎而忙乱。

上午一大早起来写辞职信。然后骑车到南校去给学生交代论文修改事宜。顺便到科研处交科研结题报告。再返回院里交辞职信。接着马不停蹄赶往市区领取驾照。又去一家4S店看车。中午回到联想维修站修理电脑。最近电脑老坏。昨天修理了一天，没搞好。今日再去，又是忙碌了一个半天。好在有周博士的帮忙，亲自驾车陪伴，争取到了许多的时间，否则会把人忙死。

昨天也是去修理电脑，顺便把周博士和鲁老师叫出来，请他们来茶楼喝茶聊天，稀里糊涂地过了一天。晚上回到家，本以为可以上网了，没料到，电脑没搞好，上不了。她那里似乎可以上，我去告诉她，我要用她电脑上一下网，她竟然没有听见，把电脑关了。我心里很不是滋味。我自己打开她的电脑。还是上不了——学校最近都这样，一到下班时间基本上都上不了网。我估计是上网的人多了，网络线路繁忙，上不去。已经多次给学校网络中心反映了，但没有得到解决。

83

早上起来上网。还上不了。想打开音乐来听，发现我的音乐文件夹居然不知道在什么时候被删除了。哀哉！

上午我去邮局寄一封信，回家途中网络中心的负责人就来电话了，大约是受到了校长的批评——因为我前天就直接给校长信箱留言反映了我网络不通的问题——他们反复问我给网络中心打了几次电话，我实话实说，说打了七八次。他们说，没有记录啊，只记录了三次。我的天，三次还不多啊，三次你也该来给我解决啊！我说，应该不止三次，有些可能是没被记录，因为我有时候是以咨询的口吻去电话的，比如今天早上，我就问，别的家有没有要求维修网络线路的电话啊？难道只有我一家有问题吗？接电话的小姑娘可能就没有记录在案。

不管怎样，来人了。反复检查，还叫我自己掏钱更换了交换机——其实我的交换机是新的，才换不久，果然更换新的交换机之后也还是没有解决问题。

没有网络，我跟你就失去联系了。

84

网络终于正常了，但QQ却被人盗号了，无法正常打开，也就不能与你联系了。

昨天我一天有课。上午是本科的课。下午是研究生的课。有意思的是，研究生在课后对我说，其他的几位老师都不来上课，有些老师连面都没见到，你也就早点停课吧。麦噶德！我还以为他们都在很认真地上课呢。好，我也不上了，我叫他们自学。

今日雨停了。天气转晴。我上午去邮局给北京一家出版社寄出版合同。回来上网瞎逛。一个上午就牺牲了。心里是有些急躁。有些事，放在心里，有点烦。

一个事，是我昨天给系里的邹副主任打电话，问他能不能领出1000元给我请人做讲座？他说不行，这样搞就难搞了。我说好吧，那就等我跟院领导商量再说吧——太奇怪了，一个主任领导不了一个副主任，哈，还不辞职干什么？

一个事就是QQ被盗。她上午一直不在家，且很晚才回来，我还以为我的QQ是被她请人怎么样了呢。但中午她回来，说她去买东西了，安利公司搞活动，买东西可以得包。我就知道她又被人拉去搞活动了。我心里很不高兴。但又不能说她。这已经不是新问题了。在很久以前我们就为此争执过多次，她说安利不是传销，只是一种促销手段而已。我说安利搞的其实就是一种传销，没必要迷信那东西，东西超贵不说，产品质量也不见得比国内名牌好……她死活不听，说安利产品就是好，她买安利产品一次几千元她不心疼，但要她为我交几块钱的电话费她就心疼得不得了。唉！随她去吧。女人啊，愚蠢起来简直没底！

　　下午学校绿化办的员工来修建我们小区的停车位。但没有修我们单元的停车位。原因是我们单元的某位老教授不同意在楼前修建停车位。我打听到这情况后，立即跑到南校去找领导反映。他们又叫我返回来找某科长。我骑车返回到自家门口找某科长。他说，要写报告，然后还要等学校领导签字。他们才能修。我只好答应写。

　　一个老朽，一个对生活已经没有了什么奢望的老教师，他只站在他的立场上看问题，他一句话，就否决了我们整个单元所有教师应有的生活福利，由此可以想见，在这个国家，任何社会进步的要求都有可能会遇到这样巨大的传统阻力。

我们去庐山了。

一共去了三天。

去一天。玩一天。回来又一天。

从庐山返回学校，一路辛劳。你一直在打我电话，我没接。你哪里知道，她也跟我去了。我没有告诉你。我把手机关了。告诉你，你会生气，不告诉你，你又担心我出了什么事。我只好撒谎说，手机没电了，又没带充电器。你说，想不到你也丢三落四啊。我不吭气。

我们是星期六去的庐山。说是带学生去实习。其实就是去旅游。我带队。还有另外两位老师。一位班主任，一位宣传部的干部。

从庐山回来，不知不觉又是三天时间过去了。这三天对我来说，实在是煎熬啊！

上个星期五上午开始硕士论文"预答辩"。我不知道这是谁想出的鬼主意，总之这对我们的劳动是一种极大的不尊重。没有报酬，也没有任何意义，却要我们去看那么多无聊透顶的论文，这本身就够羞辱人了，而主持人的低能和无赖则更考验人的耐心——学生无心写作，只想拿到文凭，而老师们也不想严格要求，更不会认真指导学生写作，但为了过关，却叫我们临时来读学生的作品，给学生提意见——我知道一切都是在走过场，一切都是在演戏，我也完全可以不发言，不提意见，但是，我还是忍受不了硕士点负责人的平庸和无赖——什么预答辩，其实就是想叫我们帮助当领导的指导学生论文而已，而他们自己是既没能力也没时间来指导的。

然而，星期五的这次预答辩居然还不是最糟糕的，到本周星期一晚上开始的另一个硕士点的研究生开题报告和昨晚上进行的预答辩，才是要人的命。前一个硕士点的负责人虽然低能，但他还懂得节约时间，叫老师分头看论文，然后直接提出修改意见，虽然是在榨取老师的剩余价值，但好歹煎熬的时间不长，很快就结束了。而后一个硕士点的负责人则要求完全按照正规答辩的形式进行答辩，先由学生陈述十到十五分钟——实际上也没人看时间，大多数都超过时间，再由老师提出问题，学生还装模作样去准备，然后进行答辩。答什么辩啊，全是东拉西扯，互相敷衍。更恶心的是，某些老师还刻意袒护自己的学生，很明显的错误也看不出来，有人看出来了，但也不想指出来……如此煎熬了两晚，我以为噩梦会就此终结，没想到，今天下午，我指导的一个学生来家里拿鉴定表，我要求她继续修改论文，她居然十分激动地表示不想改了，说自己的能力有限，也不想做学问，只想能通过论文答辩，然后拿到硕士文凭……我当场气得一句话说不出来。有意思的是，这个学生还一直是我最喜欢和器重的，当初也是她主动选择我做导师，三年来我对她寄予很大的期待。想不到，最看好的，居然也就成了最失望的。

我最后对她说，那好吧，论文就随你便，你想改就改，不想改就不改了，反正，我已经尽到了我的责任，我把应该修改的地方都用红字给你标示出来，你看着办吧。

她气冲冲地走了。

我看着她的背影，长叹了一口气……

86

又开始争吵了。你喜欢过这种毫无道理的争吵生活。

事情的起因很简单，就是一桂林女孩想来报考我的研究生，亲自从桂林跑来找我。我说我要接待她，并请她吃饭。你就开始生气了，说我不应该接触她。

我心里好烦。前天才有一研究生来跟我吵架，我本来想跟你诉诉苦什么的，没想到你居然为这件事情大吃其醋，真是令人气恼。到昨天，你变本加厉了，继续指责和怀疑。哎，你真是典型的以小人之心度君子之腹啊！

昨晚我去找孔老师帮忙刻录光盘，顺便请他和赵老师、孙老师吃饭。结果我喝醉了。之后去见那位广西女孩。她不是一个人来的，而是两个人来的，这个我已告诉了你，但你依然生气。

你：等你到家后我就可以睡觉了

我：你呀，你总是在担一些多余的心

你：关键是还没有稳定的感觉

我：不过，也因此知道你很爱我，但是，你实在太不必要了，我比你想象的单纯几十万倍

你：你做的事不单纯呀大哥

我：什么呀，你呀，见面再教育你吧，现在什么也不要说了，休息吧

你：教育就不必了，男女之事就那么回事，总有人在调戏，总有人在调戏中，总有人愿意扮演而已，你们才认识多久呀，就能那样

我：你呀，你，太没文化，太低级，太世俗，太，哎，算了

你：又没文化，文化人调情就有文化了，只不过是斯文流氓而已，我不羡慕

我：我可以告诉你吧，你这是典型的，以小人之心，度君子之腹

你：不要说没文化这个词好吗？很伤人的

我：我不想说

你：还有比这更贴切的词

我：但是你证明给我看了，我很难过，我想哭，因为找了半天，最后还是找了个卖菜的

你：卖菜的？

我：对，比卖菜的还差，还没文化，还粗俗

你：是在骂我吗？如果你是这样认为，这个问题很严重

我：对，就是很严重

你：如果我还不及卖菜的，我愿意永远不见你

我：那你自己决定吧，我下了

你：你要告诉我你是这样认为的

我：不是我认为的，而是你用事实证明了的

你：我是认真的，从没有的认真

我：真遗憾

你：如果你真是这样，我也很遗憾，你的文化构筑不知是什么样的？就因为你读的那些书吗？你这样损一个爱你的人，是文化的一部分吗？说话呀？我的心很痛，从昨天到现在。首先我很感谢你告诉我那个女孩要来，我也知道你没有什么，但你却不允许我不高兴，难道这种情况你要求我高兴吗？你忽然离线，给我的感觉你可以为了一个不相干的人分分钟会离开我，这就是文化吗？假如你是我，你该如何处理？然后就劈头盖脸地说我没文化，还不及一个卖菜的。这就是文化吗？任意侮辱你的爱人。然后又是离线。你的文化使人心痛亲爱的。但爱情它是个自私产物呀，我的爱人。大度和狭隘我可以分得清，我知道你遗憾的是我没有去信任你，但这种信任是需要时间和事件去堆积的呀宝贝，毁灭很容易，美好却需要耐心和呵护才能完成的，你说呢？

看看我们昨天的这段QQ聊天记录，就可以知道你是怎样的一种心理。我不敢说是狭隘，但确实令人费解。你其实不仅是狭隘的问题，而是无知同时带有很强的虐待狂心理。你喜欢叫别人听你训话，听你教导，而且不能让别人离线。别人离线你会更加生气。但是，难道你不知道，这是网络啊。你让人家承受如此的羞辱，人家不会选择逃避呀！

我不知道我们还可以持续多久，而且，要命的是，我不知道我们最终的结果是什么。今天早上，我去跟她做爱，她突然问我，你有什么事瞒着我吗？我一下子愣住了。我当然有事情瞒着她。但是，我说，没有。她说，是吗？但我感觉你有。我说，你怎么突然问起这个问题？她说，嗯，就是随便问问吧。我曾跟你说过，我不会撒谎，我一撒谎，脸上的表情就不自然。显然，她察觉到了什么。或者更准确地说，她感觉到了什么。不可能没有感觉的，我们毕竟是二十多年的老夫妻。对于彼此的一切都过于熟悉。一些细小的变化自然会引起对方的警觉。

我心里很乱，很矛盾。我知道，这件事情迟早有一天会暴露出来。我不知道，到那个时候，我们又该做何选择？或者说，还有没有选择？

对了，我忘了告诉你桂林女孩的事情——我昨晚和她、她的同学，还有鲁老师一起，在茶馆里聊天，我们聊到十一点，然后我打的送她们到学校门口的一家小宾馆住宿，休息。然后我回家上网跟你聊天，本来我想告诉你这些情况，但你一吵，我就没机会说了。今天早上，我去叫醒她们，请她们到教工食堂吃早餐。然后带她们到家里坐了一会儿。她们参观我的书房，跟她见面，打招呼，然后她们就走了。她们说先去校园参观一下，然后去市区逛逛，晚上乘火车赶回桂林。

我知道她们很失望，因为她们来的目的是想报考我的研究生。但被我回绝了。我说我以后不再招收任何学生。客观而论，不是我不想招，而是在眼下的社会现实中，很难看到有真想学习的学生，所以干脆彻底放弃了。

她们走之后，我开始工作。我整个上午都在传图片。传到出版社。文件很多，很大，搞到下午一点钟还没搞好。上传完毕后我休息了一下。很累。一躺下就睡着了。三点钟起来，她走了，去上课。

我上网来整理昨晚跟你的吵架记录。感觉生活充满了危机感和荒谬感。我不明白自己为什么要放弃原本好好的家庭生活而来过这种因背叛而时时感受到惶恐和不安的日子。

87

我居然能从边城把车开到清江，这完全出乎我的想象。全程高速，而且开的速度还不慢，许多时候开到120码，我感到很高兴。当然，刚开始开车，多少有些兴奋。

我是早晨从家里出发的。七点半出门，九点上大巴车，下午一点五十到边城。你晚点了。我等了大约半小时你才到。你说你困，想歇会，叫我开车，我求之不得。但你似乎也没睡着。你担心我是新手。我明白。

其实我也没睡好。来见你之前，我因辞职信获得批准而兴奋。我当即大大松了一口气。当天晚上就跟她请假，说我要回老家一趟。理由还是去搜集写作素材。她当然并不乐意，但也一时找不出阻拦我回去的理由。昨天下午我就去车站买票。顺便去了书店，买了些新书。我顺便打电话叫鲁老师也来书店买书。他来了，买了书，晚上还请我吃饭。我没有推辞。在一茶楼里，我们聊了一个下午。我很困。眯着眼睛听他说话。他还是在叨念他的作品。他自以为是前无古人后无来者的完全创新之作。我听着，没有往日的兴奋。意识迷迷糊糊。但没有睡着。晚上我们还喝了一点酒。回家时她在看电影。孩子在上网。今日凌晨我想过去跟她那个。但她居然没在睡觉，而是在上网。我不知道她在跟谁聊天。但显然她也有她自己的世界。那是一个对我保密的世界。我和她躺在床上聊天到天亮。天亮时她睡着了。我起床，洗漱，然后带上行李，到食堂吃早餐，坐大巴进城,到汽车站赶车往边城。

你给我带来了樱桃。哎,我什么也不说了——本来我是有话要对你说的。你又来那个了,我省去了晚上的一场鏖战。

88

凌晨四点醒来。我们一起讨论那天的生气问题。我说了我的观点,你也谈了你的看法。最后大家都妥协了,你说你认领百分之五十的错误。

到天亮时我们又睡去。八点过了才起来,然后直接驾车去清江巴拉河你的基地。

你的计划,是要在巴拉河地方搞一个苗族文化研究基地。你的目标当然不是为了研究什么苗族文化。你是想通过那么一个平台来做你的生意。准确地说,你想通过这个基地来赚游客的钱,尤其是老外的钱。

基地还没有真正建立起来。目前你暂时以巴拉河村支书家为落脚点,一步步着手你的开发计划。

你和张支书家老婆——你干妈——一直在看你洗给她们的照片。我很困,到床上休息了一会儿。醒来后我独自一人到村子里转了一圈。阳光明媚,嫩叶簇新。桐花开过了,槐花开得正猛,油菜是到了收割的时节,稻田里正有人在收割,但也还有一些零零星星的菜花在地里开着。我沿着田坎走到田间,一边给劳动的人们拍照,一边欣赏着这迷人的景色。我看到一块石头,颇有形状,我心里打算着另找时间过来把这块石头搬走。你寻找过来了,我告诉你这里有一块石头不错,你去看了一眼,说一般,我说应该不一般,于是我自己去把石头扛到车子旁边了。你最终还是承认,这是块不错的石头。

江边停着一些小船，船上都架设有电鱼的工具。我感到很不愉快，我希望人们不要继续用这样的方式捕鱼。我甚至建议你就此问题给相关部门写提案。你同意了。

到张支书家已经是下午五点多钟了。你一边继续跟张支书家老婆聊天——此时村里陆续有人来参观你给他们拍摄的照片——一边跟我倒照片，看照片。你的机子突然看不到我的全部照片，你大吃一惊，赶紧联系你的侄儿，询问到底怎么办。你侄儿在电话里告诉你，说这有两种可能，一种是被杀毒软件删除，二是被你自己不小心删除。你排除了这两种可能，自己拔掉移动硬盘连线重新插入，结果，所有数据都恢复了。虚惊一场。

我躺在床上休息，看书，看那本叫《卢瓦河畔的午餐》的书，太困了，几乎睡着。

差不多到八点多钟，张支书家子女陆续从四面八方赶来，我们才开始吃饭。饭菜都很简单。一个猪肉火锅，一个炒鸡蛋，一个油炸小干鱼。火锅是酸汤的，味道不错。但油炸小干鱼可惜了，油炸后几乎没有任何味道，如果加辣椒、大蒜等作料小炒，其味一定鲜美无比。

来人中有张支书大儿子，还有一个女儿、一个儿媳及孙子。一家人团圆，其乐融融。

但有一只小猫老在叫，我问怎么回事？张支书说，它在搬运它的崽。我心想，猫无缘无故搬运它的崽干什么呢？张支书说，它生了很多崽，被我们丢了，只留下两只给它养……难怪！可怜的猫，做母亲的权利就这样被人剥夺了。它感到自己的子女依然有危险，所以一直在想办法转移，以求得安全。

张家小孙子不懂得其间道理，还一味去踢猫，我劝阻了他，并且对大人们指出,不该扔掉它的崽,好可怜。张支书爱人说,它崽太多了,全寨子都得了它的崽,没人要了。而且,还有一窝马上又要生了。

我心想,不管怎样,猫有它自己的权利,人不该过分干预。但可悲的是,猫因为把自己的性命依附于这家主人,所以无论主人如何处置,都只能承受,而不知反抗。

吃过饭我们又去看妇女们在村委会办公楼里跳舞。她们在练习。说为了明后天的节日踩鼓活动,她们得多练一下。我给她们拍了几张照片,效果不好。

村委会里摆放着一些用镜框装好的大照片,我猜想是你给他们做的。我走近一看,果然是——我是从那些照片的风格特点看出来的。

有月亮。而且很明亮。大地如同白昼。但寨子的小巷里,依然有些黑暗。我打着手电筒走在前面,你老是叫我关掉。你的老毛病又出来了——看问题总是从自己的经验出发,很少替别人着想。我打手电筒,是因为我有夜盲症,只要一到夜晚,我的眼睛就看不见,无论有没有月亮。

我不想跟你解释,自己默默走着。到很宽阔的地方才关掉手电筒。

差不多到十点多钟了我们才回家休息。我洗脸洗脚后上床写日记,但只写到一半眼睛就撑不住了,只好立即关掉电脑休息。

被子很厚,很暖和,很适合我。

89

凌晨四时醒来,上厕所,之后再睡不着。躺在床上想心事。无边无际，无头无脑，无始无终，无由无端。

到五点半光景，我起来补写昨晚没写完的日记。写完又困了。再次睡下。刚睡着，你又叫醒了我。因为今天清江县城有节日活动。我们得过去看看。我这次能出来，本来也是以参加这个节日为借口的。否则我没理由出来。还好，多年来她一直支持我的工作和事业，只要说是为工作和事业而外出，她一般不会阻拦我。但其实，许多时候，我的所谓外出，都跟工作和事业无关。事实上，我已经相当厌倦了跟她在一起的生活。她冷漠、自私，对我的身体和生活不闻不问。有时候我生病了，很希望她能关心一点我，但她就是漠不关心。她不关心，我知道，那是她有怨气，她也一样厌倦了跟我在一起的日子。

我起来，没有洗脸，也没有漱口，直接就去到河对面，以为那边可以解决大问题，但是，没有地方可以解决，只好挨到清江县城，直到会场后才有机会解决。

张支书跟我们一起去。还是我开的车。但今天比昨天开得好了很多。一路很顺利。到清江你去招商局取开幕式的票。我和张支书在车上等你。不一会儿，你取到票，我们一起步行去会场。

整个开幕式都做得不错。清江的原生态文化灿烂多姿。可惜地方领导无能，没能很好地包装和开发利用。

我拍了不少照片。但也没什么特别理想的。表演十二点结束。

我们走出会场，你去给张支书买了一款手机。我给她发去信息。说，很热闹。她回信息说，是吗？是在清江吗？我又回说，是的，太隆重了，今天在清江，明天在施洞。

中午我请你吃饭。面条，米粉。

之后我们去逛街。张支书去看斗牛。街上有很多农产品展销。我看上了一个竹器，想买，但你说回头再买。但当我们回头时，竹器没有了，卖完了。我买了一个擂钵。又买了一个手电筒给你。你说你有手电筒的。我说你昨晚不是没有手电筒吗？你说，有的，只是没拿出来而已。

你到车上小憩。我整理了一下行李包。又去上了趟厕所。然后我们回到宾馆接张支书和村主任。然后返回施洞。在施洞街上，你拿东西到处分发给众人。我去农贸市场给妈妈买了两把竹躺椅。

回到巴拉河村，已经是下午六点钟了。

陆续来了一些客人。都是你的朋友。吃饭时，你给我介绍她们的名字。但我什么也记不住。记得的，只是她们的热情，那种很苗族的东西。

晚饭我亲自炒小鱼。味道好了很多。

主菜是酸汤牛肉。味道很好。村主任也来了。他爱人打工去了。只有他在家。肉是他买的。张支书亲自下的厨。村主任来吃饭，但不喝酒。我和张支书家儿子喝了小半碗米酒。

饭后我和你继续去看村里的姑娘踩鼓。还是老样子。我感到很疲倦。就回家休息了。

张支书和他儿子下河去打鱼。说晚上在船上睡，不回来了。要第二天早上才回家。

90

早上六点起床。我上完厕所即到河边照相。有很美丽的风景。

沿着河边有一条弯弯曲曲的鹅卵石小路。我在那条小路上徘徊很久。我想了些心事。想着这样的生活，是不是我所追求和需要的？我没有答案。

太阳出来后我和你驱车到镇上吃早餐。我说在街边随便吃点即可。你却坚持要到老地方去。我只好听你的。许多时候,你很霸道。这跟她的性格完全不同。

吃完早餐后我们去老屯。那是苗家姊妹节的发源地。寨子位于清水江畔的一处平坦盆地里。因为没有找到制高点,我看不到这寨子的全貌。但仅从侧面看去,这寨子也异常美丽。

今天正是姊妹节。有远近的客人陆续到来了。街边到处有人在贩卖苗族的老古董。主要是苗族的衣服。你对此非常有兴趣。我没有兴趣,但我给你出了个主意——我希望你把这种生意做成产业,并加以扩大。你眼睛立即放光。

村子里到处是人。摄影人。我们落脚在张支书儿子的岳母家。他儿子汉名为"国年"。但你老叫他"国连"。他岳父的母亲已经八十多岁了,很慈祥。她问你我是否是你的爱人,你说是的。但她又去问国年,国年说不是,所以她说你是"骗子"。哈!

由于你的懒惰,我们错过了起鼓仪式的拍摄。

中午我们在国年的岳母家吃饭。很丰盛的午餐。饭后我们去看苗家人捉鱼。很有意思的一种表演活动。接着是跳木鼓舞。因为是群众自发的节日,组织得很差,时间耽误得太久,差不多到下午四点钟才正式开始。

我们拍摄了一会儿,就返回老屯大寨。在那里又拍摄了一会儿。

下午五点半左右返回施洞镇。你说要去跟镇领导谈一下。我本不想去。但你这么说,我也只好去。到了镇里,张书记在家。你和他谈话,我上网。

之后镇里一位姓周的小姑娘来叫张书记去吃饭,顺便也邀请我们。我们去了。结果我喝得大醉。

晚上是你开车回巴拉河的。

我醉得一塌糊涂。倒床即睡,中间没有醒来。

91

到家了。又是我自己开的车。而且，这次开得很好。你一路表扬我。我自己也比较得意。

昨天拍了一天照片，很辛苦。我们早晨从巴拉河出发，步行到杨家寨，那里早已经人满为患了——原来是有一帮人在拍电影。许多人前去围观，拍照。我没有兴趣，往前走。昨晚陪我喝酒的老乡叫车送我们到婚礼现场，结果什么也没有看到。而工艺品展演的地方距离我们又远，也没有拍摄到有价值的照片。你一直想去看你的朋友。最后还是去看了小雨红。小雨红家有一位客人，是从日本来的，同时还有两位导游，她们正准备吃饭，你想留下来吃，我没有食欲，就走了。我们到河边散了一会儿步，最后来到街上吃粉。你吃，我不吃。你很快就跟旁边的一个香港男人勾搭上了。你很有这种天赋。

饭后我们乘车去杨家寨。在一棵大树下乘凉，小睡一会儿，游行就开始了。

整个下午是欢乐的海洋。

人山人海。

那场面的确壮观。

你一直在找你的巴拉河老乡，这可以理解。但你老要我给她们照相，我兴趣不大。

直到黄昏，我突然提出要回去。我的意思是返回清江。明天回老家。你同意。于是，我们临时决定突然离开施洞。你去找你干妈要钥匙，我沿公路慢慢走，走到半道才找到地方解手——哎，都憋屈一整天了，真不是滋味儿。

到巴拉河村收拾东西我们就往回走。还是我驾驶。我带上了我的石头。到镇上我们去吃面。吃完面我们在施洞河边市场等候晚上的篝火晚会。等了很久，我几乎没有耐心了。就打算自己来到车上休息。但是，实际上没有时间休息。篝火晚会马上开始了。

先是放焰火，然后是篝火。天黑，什么也照不上。

我们在九点四十左右从施洞出发，前往清江。我第一次在夜间驾驶，对于车上灯具很不熟悉，你的讲解很没有耐心，而且，关键是，你自己还讲错了。在几个地方，由于我处理不是很得当，你几乎要崩溃。我不理睬你，慢慢摸索，很快就掌握了技巧，后来就很顺利了。到清江上高速后，我一路狂奔，居然开到140码。

午夜十二点我们来到金穗宾馆，登记，入住。大洗。我上网处理了几封信，然后与你大战。这一夜，我们做了四次。到天亮时，我本来已经起床洗漱了，但又被你引诱，又做，你我终于都心满意足，不再动弹。

早上八点钟我们出门，前往盘江。还是我驾驶。这一次，我的驾驶得到了你的表扬。我自己也感觉越来越熟悉了，很有些成就感。

我们分别在瓦寨和南明买了一些日用百货。

到家时，已经是中午十二点过了。我们只吃了一点粑粑。就开始搞大扫除。你收拾家里。我洗车。一切都收拾停当后我们倒在床上休息，沉沉入梦，十分踏实而香甜。你说，你希望在盘江安家。永远。你的心情我理解。但我觉得不现实。很难。

晚上弟媳和侄女们都回家来了。妈妈杀了一只鸡。晚饭有香菇鸡肉汤，还有腊肉和干鱼。我喝了一小口酒。我快吃完时，突然来了两位打工的苗族中年男人，我弟弟陪他们喝酒，我和你去散步。才走几步就回来了。我和你倒腾照片。同时删除一些照片。但搞到一半，就出现问题，删除不掉了。

你于是早早睡觉了。我看了一会儿书，也睡了。

92

你一早起来撩拨我。没办法。我只好勉力去满足你。真正的精疲力竭。

早上起来煮水饺吃。是弟媳从县城买回来的皮和馅。她自己包。自己煮。堂侄儿盛英来喊我去他家吃早饭。我没去。

有镇里的医疗小组来给村民义务检查身体。村里立即热闹起来。

妈妈叫我跟他们吃饭。我没有吃。我后来跟弟媳随便吃了一点。

我叫你在房间做自己的事情。但侄女娇娇上来跟你玩,她把她弟弟也带来了。他把我电脑的键盘搞坏了。

中饭后我带你到后山去吃野樱桃。居然很多。而且结得很好。这是我不曾想到的。小时候这东西倒是很多,但在很多年里,似乎绝迹了。想不到这几年村里劳力大多外出打工,生态又得以恢复。

我们摘了半笆篓的樱桃回家。

我说我希望能在那里修房子。地很宽。空气也一流。但你似乎无意于此。

到家后你洗衣服。我看照片。小睡了一会儿。很快又被娇娇和她弟弟吵醒了。

下午出了一阵子太阳。你赶紧拿相机去照相。我和满爹万银抬一块石头到房间。用来放书。很美。

母亲最近一直生病。我很担心她。但她老说不要紧,硬扛着。但扛到今天下午到底还是支持不住了,就打电话叫一乡土医生来打吊针。打了一下午。到吃晚饭时才结束。医生也就在我家吃了晚饭才回去。

满爹万银故意来买酒。我留他吃饭。他留下来了。算起来,他年纪也不小了,也是四十出头的人了,但至今单身。我问他为什么没结婚，他答非所问，说他曾经到过广东和上海打工，帮人栽树。他说他给那个老板说了，你可以来盘江找我，那里的小孩都认识我——很显然，满爹万银脑子有毛病。

老平从我们门前经过，老平笑了。

我觉得没什么好笑的。

好笑的是我们自己。

93

你又要了我。惨啦。我说我没力气抬石头了。你说对不起啊。

说到行程，我说早点儿走，你说还是按原计划走。我说去晚了怕买不到票。你说买不到票就送我回家。哈。这我倒喜欢。但我知道你也只是说说而已，未必当真。果然，当我问你是否决定送我去时，你说，去了，怕给你带来不便，以后再说吧。

早上起来吃汤圆。之后上楼来打算做点什么，但你在，总是什么也不能做。之后母亲委托侄女娇娇来喊我去晒谷子。我挑谷子上楼。你跟着去。给我拍摄了好多照片。你开始对拍摄人像产生兴趣。

大约十点钟光景，云开雾散，我们去拍摄在附近做秧地田的人们。

稍事休息，我们接着吃午饭。午饭过后我们又休息了一个多小时。我做了很多梦。但醒来似乎什么也记不得了。你说你做了一个色情梦，而且与娇娇有关。

下午四点钟左右，我带你和娇娇到后山昂仰去玩，一路采摘草莓。我带你看了好几处可修房子之地，你均不满意。最后的地方你虽然满意了，但你对于我关于未来的设想，还是大为存疑，因此也没有投资的意愿和激情。

许多年来，我一直想在故乡老家修建一栋属于自己的房子。然而总是不能够。根本原因就是没钱。我知道，无论我年轻时在外如何奔波，但最后临到暮年了，我还是要回到老家来了结残生的，所谓落叶归根啊！

回到家，已是傍晚时分。我们又到寨子上串了一会儿。

晚上弟弟跟满爹万银买来几斤野猪肉，然后我们一起分享。妹妹和妹夫也如期赶到。我喝了不少酒。有意思的是，你居然要跟我拼酒。我没有上当。但你喝醉了，似乎。

鬼知道你心里怎么想的。

饭后我们一起散步。看天上漫天繁星。你跟我说了很多的情话。回来时，你直接上楼休息。我继续跟妹妹和妹夫及母亲交谈。到晚上十一点才上楼休息。你睡着了。

94

我一大早起来给县政府写报告，希望他们能支持一点经费来修庙。

你老是喜欢缠绵，我只好借口解手才得以脱身。我现在深深体会到什么叫累了。

早上我听到妹夫起床，然后发动摩托车带妹妹回家去。我想起床。但也还是有些懒。大约七点钟起来，开始写那个报告。然后收拾东西，准备返航。

弟弟请人来家吃饭。客人是镇政府林业站的站长。姓刘。还是吃野猪肉。我只喝了一口啤酒，就告辞了。自己驾车，带着弟媳和她的两个子女。一路顺利。但由于车子底盘过低，没少磕碰。你很心疼。我也一样。

我没想到我居然能驾驶得那么好，又那么快。我们完全按照原计划赶到县城。即中午十二点三十分到达。

县政府办公室的小杨接待我们吃饭。吃血酱鸭。我觉得很好吃。但你觉得一般。你几乎没吃什么。弟媳也没吃什么。你们随便吃了一点就回家了。我和他们聊。没喝酒。但我的事情办得很不顺。请求某些单位赞助的希望几乎全部落空。人都不到场，说什么也是白说。我只好请民中的龙老师帮忙，叫他帮我转交那些要钱的报告。

我和你继续驾车前往边城。一路顺利。我的车技越来越好。到最后几乎是飙车了。

下午五点到达边城。六点顺利入住西南酒店。

一到酒店你就洗澡，睡觉。我上网，没成功。只好看电视。

七点半你醒来，我们一起去吃早餐。云南过桥米线。十三元一大碗。我吃得很饱。你依然没有食欲。说是天气闷热的原因。

回来我继续上网。你看电视。不说话。心里想什么，没人知道。

后来我睡着了。你又起来继续上网，看电视。你到很晚才睡。

95

我大约在凌晨四点钟醒来。先上了个卫生间。然后回来挨着你躺下。你于是也醒来了。之后你就一直在撩拨我。我知道你的心思。你每次都这样，知道我要走了，知道很久以后才能见面，知道我要去跟她那个，所以你想把我抽干。

我依了你。顺了你的意。

你倒也满足了。不再渴求。

之后我们说了很久的话，到天亮时又睡去。

到早晨七点起来。你还想缠绵。我借故上卫生间起床了。

我有时间观念。我不想像这样浪费时间。

我起来洗漱。收拾。上网。

到八点半钟，我们才出门。

你继续叫我开车。

我们驾车走过市区。还好。道路不怎么复杂。但还是在最后一段路多拐了两个弯。其实都走得通。

到南站时还差五十分钟。但因为走了错路，你很着急，我也着急。我去买早餐时，没泊住车就直接下车走人了。多危险啊！幸好没出事。

早餐是四个馒头和一杯豆浆。

然后道别。我提了很重的行李上车。

稍等一会儿就走了。九点半。准时。

到家时已经是下午两点半钟。走了整整五个小时。

她去开会。没人在家。我到家立即上网给你留言。没你消息。

到晚上还是没有你的消息。你那里上不了网我估计。

96

我不知道这几天是怎么过来的，太稀里糊涂的了。从老家回来后一直瞎忙着。像只无头的苍蝇。

星期三，即回来的第二天，一天有课。

星期四，也就是昨天，一整天都在写那份课题结题报告，到下午六点钟终于写完。刚要松口气，一位高中同学来电话，说已经到了我家门口。没办法，只好出去接待。安排住宿，吃饭，忙乎了大半夜，到晚上十点多钟才回家。

今天上午起床后去打印研究报告。再骑车送到南校区。算是完成了一件事情。回来请同学吃饭。又耽误了好半天。中午小睡一会儿。下午去跟领导请假,说我明天要去北京开一个会,领导说只要不耽误上课就行。我说不耽误,都安排好了。之后又到银行去取点钱。一看卡,才发现钱少了很多。不放心,转头去南校查询。没有找到满意的答案。但也暂时打消了被人冒领的怀疑。晚上有同学来家聊天。时间就是这么悄悄地溜走了。

很困。想去睡一会儿。

是该好好歇息一会儿了。

97

又到北京了。

已经有好多年没来北京了。记得上次进京已经是五六年前的事了。那次也是到北京出席一个什么会议,以为北京是首善之区,应该没有骗子,结果刚出火车站,打的到开会地点就被骗了280元。

我是昨天乘火车过来的。K158次,南宁至北京西。普快。一个学生帮我买的票。

上午十一点准时进站。车子晚点。十二点才开出。

硬卧。6号车5号中铺。

一路顺利。车上有一群青年男女。玩得很欢。

她们一直在吃。在说话。在打闹。

我只在湖北孝感吃了一碗面。超级难吃。

我无语。一直躺在床上看书。韩少功的《山南水北》。原来看过。这次是重看了。还是蛮喜欢。

今早八点到北京。整整晚点一小时。

给老朋友小龚发短信,叫她帮我订房间。因为信息发晏了,小龚去了天津。说要到晚上才能返回。我只好直接打的到神舟商务宾馆。汲取了上次进京的教训，出站后我打正规出租车。不绕路，不宰人。一共才35元。入住613号房。228元。环境很不错。房间可上网。

稍事休息。立即去鸟巢参观。天气好。地方美。心情也很好。想着以后要找时间带她和孩子来玩。但又担心孩子的臭脾气，到最后玩得大家都不痛快。

我心里哪可能没有她？毕竟在一起生活了二十多年啊！

在路上吃了一碗面。

已经是连续三餐面了。心想今晚无论如何也不能再吃面。

下午回房间休息。小龚四点到。带我去奥林匹克森林公园玩。其实我和小龚已经不可能再像当年那么投机了。如果说当年我和她的关系多少有些不寻常的话，那么我们实际上现在已经隔膜很深了。你记不记得那次我在小关水库跟你说过，二十多年前，我曾跟一个姑娘游泳到对岸，我们在水里做爱，而后又游回此岸……你为此怄了一天的气——现在我可以告诉你了，那个姑娘就是小龚，那时候我们都还没成家，都还过着快乐的单身生活，你以为我是乱来，其实大谬。我和小龚那时候不仅在同一个城市里工作和生活，而且关系一直不错，甚至可以说得上是志同道合的朋友。如果不是因为命运的安排和作弄使我们都前后被迫离开那座城市，那么也许今天我们还能一如既往相好如初？我们分别已经有好些年了吧？十年，二十年，还是更长？我已经记不得了。但能在首都这样的地方与其重逢，感觉又还是大不一样。

果然，晚上她请客吃饭。

我终于吃到了米饭。而且，是云南竹筒饭。很饱。

小龚很节约。把剩下的全部打包走了。一看就是很会持家过日子的女人。我其实很喜欢这样的女人。

饭后她开车带我去一个叫烟袋斜街的地方玩。很热闹。很旅游化。跟桂林阳朔西街有一比。我不是很喜欢这样的地方，但看看也无妨。

小龚的车开得很差。性格还是老样子。毛躁。

"这次怎么有时间来北京啊？"小龚问。

"来开会，一个文学的笔会。"我说。

"你还是那么执着啊，你这一点特别值得我学习。"

"我不像你，可以找钱，也可以当官，而且做什么都很顺，我一无是处，就只好写点东西打发日子了。"

"最近都有些什么新作？"

"没有。其实我这些年也写得很少，甚至都不投稿了。"

"那你这次怎么可以来参加笔会？这应该是个全国性的笔会吧。"

"是全国性的少数民族文学笔会，我不知道他们怎么突然想到了我。其实，参加这样的笔会，我也还是第一次。"

"在北京什么地方开？"

"不在北京，在内蒙古。"

"内蒙古？那么远啊。"

"对，在内蒙古。我本来也没有兴趣参加这样的活动，但是，因为我没有去过内蒙古，所以，想出来走走，看看。"

之后小龚带我到她办公室坐了一会儿。她目前在开一家网店。手下还养活几十号人呢。看得出，她对自己目前的工作和生活都很满意。我不便打扰，跟她告辞，独自走回宾馆。

98

一觉醒来，到内蒙古了。

时间才是早晨五点钟,窗外已经是彩霞漫天了。草原真辽阔啊!真美!

我是昨晚七点多钟从北京站出发的。乘火车前往呼和浩特。同行的还有两位朋友——乌兰和曹俊。他们都是北京市的少数民族作家。乌兰是侗族,与我同族,也是我同乡,她老家跟我老家是邻县。我们原来在别的笔会上早就认识。曹俊是蒙古族。我通过乌兰而认识了曹俊。曹俊这人不错,特爽快,跟人见面熟。

我们是昨天下午六点在北京西站上的火车。整个上午我一个人在宾馆看电视。看到十一点半,结账出门。然后打的到中关村海淀图书大厦买书。买到了几本好书。中午不睡觉,很困。差点儿在图书大厦睡着了。阳光很迷人,很暖和。令人昏昏欲睡。四点钟乘坐大巴到西站。等候乌兰。等了大约一小时。她和曹俊到来后,我们一起去喝茶。又等候了一个多小时。之后就跟着大部队上车了。

今晨到达内蒙古。有车接。直达可汗宫大酒店。四星级酒店。超级豪华。一人一间。很自由。很舒适。有网络。

我从未享受过如此豪华的酒店。真令我大开眼界。看来我的辞职是对的。如果我还继续留恋那个位置,就不可能有机会来参加这样的文学盛宴了。

吃过早餐后大家回房间休息。我到乌兰房间倒图片。

中午跟蒙古族作家单光先生吃饭——那也是一个老朋友了,多年前,当我还是一个文学青年的时候,我曾邀请他到我的家乡去参加过一次文学笔会活动。

喝酒一瓶。微醉。

吃饭的时间太长了。太浪费时光。但又不好走。硬撑着。很难受。

单光太能吃。简直饕餮!

睡了个很惬意的午觉。而后被一个电话吵醒。是学校打来的。叫我参加研究生论文答辩。我说在内蒙古啊，回不去。将在外，军令有所不受。

下午一个人出去周围走走，看看，拍摄一些照片。

我没见识过草原。这是第一次。感觉什么东西都很新鲜。

时间都已经是五月中旬了，内地早已到处是初夏景色。但内蒙古的气候还相当寒凉。看不到夏天迹象。

内蒙古的阳光特别迷人。跟南方的阴沉和灰雾不同，草原的阳光特通透。

晚上跟乌兰她们一群北京作家一起吃饭。又喝了一瓶白酒。叫什么"河套王"？还不错。

晚八时召开预备会议。领导交代一些事项。

回房后，我继续上网。

没你的消息。已经好几天了。

你消失了。

我开始怀疑，你和他在一起。

99

今夕何夕？我又糊涂了。

每日独自看书。睡觉。地方安静。房间宽敞。吃好睡好。过的是比帝王还帝王的生活。唯一的不足，是没有性。那些人倒很疯狂。但我没有兴趣参与。

这才是我想要的生活。

日子过得真是稀里哗啦的。都不知道是怎么过来的了。回顾一下——

礼拜一上午笔会开幕式。来了不少人，大会合影时，估计有近二百人之多。中午吃饭，有一台蒙古族歌舞表演，很不错。再喝"河套王"。我只喝了两杯。大多数时间在照相。下午开始听讲座。第一讲是郭峰。一个并不怎么样的蒙古族作家。他自己感觉还不错。但我基本上听不下去。不过，讲座结束时，我居然装着很崇拜他的样子，要求跟他合影留念，让他自豪了半天——哈，我现在也会作假了。

晚饭后我到蒙古族风情园内拍摄照片。阳光明媚，正是拍摄好时机。

礼拜二上午继续听讲座。主讲是玛拉和巴雅尔。玛拉我还听了几句。巴雅尔的讲座我就听不下去了。中途溜出到房间上网。

下午天气转阴。晚饭后我独自一人到户外拍摄。得好图若干。

礼拜三上午集结乘车前往鄂尔多斯市参观成吉思汗陵。晚上入住鄂尔多斯玺建祥商务酒店。饭后与同学同往市区购物。我想去看书店，但没找到。最后只购得多用插座一个。

礼拜四上午去响沙湾。众人皆骑骆驼购包脚布，唯我独自一人漫步于沙漠，摄影。得理想图片若干。下午返回呼和浩特市。又被带去购物。我一物不购，空手而归。但有人购买货物甚多。时间被耽误得很久。回宾馆洗澡，吃饭，天色已晚，同时旅途劳顿，大伙都各自龟缩回房间休息了。我上网看邮件，才得知孩子生病了。可怜她妈妈瞎忙而且劳累了好几日。最后了解下来，罪魁祸首原来是吃发了芽的红薯中毒。

礼拜五上午又听讲座。主讲关仁。副讲单光。关的讲座也老套至极，听不下去，我多次溜出。中午稍事休息，下午接着又讲。主讲鲍敏。副讲乌兰。鲍的讲座也极其陈旧乏味。晚饭后与两位同学散步。晚上七点三十小组活动。自我介绍文学业绩。相比之下，我最没业绩,甚感惭愧——我几乎是唯一没有发表过任何像样作品的所谓作家。

你最终还是出现了。说是忙公司里的事,并没跟他在一起。

天高皇帝远。天知道。

但我还是宁肯相信你的话是真的吧。

昨天晚上独自散会回来跟你聊天。居然也聊不下去。我问你今天都干了些什么?你不回答。再问。你还是不回答。我知道,你不想回答。原因是你干的事情很无聊。不知道又去安慰谁了。说实话,我很后悔遇到你。更后悔跟你发展到了这一步。我有很美丽贤惠的妻子,有很聪明、漂亮的小孩,有完整的家庭,也有不错的、稳定的收入,我不知道我为什么会走到这一步。仔细想来,根本原因还在于我内心的软弱。我对于不幸的人总抱有同情心。但我这可怜的同情心,真不知害死了多少人。做人不可太善良软弱,做男人更是如此。前天从鄂尔多斯返回呼和浩特途中,大伙看电视连续剧《成吉思汗》,看到成吉思汗有很凶残的一面,甚至凶残到亲手杀死自己的亲兄弟,但同时对敌人抱有极大的宽容之心。我想那才是真男人。

晚上我做了一个梦,说我在某处买得两个女儿,刚出生,嗷嗷待哺,我急需带着她们回家抚养,但中途却没有车子,也没有人愿意资助,最后我几乎是跪下来求人了……这真是一个奇怪的梦,不知道我为什么会做这样的梦。

今日上午继续听讲座。我没去。我在房间修改作品。差不多快到十一点钟了,我才去听讲座。我只听到了一点尾巴。然后是交流时间。我被会议主持人点名要求发言。我去讲了十分钟。我讲的内容是作家对写作的基本态度,应该是宠辱不惊的。看得出,不少人点头赞成。但我知道,真正能听懂我话的人其实并不多。

中午吃饭后回房间休息。刚躺下,就被一同学的电话吵醒了。

再睡不着。于是干脆起来上网。看电视《成吉思汗》。到下午两点，和曹俊一起上街。路上遇到两名同学。就一道去了。

这是我第一次逛呼和浩特市区。城市建筑和行道树什么的跟内地还是有很大差别。尤其位于市区闹市中心大南街上的大召无量寺和隆寿寺，巍峨雄奇，金碧辉煌，给人巨大的威严感和神秘感。

我们先是集体去逛了一趟书店。各自买了几本书。然后就走散了。最后是我和曹俊一起去参观大召无量寺。

我是穿着你买给我的一双新旅游鞋出门来的。本以为这双价格不菲的所谓品牌旅游鞋会给我带来从未有过的舒适和方便，没想到一直夹脚。路稍微多走几步脚就很痛。我真是有苦难言。使我想起那句老话，鞋子合不合脚只有自己知道。

想给她和女儿买些礼物，却找不到合适的。

更难得找到适合你的礼物。

当然，根本的问题还是钱少了。钱多的话，礼物挑选的余地倒是很大的。

返回酒店时突然刮起了大风，几乎把人吹倒。

晚上搞联欢晚会。我去看了一眼。节目表演的水平太差。我看不下去，就及时溜掉了。一部分老师和学员也跟着提前退场了。同行的人中，我认识的有乌兰，还有一个小雨。我送她们回房间。自己随后也独自返回房间看电视。

在网上看电视连续剧《成吉思汗》。看完最后几集。

100

亲爱的，照你习惯，我这样称呼你。但其实，许多时候，我觉得你这样叫我可能相当虚伪。因为你在生气，在发怒，在指责，但你同时还口口声声"亲爱的"。我不习惯这种称呼。一直都感觉很别扭。但我也不想去纠正你。因为叫什么那是你的自由。

夜已经很深了。我也很累了。想休息了。可是，我还是想给你写几个字——我知道是很无聊的字——也是你说的，是"很小的事"。

首先需要说明的是，网络突然中断，而不是我突然离开你——尽管我很想离开，但我还是想给你解释一下，我为什么生气？

我为什么生气？

第一，你的问题很愚蠢。昨天问的就很愚蠢。因为你也意识到了你的愚蠢，所以你说要自罚一杯。

第二，问题的关键，显然不是因为这个愚蠢的问题，因为正如你所说，每个人都会犯错误，所以，问一个愚蠢的问题，显然不会令我生气——问题是，你为什么接连几天问这么愚蠢的问题？

第三，你为什么接连问愚蠢的问题？答案在你那里。我完全不知道。你也从来不告诉我，关于你的生活情况。我前天问你，你今天都干了什么？你没有回答。我再问，你还是不回答。今天，你回到家来，你首先问了一个愚蠢的问题，而不是首先给我报告你的工作情况，我以前告诉过你，我并不想知道你很多，但我想知道你大约在做些什么。而你最近一直是在回避我的。你为什么会接连问愚蠢问题，答案只能是因为你心不在焉，因为你走神了。

第四，你有什么心事，我不知道，但你却无法给我带来关心和问候，这是明摆着的事实。你不了解文学，这个不是你的罪过，我也没有这样要求过你。但是，不知者无罪，你不懂就不要问得那么细致，好吗？你想了解我什么呢？

第五，其实，我并不怕你问怎样愚蠢的问题，而是不喜欢你对我隐瞒什么，更不希望你一天到晚在做一些无聊的事情。我内心希望你能有所进步——虽然我也知道这对你来说太难了。所以，我希望你能珍惜时间，做一些有益于个人思想进步和素质提高的事情。但是，你是一个好高骛远的人，心里可能还是这么想的，但却很难落实在行动上——因此，不是我无法容忍你的错误，而是无法理解你的那种阳奉阴违，表里不一。

第六，如果你是聪明人，我说我要睡觉了，你就该顺水推舟，让我去睡。但是，你这个人，大约荷包里比我多有几个钱吧，于是一贯高高在上，自以为是，凡事总喜欢要问个明白，说白了，就是要个说法。但是，你问那么愚蠢的问题，我怎么回答你呢？你要求我应该有耐心，对，按道理，是应该有耐心，毕竟是自己的爱人嘛，但是，你也知道，而且你也说过，文字是很冰冷的东西，用文字表达，很麻烦的，何况，我打了一天字了，实在太不想再打字了，所以，我叹气，我心烦，我不想回答你那愚蠢的问题……而你一再逼我回答，我于是忍无可忍，发脾气了，骂人了。

你说过，你不想在我工作的时候让我心烦，我知道这可能是你真实的心愿。但是，多次的事实证明，你做不到。第一，你没有耐心。第二，我也没有耐心。

于是，我也只有一个字：唉！

101

已经有两天没有跟你说话了。我真希望我们就此了结。

自那天早上我把信发给你之后，我再也没有收到你的任何信息。我知道，这封信对你打击可能很大。但我不能不说实话。本来嘛，我们就不是一路人，你只是因为太缺少爱，就选择了我，而我也因为你的轻浮，就一路走下来了。一切，本来就是个误会。不是吗？但愿这是我们爱情的终点。

　　昨天我和曹俊去拜谒昭君墓。我给你买了一串石头手链。我知道你喜欢石头。但买下来之后，我估计也没有机会送给你了——如果这一次真是我们最后的对话的话。不过也很难说，你这个人，似乎是很经得起打击的。以前那么多次打击你，你依旧死死抓住不放。因此很难说哪天你没准又会给我打电话，然后，一切又回到起点。这当然不是我的希望。但是，我的毛病是，我还没学会拒绝。何况，我们曾经有过的那种生活，就像吸毒一样难忘。

　　和我在一起，你会心痛，但离开我，你也并不轻松——我猜想，我估计，事情可能就是这样。

　　我不想纠缠。我在埋头走我的路。从前天起，我新的写作已经开始了。昨天进展顺利。今天也很顺利。我在朝着我既定的目标走。我在过最适合我的生活。

102

　　我：你还好吗？你说思恋是指我吗？我相信你不会忘记我的。那天我看电视《成吉思汗》，他对于敢说实话的人都不杀，而对于说假话的人一个不留。我想我只是说了实话而已。而实话常常是会带来伤害的。不过，这几天我可没闲着啊。我已经投入新的写作了。而且比较顺利。今天又去听课。大约明后天，大家就基本散伙了。我也考虑回家了。你想不到吧，这次最大的麻烦居然是鞋子。我原先以为鞋子穿一段时间后会变松，就不痛脚了。但我想不到这双鞋子的材料是很特殊的，怎么穿也软不下来。现在我的脚全肿了。几乎不能行走。我想去市区买鞋子。但市区又很远。不方便去。只好继续咬牙坚持。上帝啊，你给了我那么多美好的时刻，让我刻骨难忘，但你也给了我那么多痛苦，让我彻夜难眠……

你：亲爱的对不起，让你的脚那么不舒服。我的不愉快不是来自你的真话刺伤，而是其他的事。请允许我伤心些时日。我真的不知道该如何面对你？你进入工作状态我非常欣慰，无论如何爱你是我今生要做的事。唯一的好消息是，消防验收通过了，也就是说我承包的工程的最后一次折磨也将结束了。

我：明白了。唯有祝福。愿你每天开心。不知道你为什么伤心？不知道。反正，你不让我知道的东西很多。好在我也有自己的事情要做，也不是太想知道。下午可能要上街。想去买双鞋子。实在支撑不住了。想不到那么高档的鞋子居然会痛脚。

我：你好宝贝。我今天下午终于买到鞋子了。布鞋。85元。彻底解放了脚。实在太舒服了。内蒙古太阳很大，但气温并不高。因为伙食太好，我长胖了很多，你猜长了多少？整整十斤。你在吗？

你：在。

我：哦，我有新鞋穿了。

你：祝贺！脚解放了。

我：想不到那双鞋子居然会越穿越痛脚。我开始以为穿几天就好了。我估计主要是材料太扎实了。

你：关心未必是好事。

我：我没有埋怨你的意思。我跟农民说话没有障碍，但跟你说话有障碍，主要是你有点文化。

你：我没说你埋怨。我是说关心。主要是指贵的未必好。以为贵就很舒服。其实未必。

我：你说伤心，为什么？是为老吴，还是为我？

你：是为你，我一直被你侮辱。

我：我也是。一直被你折磨。我在你这里生的气，比我一生生气的总和，还多。你说我老是没有给你安全感。其实，你更给我这个感觉。

你：今天一朋友说他的孩子怕上课，说是老师老骂他笨得像头猪。孩子认为被老师侮辱。

我：这个老师不好。

你：我就是那孩子。

我：不应该这样骂。如果我遇到那孩子。我就会骂他比猪还不如。

你：那孩子转学了，学习很好，很健康。之前一直郁闷。

我：难说。这个事情，不好说。反正，要亲自看到才知道。

你：这几天一直想了许多事。如果允许，我可以说吗？

我：嗯，说吧。

你：其实我怕和你你一言我一语地对峙。

我：嗯，我也是。

你：你的骂让我无比畏惧。

我：我一直想对你好点。但很难。我可以向上帝保证，我绝对不想骂你，只是我控制不了局面。

你：从"不及一个农村女人"，到"没文化"，到"不及一个卖菜的"，到"笨得像头猪"……甚至辱骂我的吃醋，你知道这些代表什么吗？

我：要算总账吗？

你：你要听我说，好吗？

我：我在听。

你：我以前是个非常自卑的人。

我：难怪。

你：自卑得可以说怕和人说话。我曾经打算找个残疾人结婚。这样我就不会一无是处。

我：我就是残疾人啊！那你算找对人了！

你：但你老打击我的死穴让我一蹶不振。

我：但你没想到吧，越残废就越自尊，越惹不起。

你：我怀疑和你生活我会自杀。

我：所以我说过，你其实只适合找像他那样的人。

你：你听我说好吗？

我：在听啊！

你：我真的很痛苦。

我：我可能也会被你逼疯的。

你：你说我答非所问。其实这次去盘江我就有问题了。你给予我的是没有希望的未来。我怕吵架，这是事实。

我：但你没有告诉我详情啊，你一直在应付我，不是吗？这是我生气的根源。我没有感觉到被尊重。谁爱吵架？有人爱吗？

你：我不会辱骂爱人。但我怕被辱骂。爱人不是敌人，即使吵架他也应该有分寸。而我们三番几次，都处于极度敌对中。

我：如果一个人不是被激怒，谁愿意恶语伤人？你倒没有辱骂爱人，但，你也没有给你的爱人信任感。你还是没有找到原因。你还是一味地指责。你不懂得换位思考。

你：可以听我说吗？

我：我一直在听啊。

你：老是被打断。我是做管理的，最怕有事时推卸责任，因此指责其实也是推卸的一种。我不怕承认错误，在爱人面前，更是不会。我在学会观察你的言行。慢慢了解你的喜好。这其中难免会有冲撞。譬如你不喜欢灰色，我也是才听说的。你喜欢吃樱桃、猕猴桃，喜欢吃小鱼，等等，我在学习照顾你，精神上在慢慢寻找近距离，我自己认为我是在用心爱你的，做得好不好，那是能力问题，但态度上是没错的。但我又在想，我能体会你爱我的地方又在哪里？是你给我踏实的行为吗？想想我们，最火爆的生气，那是年前你从我家出走的那次，但那次我不怪你，我和他的事是个长久问题。我理解你对于这个问题的痛苦。我接受不了的是，你缺乏对爱人基本的耐心，其实许多事，只要一个笑，一句好听的话，一个拥抱，比什么都好。而你给予我的是什么呢？离家出走、不及一个农村妇女、粗话骂人、没有文化、不及一个卖菜的、笨得像头猪。其实还有一件事，你说一旦东窗事发，你就去做和尚，一个都不要，你说我又做错了什么让你抛弃我？虽然有些杞人忧天。但你要换位思考，如果你付出了所有给一个爱的人，他因为其他事抛弃你，你能看到希望吗？所以抑郁了，在边城时就要爆发了。后来去到清江休整了一下，还是不行，回来还是抑郁。直到再被你骂笨得像头猪。我的话说完了。

我：有答案吗？

你：还没有，在悲伤中。

103

终于回到家了。

掐指一算，我这次出门去了整整三十一天。

最后几天生活平淡。几无色彩。写作任务完成后，每日的事务就是在房间里等待。然后吃饭。然后给几位老乡照相。

虽然与你重归于好，但心情已经不是原来的心情。说实话，我厌倦了。很厌倦了。但我不知道该怎样结束。

哎……

下午收到小雨同学寄来的书。她是提前离开内蒙古的，走之前答应过我回家后给我寄来她的大著。我打的去取，顺便进城见鲁老师。先到书店买书若干。之后一起到茶楼聊天，吃饭。八点半回家。上网。

无其他消息。生活如死水一潭。

104

又回到故乡。和你一起。

我想不到会在这个时候跟你回来。这不是我们计划中的旅行。我更想不到最近发生的一些事情竟然会如此让人绝望。

我礼拜六回到家，我最想做的事情当然是希望能跟她做爱。毕竟煎熬了那么长的时间。但是，事情竟然是如此的不如人愿，实在出乎我的意料。当然下午我回到家时，孩子在家，她在睡觉。我打开门，想拥抱她，但身上太脏了，就没有进屋去。我立即去洗澡。

我的想法是洗澡后就可以跟她做爱了。但是，当我洗澡结束走进房间时，她却起床了。我很失望。但我想，既然那么多天都熬过来了，那就坚持到晚上吧。但是，晚上也还是不能如愿。下午我去跟鲁老师聊天。我几乎不能安心听鲁老师讲话，尽管鲁老师是那么想和我聊下去。我八点过就回家了。我以为她在急切地期待我。但是，没有，她完全没有那意思。

我看了一会儿电视就睡着了。醒来时已经是次日凌晨3点。我过去找她。

我以为她会很急切地拥抱我。但是，事实却完全不是这样。她表现得很冷淡。而且，她不停地盘问。"你是一个人回来的吗？""你跟谁去看车展？""你为什么不回家，是去跟谁约会？"我知道她可能有些误会，就一一跟她解释。但是，她没有谅解的意思。但我还是想跟她那个。我伸手去摸她。她没有任何反应。这是我料想不到的。

"怎么啦？"我问她。

"没什么。就是忘记了。"

我知道她是在抱怨。也理解这种抱怨。

但我显然已经没有兴趣再纠缠下去了。尽管干旱多日，但此时已然兴趣全无。

我躺了一会儿。就走了。

我回到我的房间睡下。心里很不是滋味儿。

到星期天，我以为她会来找我。但是没有。她不来找我。

又到星期一，她还是不来找我。我很难过。想去找她——也许她期待我去找她？但我实在很难做判断该不该去找她。一来我已经被她拒绝了，再去找她很怕再次碰壁，二来我没有错，错误在她，我为什么要妥协？

于是，两天时间里，我们都在煎熬着自己的身体，却都没有主动去跟对方说软话。

直到星期二了，我已经彻底绝望了。我才给她去信，说："我过去太宠你了，现在我尝到了苦果。你折磨了我20年……不过，以后我不再宠你了……"她回信说："你没有错。我也没有错。错的是命运……"她没有道歉的意思。

当天晚上，她可能是跟我们共同的朋友张琪在QQ聊天吧，也许是张劝她要主动与我和好吧，她有松动的意思。但我却下了决心要离开她了——我已经受够了，她的这种自尊，这种自以为是的脾气，我不想再继续迁就下去，虽然我是那么地爱她。

到星期三。我上午上完最后两节摄影课，写完几个学生毕业论文的评语，我就提着行李箱走了。我悄悄出门，没有跟她打招呼。只给她留了一张纸条。说，我走了。我出去玩几天。你保重。

我内心很复杂。毕竟是二十多年的夫妻，我哪里忍心抛下她？！我想留下来，但我不知道留下来到底有什么用。更要命的是，我不知道我留下来能不能解决我们的问题。问题还是老问题，二十年了，一直在重复。心里真感觉难以再忍耐下去。

我打的到车站。买票，然后到附近银行取了些钱，接着就上了去边城的快巴车。

晚上八点半，你在老地方接到了我。我开车。在边城市里吃晚饭。饭后立即驱车赶回清江。入住老地方。洗澡过后我们做爱——太美了，我彻底释放。积累了三十多天。我射得太多。自己都感到难为情了，不断地跟你道歉。你哭了。

你爱我。这个我知道。而且我知道你哭是因为你没有得到相应的待遇。你感到我只在需要性的时候才爱你。我承认，可能是有那么一点因素，但可能情况还更复杂一些。

今天早上，我们再次做爱。你还是不好，但已经比昨晚满足。

起床后我们一起进城买菜。然后驱车回盘江我的老家。一路顺利，中午十二点半到家。

整个下午你一直在打电话。我跟妈妈去挖洋芋。

身体的问题算是解决了，但心理的问题并没有解决。我心里一直担心她，放心不下她。我想给她去信表示歉意，或者说明我的行踪。但我最终什么也没有做。

我不知道跟她到底还能维持多久。

当遇到人生重大问题的转折时，男人常常比女人表现得更加脆弱，而女人则更为沉稳。

105

昨天回到省城凉都。我开的车。又一个奇迹。

我们是早上九点钟从家里出发的。走了一条新路，就是从龙塘到清江老县城的路。从龙塘出去不久，路面就全部铺油了，很好走。但到满天星后，路面却还是老路面，几次刮底盘。一路的风光令你大为感慨。而且，你说你曾经跟他来过这地方。

清江老县城不存在了。路面烂得一塌糊涂。我曾想象过它的破败，但我却怎么也想不到它会烂成这样子。我一路感慨它的衰落。你说你不知道它原来是什么样子。

我们在清江老县城边吃午饭。一个炒腊肉，一个素白菜。饭后我们继续上路。还是我开车。你睡了一会儿觉。大约睡了将近一个小时吧。我一路狂奔，直达省城。

路上我叫你帮我看我手机里的短信。很不巧，偏偏是小雨。而且，小雨的短信写得很暧昧。我简直都无法解释了。其实，小雨作为我这次在内蒙古认识的文友，在这三十多天的时间里，我和她只有过不到二十分钟的接触，那就是在她临走的时候来跟我道别的二十分钟，我们简短地交谈了几句。但是，就是这短短的二十分钟，却使我们都对对方充满了无限的好感和信任，我们有了一种找到知音的感觉。于是，回来后，她一直和我QQ联系，在网上，我们的感情走得更近了。

你有些怀疑。但也没有质问到底。

晚上在路边吃肉末粉。你吃豆花饭。饭后我去理发。理得超级难看。回家洗澡。我上床就睡着了。但你上床后把我吵醒。于是我们又都睡不着了。于是又只好用身体来出气。大战几百回合。最后都精疲力竭，瘫软如泥。

到今天早上，又大战一场。

上午十点钟我们出去修电脑。顺便看了电脑市场，你又打算给我买电脑。我阻止了你。

中午回家，我上网，看到她在博客上留言，说自己很快乐。但愿这是真的。我真心希望她快乐。

午休时我们又那个。这一次，你我都满足了，而且酣畅淋漓。我躺下后，很快就听到了自己的鼾声。

下午二时你去开会。我开车送你。之后我去师大停车。然后到五之堂买了一大堆书。买书是我最大的乐趣之一。没有书我几乎无法生活。之后我在路边顺便吃了点东西，就回家了。我短信问你要不要我去接？你说不要。

回家上网。没有新消息。但收到你的短信，说那里过度了，很不舒服。我回短信说：活该！

106

上午你在家写一份项目报告,我躺在床上看书。

下午你带我去买电脑。联想 ThinkPad SL510k。一款相当时新的电脑。4600 元。

我很不安。又用你的钱了。我一直希望自己以后不要再用你的钱,但面对这高科技的诱惑,我没法抵挡得住。

晚上回来就开始把旧电脑中的文件倒腾过来。并开始使用了。

感觉不错,只是我内心更加不安了。

107

还是在午夜醒来。你开始折腾我。我无力反抗和拒绝,只有顺从。结果大泄。我都觉得自己很西门庆了。

困极而眠。

真正的醉生梦死。

我何尝想过这样的生活?我心里很明白,骨子里我其实很传统。我希望与一个普通的女子厮守一生,亲爱一生,过平凡普通的日子,安稳而快乐。

但我有过这样的待遇吗?

我没有。

我的第一任妻子倒是传统。但又传统得过分了。跟她过日子,几乎没有丝毫的情趣。要命的是,她也是知识分子,有着知识分子致命的愚顽固执和自以为是。日子只过了不到三年,就宣告彻底破产了。

她是第二任了。先前以为是自己选中的——跟第一任妻子结婚有被权力胁迫以及自己的懵懂无知等因素——以为情况会大为不同，但我忘了她依然是知识分子。我后来想明白了，其实像我这样的人，真不该找知识分子。我曾经不止一次想过，如果我真离开了她，又如果我还想再成立家庭，那么下一个一定只能是一个农妇。

你不是知识分子，也不是农妇。你是商人。而且，算是成功的商人吧。在外人看来，就是所谓的富婆。很多人以被富婆包养为荣。有时候，我也有这样的念头和愿望。但生活很具体，凡事一落实到具体的细节上，就会原形毕露，跟想象有很大差距。

我倦了。困，累，疲惫不堪。

到早晨八点钟起床。你煮粽子当早餐吃。我上网看了看。看到有人还在我博客上撒野。指责我道德有问题，人格有毛病。我不知道是谁，为何对我抱有如此大的偏见和仇恨。但世界之大，无奇不有，由他去吧。

上午我在家继续整理电脑文件。

下午我们一起上街，到市西路电脑城买了些杂碎，顺便请教他们几个小问题。

然后我们又到你办公室拿羽毛球准备一起打羽毛球——你希望我今后放弃踢足球而改打羽毛球。说年纪大了，踢足球有危险。我觉得也是。但你没有找到拍子和球。你说很多年不打了，也不知道放到哪里了。

108

昨天接到两个电话，都是来催我去领取快运包裹的。一个是小雨寄来的茶叶，这个我早就得知了；还有一个是印刷厂寄来的新书。我回电叫他们送货上门。我不知道最后结果如何。

我琢磨了一下午，终于把老电脑给彻底弄好了。我打算把它留给我女儿，我相信她会高兴吧。

　　因为接到上海某出版社编辑的电子邮件，说我的书的图片需要重发过去，而图片都放在我家里的移动硬盘上，于是我就打算提前回去。我跟你商量，你不置可否。

　　上午我自己去买火车票。没买到。你给我咨询了飞机票，也没有打折的票。于是我决定先跟你去卡岭。再由卡岭去边城。但是，这样一来，时间都推迟了。

　　我心里何尝不在担心着她。毕竟结婚二十多年了。不管怎样，我心里还爱着她。但是，真要回去，又将是怎样的结局呢？

　　我顺便去师大五之堂买书。买了一大堆回来。我带走几本。留更多的在你这里。

109

　　凌晨四时起来写一博文。到早上六点又去睡觉。

　　睡到九点起来吃早餐。你一直在忙于写什么。我没过问，反正你自得其乐。

　　早餐后我继续躺在床上看书。看完了《人生苦旅——中外名人自绝探秘》。书写得很一般。文笔很差。但故事本身比较有意思。人为什么自杀？答案千奇百怪、千差万别，但也可以说没有答案。

　　下午你出去办事。我睡觉。

　　刚起床你就回来了。

　　天下起了小雨。我不是不想家，但却没有回去的交通工具。火车咨询过了，没有票；飞机不打折，舍不得坐；汽车倒是没问。但那么远的路程，也不想去问了。

我逃出来也许是个错误。或者说最终把一个错误推向了更大的错误。但是，不出来，出路又在哪里？

我知道我爱着她。但我不知道她是否还爱着我。这就是问题。就是麻烦。

110

早上起来晏了一点，就被你那个了。

然后我们睡到九点才起床。你起来热粽子当早餐吃。每人两个。之后你在网上忙你的事情。我看书，看法国普鲁斯特的《追寻逝去的时光》。

中午吃面。我把所有的剩菜全部解决了。饭后小憩。大约睡了一小时。我因为吃得太饱，就无意中说了一句："我还是嫁给她好，她做饭菜不好吃，我吃得少，不胖，你做得好吃，我吃得太饱，会发胖。"这本来是一句玩笑话。但你却生气了。一直到下午出门，你还在生气，拉着一张马脸。我问你怎么啦，你说反正我怎么做都没有用，还不如人家。我这才知道我说错话了。

我送你到省政协开会。我自己独自驱车去市郊拜望一位老师。

城市道路复杂，我多次走错路口。还好，我最终还是比较顺利地到达了陆老师家。他也在家里恭候多时了。

陆老师看上去身体还不错，耳朵听力没问题，眼睛也不花。都八十多岁的高龄了，很难得。我想我到他那年纪，不知道还能有这样的身体不？田阿姨身体大不如从前，但还能认出我来。家里请了一位保姆。

我坐下来，在陆老师的对面，那个老位子。听他讲一些事情。只要话匣子一打开，他就没完没了。我们聊到政界，学校的状况，也问及我目前的处境。在说到我的前途时,陆老师显然还不能很好地理解我的选择。他骨子里还是倾向于当官。在这一点上,我们一直是存在分歧的。但好在他也不强求。

到五点钟我就告辞了。他把我送下楼来,在路边目送着我开车离去。

我不知道下次来时,他还能这样送我否?

陆老师今天感慨最多的一句话,就是:"时间过得太快了。"

是啊,想起三十年前我们相识,恍如昨日,转眼间,他的人生接近了尾声,而我也人到中年,怎么不叫人感慨啊!

六点钟我开车到家。一路上还算顺利,但也还是不能按照我预料的线路行走。中间我的反应还是有问题,不过,总是有一个过程的。

晚上我们去街对面吃牛肉粉。又买了点点心。打算熬夜看足球。

111

生活狼狈至极。

先是,我在我的博客上贴了一首诗歌新作。《马王堆一号墓》。没错。我是在含沙射影,是在借景抒情,是在讽刺和挖苦她。但我的表达还是含蓄的。换句话说,如果她不对号入座,外人也很难知道我是在"骂她"——

马王堆一号墓(外一首)

你漂亮吗?曾经是金枝玉叶
还是糟糠之妇?你爱过谁
是否瞒着丈夫在外有过一夜情

或者给许多的网友写过暧昧的信

控诉男人的冷漠无情

但都没有用了

一切都归于零

再怎么豪华的墓葬

也只不过换来一具干尸

解说员说你是死于疾病

我觉得你其实是死于思想

你假想自己的丈夫在外有人了

不忠　虚拟的第三者插足

让你开始日夜哭泣　垂泪　悲伤

在内心散布谣言和恐惧

一次次变本加厉地拒绝爱人的哀求

让他斯文扫地毫无尊严

春夏秋冬　你守护着一个药罐

给身边的人痛说自己的不幸

也的确博得不少不明真相的泪水

但最终还是无法治愈你的创伤

于是你死了　46岁　好年轻　好可惜

一朵盛开的鲜花就这样惨死于自己的怀疑之中

巨大的棺材　深深的墓穴

掩埋了你全部的想象和哀怨

你的世界坍塌了

但地球照样运转

你丈夫娶了另外一个女人

一个简单淳朴的农妇

她没有复杂深刻的思想
也没有怎样姣好的容颜
却有很好的身体
从不吃传销药品
健康肥硕　精力旺盛
为丈夫生下一大堆子女
他们的生活普普通通　无传

敲窗的鸟

你在黎明时分来敲我的窗
你在午休时分来敲我的窗
都是错误的时间和地点
黎明是我人生中最美好的时刻
我在梦中欢度生活
午休是我死去的瞬间
我在此刻忘却悲伤

敲窗的鸟啊，你走吧
你飞到别处去吧
你去追寻你的自由你的情爱
而我只能在我的枯枝上
挣扎一生虚度一生

　　而后，在昨晚，我看到，她到我博客上放肆地破口大骂，已经近乎疯狂了，完全失去了理性。也可以看出，她已彻底崩溃了。这不是我愿意看到的结果。但是，谁叫你这么执拗啊！一直自诩高洁和孤傲，其实到底还是肉身啊。

你太有才华了，只是这才华用错了地方。

问得多好呀，"你爱过谁"。说说吧，那你又爱过谁？除了你的文字，你的名声，除了上网看电视，除了你自己，生活中，你又真正爱过谁，关心过谁？如果你真爱了，你前妻会那么恨你吗，你儿子会拒绝认你吗？（我说过，我不愿说伤人的话，但现在，是你逼我说的。）

婚姻中，没有绝对的对错，如果换一个人，事情也许就会是另外的一番样子。正因为没有绝对的对与错，我们只能根据自己的感受，自己最后的底线，来选择进退去留。我最后的底线，就是女儿。她是我思考问题的起点和最后的终点。我答应过，要等到女儿考上大学后再离婚。所以，我原本并不想纠缠于这对错之间。而且，很长时间了，我一直拒绝看你的博客，拒绝看那些自我吹嘘、自我标榜，散发着腐朽气息的文字。但是，当朋友把你博客上的《马王堆一号墓》发给我看之后，我的心就如同被一把利剑刺穿一般。我死了，在我"46岁""好年轻，好可惜"的年龄，死了。就这样，我被你杀死了。但与此同时，你也永远死去了，永远被埋葬了，就葬在马王堆的一号大墓里。

你看看你写的那些话吧，我不知道，你还是不是一个男人，甚至，还是不是一个人？现在的我，正如你所说，是"春夏秋冬守护着一个药罐"。但结婚时，她抱着药罐了吗，她是抱药罐跟你结婚的吗？如果说她现在一年到头抱着药罐，你问问自己，问问自己吧，她又是怎样抱上药罐的？！看到这样的文字，我恨你，更鄙视你。在此之前，我内心有伤痛，而且痛彻心扉，可因为日子还要过下去，我愿意把那些伤痛都忘掉，也不想怨谁恨谁。但现在，当我看到这些冷酷而残忍的文字，我心头的怒火忍不住迸发出来了。我痛恨啊，而且愤怒。我的怨恨，我的愤怒，就是从这篇《马王堆一号墓》开始的。就因为这些如此卑劣的文字，我永远都不会原谅你，永远。博客上，你已经用你的文字博得了那么多至高无上的称颂和吹捧，已足够你享用一生了，何以还要把我血淋淋的心也作为祭品献上你的神坛呢？

是的，你现在是人模狗样了，有小鸟来敲你的窗了。但当年，当你还只是一堆臭狗屎的时候，有小鸟来敲你的窗户没有，又是谁在艰难时候选择了你。单凭这一点，你就没有任何权利以这样的方式来对待她。

你可以任意侮辱我，可以说她"吃传销药品"，说她有"一夜情"，说她"给许多的网友写过暧昧的信"，说她"给身边的人痛说自己的不幸"，说她"让他斯文扫地毫无尊严"。你可以任意发挥你丰富的想象，然后变形夸张，但是，请不要用文字来伤人（可你这样做了，而且做得真是巧呀，真是妙呀，巧得我说不出话来，妙得像个真正的文学大师）。"凡动刀的，必死在刀下。"同样道理，用文字来伤人的，最后可能也会死在文字下。

试问，如果一个人的文字，最后竟变成他拿来对付老婆的工具和武器，这样的文字，还有存在的价值，还有存在的意义吗？而这样的生命呢？——他还有什么必要签那什么狗屁协议书！谁死了，地球不是照样转！

的确，我是死于我的"思想"，我正是由于我的"思想"，才被你活活杀死的。但我很高兴，我竟然还有"思想"，而我的"思想"就是——

"我很传统,所以我主张,我们一定要坚守我们的传统美德,对爱情忠贞不渝,正像我的一位学生所说的,在一棵树上吊死;但是,我要告诉你,如果那棵树被虫蛀空了、死坏了,那你就不要在那棵树上吊死了,从树上下来吧,往前走。"

而你呢,你敢朝自己那黑洞洞的内心看一眼吗,你有勇气有胆量把你肮脏的内心晾出来给大家看一看吗,你敢吗?

你可以糊弄很多人,很多的人,很多只看到你文字的人,但是,你糊弄不了我。

以前,每次被你和你的文字伤害后,内心的伤痛一直要等到很久以后才能恢复过来。这次也一样。但这是最后一次了。最后一次。所以,写下这篇文字。

请记住,这是最后一次。

她居然敢把这样的文字贴在我的博客上,而且直接指名道姓,看来她已经山穷水尽,而准备孤注一掷了。我在她这帖子面前停留了很久。我本来不想删除。既然她破罐破摔,我又何必再去掩饰。心想还不如干脆直接公开化算了。但想了半天,我还是把这帖子删除了。却不能保证有人已经先我复制和下载了这段文字。然后,我给她去信,希望她不要如此丧心病狂。

这是一场战争。而且旷日持久。

没有胜利者。都是失败者。最受伤的是孩子。

112

我和你是昨天上午返回卡岭的。还是我驾车。我们入住老地方。

今天早晨，你还是没有放过我，又要和我那个。我拼尽了全部的力气。之后迷糊睡去。到早晨八点钟起来打电话叫我的一位同学开车送我去边城。他答应了。我们收拾东西下楼，刚好看见他就在我们下榻的宾馆门口。无奈，只好一起去吃早餐。之后我们分别，你回宾馆我们直接去边城。中午十一点半到边城。我去买票。有票。于是跟同学告别，我到候车室候车，他返回卡岭。

下午我回到沙城。她不在家。小孩也不在家。我收拾一阵，小孩回来了。我跟小孩打招呼，她不理我。我习惯了这样的情景。我是多么渴望孩子很兴奋地扑上来亲我喊我啊！起码，也应该有礼貌地问候爸爸。但是，没有。我从天堂回到了地狱。

到晚上，我自己煮面条吃。一大碗。刚吃着，她回来了。她知道我已经回家，就没有直接过来跟我打招呼。我知道，她心里可能很矛盾。我也没有理会她。后来，我去问她我的网络密码是多少，她冷冰冰地回答："我不知道，我没有管你这个事情。"但我还是叫她帮我找找，我说那次网络中心的人来维修线路，我是把那密码的纸条给了她的。她答应帮我找找。后来，她找到了，放在我桌子上，没有直接给我。

我当天晚上可以上网了。

昨天上午我去快递公司领取我的包裹，那是小雨给我寄来的茶叶。之后又到市区去拿另一个包裹，那是北京某出版社给我发来的样书。打的去，转了半个城市，花了五十元钱，终于拿到书。一本被出版社拖了八年多的书，最终还是出版了，虽然没有得到稿费，但能给我几十本样书，还是很高兴。下午我去踢足球。晚上自己到食堂买包子吃。二十个狗不理。我吃了五个。好像。

晚上就看见了她在我博客上的留言。这留言已经近乎骂街了。从这留言可以看出，她已经完全丧失了理智。不错，我是有些强词夺理，明明自己做错了事，却还要指责别人。我说她在虚拟第三者的存在，其实，她的直觉并没有错，我是有了第三者。但她对"窗外的鸟"的理解确是想象过度了。那是一个真实的情景，我没有借题发挥。不过，现在，现实和想象，真实和虚构，都混为一体了。

其实，我们在电子邮箱里还有过另外的交锋——

我：我过去把你宠坏了。现在，我自己终于尝到了苦果。我很遗憾不能继续给你宠爱。不过，你折磨了我二十年，我们算是扯平了。

她：我不愿意说伤人的话。但我要说，这二十年，对我来说，则是一场梦魇。你没有错。我更没有错。错的只是命运把我们配到了一起。这不是扯平不扯平的事，你说说，能扯平吗，能吗？但去年你帮我自费出了两本书，你已经不欠我什么了，谢谢你。不过这跟扯平不扯平无关。只是想为此感谢你。

我：人吃五谷杂粮，都会犯错误。问题不在于犯错误，而在于有没有勇气承认自己错了。我其实对你要求很低很低，我要求你说一声"我错了，我不该这样对你"，就可以了。但你会说吗？不会。你自以为很高洁。也自以为自己没错。好吧，你就坚持吧。只是希望你能保住最基本的理性，不要那么丧心病狂。

她：你要删我的留言，请把你博客上的两篇文章也一同删了。如果你不删，我就把留言发在我博客上。我是个有理性的人。非常理性。但如果我丧心病狂了，那也是你惹出来的，逼出来的。你什么时候静下心来跟我好好交谈过，交流过，沟通过？

113

  一转眼，日历都已翻到六月中旬了。时光如流，我一事无成，生活又如此煎熬，内心自然焦躁万分。窗外下着小雨，但气候依然使人感觉烦闷湿热。

  我突然决定去见小雨。因为在这个家，我无法待下去。而你此时又跟他在一起。我走投无路，四顾茫然。

  我下午去买了票。去边城的汽车票。原打算邀请鲁老师来聊天，但他一直没开手机。我去书店买了两本书，就回家了。

  生活很沉闷。她不说话。也不知道她在干什么。

  我自己煮水饺吃。吃了就在床上看世界杯。

  "世界悲！"这是我在博客上写的一篇博文的题目。

  内心的确悲凉无比。

  我还是给她留了言。留在她的电子邮箱里。说我要走了，明天，去开会。

  晚上很晚她才看到，过来问我，明天去开会？我说是的。她问去多久？我说一个礼拜。她就走了。不再多问。

  很难说这是转机。但起码可以表明，她已经向我示好了。

  但是，太晚了。我已经决定迈出去了。那条腿。

  如果她早一点向我示好，我会去吗？

  不会。那绝对不会。

114

  我已经记不清这几天是怎么过来的。每日里和小雨如胶似漆，日子甜蜜如糖，我都忘记了我还有另外一种生活。

星期五，大晴天，热极，我乘车来到边城，接着又转车直奔凤城，一路顺利，就在河边找到一家宾馆看电视等候小雨的到来。小雨从重庆过来，也一路辛劳，但也在晚上抵达了凤城。我去虹桥接小雨。没有拥抱。也没有特别的激动。我们就手牵着手来到那家河边的宾馆。我们住在三楼的套间里，内含两个小间，木房，有三张床，设施齐全。她先洗了澡，然后就很自然地跟我拥抱在一起了。

这自然是个很美丽的夜晚。我都替她难过。如果不是她的执拗，她的无理取闹，我哪里会来这个地方与小雨相会？小雨的身体美如天仙，实在令我销魂。我记得这一晚我们做了两次爱，都是颠鸾倒凤的消受。

星期六我们继续留在古城里。我带着小雨去畅游古城。天下着小雨。到下午下起了暴雨。我们就躲在宾馆里睡觉。到晚上雨停了，我们出去吃饭，在一江边酒楼上，我们吃血粑鸭子火锅，八十八元，味道不错，我们还喝了两瓶啤酒。晚上回去又继续做爱，通宵达旦。

因为一个在清江经营温泉的朋友邀约我去帮他承包的一份杂志出主意，星期天我和小雨就从凤城来到了朋友的温泉宾馆久格里吉。朋友派车到铜仁接我们。然后一路顺利来到这被誉为"苗疆圣水"的美丽温泉。我们被安排在最豪华的房间里，客人稀少，空空的楼廊犹如皇宫，我对小雨说，我们在享受着国王一般的待遇。小雨兴奋得不得了，下午在泳池里洗了个够。我喜欢小雨的那种成熟中保有童心的气质，还有那种既善解人意又善解风情的品格。

星期一我带小雨去游西江。所谓的天下第一苗寨。小雨十分开心。中午吃饭时小雨还特意要求喝了半斤米酒。饭后我们返回久格里吉。小雨躺在床上打电话，休息。我去温泉办公室上网。

你在我QQ里留言，说为什么不给你信息？我还能说什么？我答复说，我这几天不想跟你联系，要等他走了，你再告诉我信息，我再与你联系。事情也的确是这样。我原先的计划,是要到省城跟你过一段时间的,我想通过这种方式惩罚她,让她认输认错,回心转意。但你说,他来了,哈!你倒是很会利用时间啊,我们才分手,你就把他叫过去了。

晚上我的朋友杨老板过来接见我们,大谈合作办刊物的事情。我直接谈了我对刊物的看法。杨老板是一个非常精明的私营企业家,除了经营这一处温泉外,还在卡岭经营着房地产和果园农场等好几种生意。因为有了点资本,同时也一直爱好文学,他承包了一份地区的文学杂志,叫《故乡》。承包一年多了,他目前遇到了一些困难,想找我商量。他早年还写过诗歌,至今仍是文学爱好者,经常购买杂志和图书,这在私营企业老板中是十分罕见的。正因为这样,我也才有心想帮助他一把。他对我的意见十分重视,也完全同意我对杂志改革方向的看法,我们很快达成合作协议。其实,我这次去跟小雨约会,最初的目的并不是为了爱情,而是想跟杨总合作办这份刊物。我把小雨介绍给他,说她是全国著名作家,认识的人多,可以给你组来很多高质量的稿子。杂志的质量提高了,发行自然就上去了。

晚上他宴请我,还请来几位文友陪我喝酒。我们喝了两瓶茅台特供酒,大醉。之后又一起回房间聊天,聊到十点半他们才回去。我想与小雨做爱,但已经力不从心。

小雨去泳池泡澡。但我被小雨的电话吵醒了。我没法再睡,只好起来看小雨的小说。我真想不到,小雨的小说会写得那么好。语言流畅,构思新颖,还有很好的描写生活的能力。

我十分惊讶。

小雨很快从泳池回来。因为她惦记着自己的手机可能会吵醒我。

我们一起去吃早餐。然后,我打电话给朋友帮小雨订火车票。

去重庆的。朋友很快回电,说订到了。

中午清江文友请我们吃饭、喝酒。我很难受,但无法拒绝。耽搁到下午两点钟,我们才往卡岭去。下午四点到达卡岭。我到朋友处拿到火车票。交给小雨。小雨几次流泪。于是,我知道,小雨是一个好女人。

送走小雨之后,我跟着司机小姚返回清江。清江朋友拿车送我回老家。妈妈突然生病住院。我内心焦急万分。小雨也替我担心。

小雨一路给我短信。很凄美的短信。

当天晚上七点钟我到达故乡清江。入住清江宾馆。放下行李,我就直接去医院看望母亲。母亲病情好转。见到我,很高兴。

我稍微安排了一下,就返回宾馆,上网,给你留言。

我知道,你在跟另一个男人度蜜月。我留下了几句酸溜溜的话。

115

昨晚刚睡下,我就做噩梦了。梦见和你在一起。你带着你和他生下的两个女儿,却要她们叫我爸爸。我醒来了,又上网给你留言。

之后再睡下。到早上醒来,我洗了个澡,然后立即赶往医院照料母亲。我给母亲买了一碗粉。她吃完了。

小雨一路上给我发来信息。说到哪里哪里了。大约下午一点钟,小雨回到了家。

下午我休息了一会儿,又去照料母亲。

医生说,由于医疗条件的限制,母亲的病在这里无法得到根治。要根治还得转到州里的医院去。我于是给相关的朋友打电话,准备安排妈妈转院。

晚上我回宾馆休息。上网。没有看到你的任何留言。

也没有她的留言。

我知道，你离我已经很远了。

她也离我很远了。越来越远。越来越远。

116

又回到家了。沙城的家。她在厨房做饭，听见开门声音，就主动过来问候我，于是我知道，我的苦难结束了。

我是昨天回来的。也是在卡岭上的火车。记得有一次我在省城凉都，也是坐的这趟车，你很早就起来送我。亲自驾车送我到火车站。一路缠绵，依依不舍。但是，这一回，是我自己去的车站。没有人送。你跟另外一个男人在一起。他才是你的爱人。但你曾告诉我你并不爱他。现在看来真好笑啊！你和他在一起，却说心里好痛！说心里在思念我。谢天谢地，我好歹还算是有点智力的人，不然的话，我每天被你戴绿帽子我都还要感谢你。

前天晚上我在卡岭喝醉了酒，和好多同学一道。他们没有太多的财富，也没有漂亮的言语，但他们却是真实的人。他们爱戴我，帮助我把妈妈安排进入州医院，然后请我吃饭。当然，昨天你也还是给我来了电话的——真太难为你了，你每天都要找一个时间避开他来给我打电话——你说你想来看看妈妈，抱歉，我没有答应你——我当然知道，其实你也就这么说说而已，这个时候，有他在你身边，你又怎么可能真的来得了！我想你还是跟他在一起更合适吧，难道不是吗？

你安排得不错，说七月几日是龙舟节，他那时回去了，我可以跟你去过龙舟节。我很奇怪，当你这样对我说话的时候，你居然没有一点难为情，难道你认为我是没有心肝的人吗？或者说，难道你认为我不配有情感和尊严吗？

我当然不会去。要去，我也是自己去。我不会再跟你一起去。你有你的生活方式，我也有我自己的尊严。

有意思的是，你居然也跟他去了凤城！你居然还理直气壮地告诉了我！

我真不知道你的心是什么炼成的！

你今天倒是没有给我消息了。我因此也不知道你和他今天又去了哪里，而你们的蜜月到底什么时候结束。

于是，我单方面终结了我们的故事。你去过你本来应有的好日子吧。我对我自己说。而我，也要开始新的生活了。

她娇小可怜，体弱多病，在性生活上循规蹈矩，自然是没有你那么疯狂，但她却能给我做男人的尊严。我疯狂地吻她。做她。让她感到幸福。当然，我毫不怀疑，此时，他也在用同样的方式使你幸福。那么我们就算是物归原主各得其所了。不是吗？

那天，我在清江找车送妈妈到卡岭，找了好多家单位，都说车子出去了，不在家，我好生着急，心想，要是你这个时候在身边，多好啊！可是，这个时候，你是和他在一起的——当然，你事先并不知道我最近居然会遭遇那么多事情，更不知道妈妈会在这个时候生病。但是，这突如其来的变故，难道不更能把问题暴露无遗吗？

你还记得你当年跟你香港男人借车去为你妈妈出殡的事情吗？你那男人说，公车不能私借。这理由是什么理由啊！你气得说不出话来，当即下了决心，要彻底离开他。

现在，我告诉你，当我借不到车的时候，我和你当初的心情是一样的。

此刻，你还躺在他的怀里撒娇，尽情享受原本属于你的生活。而我，也因此经历了一生中最无奈、最绝望又最耻辱的遭遇。

我最后好歹在朋友的帮助下，于前日把妈妈送到卡岭州医院。那是我一个同学的小舅子。他曾坐过牢，经历过很多生活的磨难，但现在，他过上了很不错的日子。有一份事业，还买了车。他把我们送到卡岭。一路殷勤关怀，毫无怨言。

哈！你说你想把车开来送妈妈。难得你有这份心。但是，他怎么办？你会把他晾在一边吗？你当然不可能这样做。你真要开车来，必然是要撒谎找借口的。而这谎，恐怕并不好撒吧。那又何必。所以，我怎么能答应你。

前晚我帮妈妈办理了转院手续。晚上妈妈和我一起到宾馆休息。她洗了个澡。弟媳妇帮助她。昨天一大早我们出发前往卡岭。下午到达。办理了入院手续。今天上午我去看妈妈，并无大碍，于是放心返回单位。

一整天，我没有你的任何消息。我想，我们大概可以就此彻底分道扬镳了吧！

117

南非世界杯八分之一决赛，英国对阵德国，1:4惨败。

我看完了全场。命运就是这么打击着兰帕德和鲁尼们。

我是在沙城的江南宾馆看的。一个人。很宽的房间。我来参加全省非物质文化遗产传承人的评审会议。下午赶过来的。没有认识的人。

你已经两天没有消息了。你消失了。我心里恨你。但还是放不下你。我不知道你和他是继续蜜月旅行呢，还是发生了什么事故？不过以我的判断，你应该是和他在一起的。此时，我知道，你尤其需要他。

我知道，是我把你推给了他。

他很智慧。懂得如何把握你，掌控你，消受你。

不过，我并不羡慕他。这就是我为什么不想挽留你的原因。

你走吧。离我越远越好。

但愿从此不再看到你。让我完全回到从前那种自由自在的生活。

118

还是没有你的任何消息。

其实，相隔咫尺，问候一声，你可能就回来了。

但是，我们彼此都不会有这种问候。起码，暂时不会有。

看了你的博客。说你去保养车子，看到按摩椅被取消了，很伤感。那是可以想见的。因为我们曾经一起坐过。但是，只我一个人坐过吗？

在我之前，他不是也已经跟你一起坐过了，不是吗？

你的问题是，你谁都爱，也可以说谁都不爱，在摇摆中，你无从选择，于是，你导演了这一切。

我理解你可能也痛苦吧——假如你真的爱过我的话。但我不知道你可能痛苦到什么程度？毕竟，他每天都是要问候你的，用你们习惯的方式，在电话里扯着很无聊的事情。

没有你的日子，我是有些心烦意乱，但并没有达到崩溃边缘。也许要不了多久，我们内心的创伤都会不治而愈。

但愿吧。但愿如此。

昨晚邦哥来接我去吃饭。一位叫魏国的老朋友请客。一个生意人。几年前相识于一次艰辛的旅程中，后来失散了，如今重聚首，感觉格外亲切。

没什么话说。座中之人大多都不认识。除了魏国和邦哥。

回来看球。看不到半场就睡着了。

很困。无端地犯困。

也许，我是该好好休息一下了。从身体到灵魂，都该放松下来。

但是，能平静吗？

刚看你博客，说你要走了。要去很久才回来。

我不知道你是跟他继续度蜜月呢？还是独自去散心？像从前的你那样？

我开始不安，心痛。如果你心中真的有我，那么，我这个玩笑就开大了。或者说，我对你的惩罚就太过分了。

但是，我不过分，你又怎么能够体会到被人羞辱的滋味？

你说你爱我，想我，但你却带着他去了风城，我的天，天知道你到底在做些什么，又在说些什么！

你走吧。还是走吧。

我不再指望你还能回头了。

119

放暑假了。晚上我们一同送孩子上火车。她妈妈安排她到她姨妈家度暑假。

回来看到世界杯阿根廷和德国的比赛已经结束了。0∶4，阿根廷惨败，谁也没有料到这一结果。

我是下午去给孩子买火车票的。卧铺，价钱也不算贵，才二百多元。

买完票我去跟几个朋友会合。一起吃晚饭。

我不想喝酒，但朋友们还是给我倒了。我喝了一点，就悄悄倒掉了。内心变得很孤独。再也没有原来的那种放达和乐观了。我知道,有一种命运在等着我。一种黑暗的命运。

回家看足球。世界杯四分之一决赛。

中途我打电话给一位黑的师傅来接我们去火车站。他要了我四十元。太黑了。我很后悔。返回时我和她打的,才要十八元。哈。看看,没车是什么滋味儿。所以我想买车。你一直不同意我买车。我知道你心里在想什么。一个女人想通过物质的条件来控制自己的男人,这是很愚蠢的。

120

似乎已经很久没有你的消息了。几天前我过生日时你还是给我留下了一个祝福的短信。在网上。在QQ里。你祝我生日快乐。还问了妈妈的情况。我一一答复。不热情,也不冷漠。

之后再无你的消息。

我知道,你心里不可能没有我。我通过你的博客,得知你去了巴拉河。在那里,你可能会找到一些快乐吧。但是,我觉得,你应该并没有找到真正的快乐。

我早告诉过你,你选择他,本身就是十分畸形的,也注定不会有真正的快乐。

我相信他还在继续给你打电话,每天。像以往一样。你需要他。

好吧。那就各取所需吧。

昨天我出席一文友晚宴,和文友们在一起,我依然郁郁寡合,还喝醉了。之后先是去一家茶楼看足球,巴西对阵荷兰。1∶2,荷兰赢了。巴西回家。很凄凉。回到家继续看足球。

121

　　她来那个了。身体不适。躺在床上休息。从昨天起她就叫我自己去吃食堂了。我没有去吃食堂，而是到超市买了两包速冻饺子来煮，我们一起吃。

　　没有吃完。她也不放冰箱，结果今天坏掉了。

　　我舍不得丢掉，还拿去热来吃，当早餐。她吃面。

　　但她被通知，说有监考。她慌了，急急忙忙跑去监考。我以前提醒过她，要注意看时间。她已经不是第一次出现这样的问题了。

　　午饭后我和周博士去订我的车。看了，但还是没交钱。我犹豫，是因为没有把握。同时，也还因为我手头没钱。我的钱都在她手上。我要买任何东西，都得跟她申请。

　　她不想把钱给我，说要离婚的话，她说她要留那些钱给孩子读书。

　　看来她是下决心了。但我还没想好。

　　给孩子读书，这当然也是一个理由。但其实，她应该还有更长远的盘算。不过，我不想去跟她计较这些事。我觉得我还有未来。

　　没你的消息。从博客上看到你还在乡下。那个叫巴拉河的村子。你要在那里过龙舟节。我们原来有约定，说要一起过，但现在都成泡影了。

　　不过，我并不觉得可惜。我只是有些伤感，而已。

　　下午去踢球。晚上回来买了一些馒头。煮饭给她吃。她不吃饭，继续吃面。

122

　　一转眼，又到星期五了。

她终于跟我摊牌了。她最终的决定是：分手。说实话，我从未想过要离开她。尽管我心里有时很厌恶她。

孩子被送到省城她姨妈家去玩了。我本来想借此机会好好和她谈谈。但是，我没想到，她根本不愿谈。看来，她早已死心了。

我已经很久没有过性生活了，今天抱着试一试的心理去找她，她不予理睬。不仅不理睬，而且还大发其火，狠狠地羞辱了我一通。

日子过到这份儿上，我也不留恋她了。去她妈的吧！离！我同意！

123

已经好几天没你的消息了。我不知道你飘向了何方。是跟他在一起，还是自己参加一个什么会议——我记得你原来好像跟我说过，是要到昆明参加一个什么会议？我也不想去猜测了。哦，对了。关于石头的会议。你其实没几个钱，但喜欢打肿脸充胖子，冒充富豪去加入那种以采购为荣的队伍。还号称什么"十兄弟"，其实就是有几个臭钱而已。

你要真去云南的话。那就应该和他在一起。你说了的，你们"十兄弟"每年都有一次聚会。豪华采购，疯狂收藏。

都走吧。你们。我还是一个人过得好。

只是可怜了孩子。

124

你像一只风筝，不知飘向了何方。以前我是通过你的博客来寻访你的踪迹的，现在，你的博客不再更新了，我就失去了你所有的信息。

我也像一只风筝，不知要飘向何方。我和她算是彻底分手了。起码，在内心里，我们已经彻底决裂。

空了。一下子感觉到。家空了。脑子也空了。正所谓到头来，竹篮打水一场空。都是幻影。都不真实。都是梦。

当你们都离我远去的时候，我在思考，我到底有没有错？有什么错？

都没有错。诚如她所说，错不在我们。在性格，在灵魂，在命运。

《圣经》上说，伤害你的人，必是离你最近的人。果不其然。

我还会有生活的。我相信。

125

我给你留言了。没有回音。

我给你的留言是："你像一只断线的风筝，不知飘向了何方，我也像一只断线的风筝，不知该飘向何方。"

昨天上午，我在家里改考试卷子。下午先去书店，之后出席一朋友的宴会。悲哀的是，脚痛加重了，上楼都很困难。大伙都很高兴，只有我郁郁寡欢。我早早就离席回家了。回到家，看到她给我写的信——哇，那是一封清算的信。在信中，她已经明确表示不可能跟我过了。

我走过去跟她表明了我的态度。我说："我随便你，你想怎么做就怎么做吧。"

之后我回来上一会儿网，就睡下了。到凌晨醒来看球，看完球是四点钟左右，我过去找她。我想作为一个男人，还是大度一点吧，去跟她好好谈谈。但是，哈，她把门闩了。

我回来又给她写了一信。我说，那就这样吧。

到天亮时我又睡了一觉。大约七点半，来帮我修车库的人来了，喊我下去开门。我去开门，看到有人来收破烂，就把家里的旧书、旧报纸全卖了。包括一台旧空调，一共卖了150元。

之后我打的去火车站接孩子——因为暑期她要补课，提前回来了。

我去早了，在站台上等了一个半小时，才接到。

上石阶时，脚痛得几乎不能抬起。心里很悲哀。

孩子哪里知道这些啊！

126

还是找到你了。

你重新出现。就在前天，星期一，你说刚从昆明回到家。一身疲惫。

我和她也和解了。暂时。我本来心情灰暗无比。但星期一的早晨她给我端来了早餐，坐下了。于是，我们开始谈判。结果还不错，她同意和解了。但附加了很多条件。还要求我签订协议。

我看都没看她的协议一眼，就签了字。

我想她的所谓协议，无非是如果怎样，她就怎样。而我所能给她的其实都早已全部给她了——房子、钱、家里的行八郎……这些本来就是交给她的。我真要离开这个家，什么都不想拿走。

其实她要是一个聪明人，就应该从自己身上做些反思。我并不是一开始就选择出轨的。我最终跟你走在一起，根本的原因，还是在她那里。她需要我对她精心呵护，付出百分之百的爱，但她又为我付出多少呢?

作为一个男人,我觉得我够好了。我又不是没见过别的男人。周围就有太多的参照。与他们相比,我觉得我没什么对不起她的。

但不管我们的感情到底出现了多少裂痕,我都不想分裂这个家。尤其是在这个时候,在我们的孩子才刚刚初中毕业的时候。这也是她考虑问题的出发点。

而后,我和她还做了爱。这一次,是她主动要求的——到底都是肉体凡胎啊,也经不起太长久的煎熬。

太享受了。我无法形容那种美。诚如古典小说里描写的那样,真是久旱逢甘霖。看来我对生活的要求其实是多么的低啊!

晚上一同事请客吃饭。我出席。这天心情就大不一样了。

饭后我们去上岛喝咖啡。我兴奋地说了很多狂话。

回到家,我跟你聊天。我们还没彻底沟通。只淡淡说几句,就下线了。

127

星期二,我叫来几个学生,帮我搬家,把一楼储藏间的东西搬上楼来,空出来做车库——我已经下决心买车,无论她同意与否。

收拾房间,瞎忙了半天。

中午请几个前来帮忙的学生吃饭,在一家新开的饭店,我们都喝得不少。

脚痛加剧。我慢慢走回家。

到家倒床即睡。

晚上上网。没见你。但看到了你在博客上发文表达哀怨。想来都好笑,你居然也在抱怨生活。那么说来,你跟他在一起也并不是很愉快？难道你们摊牌了，你决心从此结束那种寄人篱下的、没有名分的生活？

我觉得你不可能跟他摊牌。

你是靠他才得到今天的财富的。没有他，你就没有现在的生活。所以你曾对我说过，只要他不主动离开你，你绝不主动离开他。

当然，你也跟我说过，你迟早会跟他分手。因为他早就给你交了底，他有完整的家庭，他绝不可能把你扶正。

128

跟往天一样，我又在午夜醒来。

无法入睡。先是起来看书。然后干脆起来上网。

你居然也在网上。你在网上生活。我也是。

我问你他走了吗？

你没有直接答复我的问题。只说你还在巴拉河，而且准备去西江。又说还准备去盘江。我就知道他还跟你在一起。我知道，你们去西江是有目的的。你们想去西江寻找合适的投资项目。这个你以前是告诉了我的，但你说你想去盘江，我就有点不明白了。为什么呢？你不可能带着他一起去吧？所以我分析，你可能是想把他送走之后，到盘江去休养几天，好好整理一下自己的思绪。可能是这样，我猜想。

我建议你真想去盘江的话，就等我一起去。你都同意了。

129

她病了。我去给她按摩。这个时候，她当然很需要我的抚慰。

事实上，她对我十分依恋。我也理解，一个女人，其实无论口头是多么坚硬，内心里还是柔软的，不到万不得已，一般都不会选择离异。所以我曾对朋友说过，没有不好的女人，只有不好的男人。

何况，我们又不是没有过过甜蜜的日子。在初婚的头几年，我们还是如胶似漆的。我现在都还记得那时候她的笑声总是有如银铃般动听，终日弥漫在我们的屋子里，令所有的来客都羡慕和嫉妒。所以想想，还是我不好。如果我一直待在她身边，时刻像此时这样呵护着她，她也不至于对我如此冷漠。

我甚至想，如果不是你的出现，我和她肯定不会闹到这地步。

但是，我也想到了，即便没有你的出现，也会有另一个人出现。我说过了，这似乎是我命中注定要经历的一场劫难。

道理很简单，如果我们的婚姻出现了裂痕，如果我们不及时修补，如果我们的内心已经不再安分，那么我们就注定迟早会招来折腾和麻烦。

白天没事，上网聊天，跟一同学。下午还聊，还是跟那同学。那同学目前的处境似乎也跟我一样，在经历着情感的折磨。人到中年，仿佛大家生的都是同样的病。

下午五点钟去踢球。我又奔跑在那运动场上。我喜欢运动，喜欢那种难以形容的美丽。可惜腰椎间盘突出的老毛病长期压迫我的大腿神经，使我的腿脚极不灵便。身体本来已经很笨重了，加上腿疾，球技自然也大打折扣。但二十年前我曾是多么生龙活虎啊！那时候我从省城骑自行车去乡下看她，五百多公里山路的狂奔我不知疲惫，那是多么激情满怀、光芒四射的青春岁月啊！想不到一转眼，一切都流逝了。我渴望还有年轻时候的身体。强壮，敏捷，精力充沛。但时间太无情了。现在我都不知道我还能在球场上奔跑多久。

回家洗澡。看电视。小孩在上网。等她不上网时，我再上网，也没有人在。大家都在忙。只有我闲着。

130

我原计划去重庆治疗我的脚疾——小雨说，她哥哥和我得的是一样的病，但被一民间高人给治好了，完全康复——但我突然又决定不去了。

我开始谋划新的行程了。

我感觉我们已经分别很久了。但我回头翻看日记，才发现我们分手也才不过一个多月。

我感觉我在这一个多月里像是经历了很多事情似的。心里特别沧桑。也的确是经历了很多事情。

此时已经是下午五点多钟了。窗外是炙热的太阳和接近40℃的高温。我在等待着天气凉下来，然后出去踢球。

最近我脚疾稍好，就每天坚持去踢球。其实是慢跑。出出汗，总比终日关在空调房里强。

我原先的计划，是去小雨那里治疗我的疾病。但去重庆的路极为难行，且天热，我暂时还不考虑过去。我还是打算先去看你。再回来接替她带孩子。她说她想回老家一趟。

孩子要补习。我们必须有人在家帮她煮饭。

131

一晃眼，都到7月中旬了。昨天开始进入三伏天。这是一年中最难熬的时刻。天冷好办，加衣服就是，烤火就是。但天热难办了。到处是热空气，躲都没处躲。

我终日躲在空调房里。什么事情也干不成。上网就是聊天。不聊天就是看车。学业都荒废了。原来说把工作辞了好写东西，但这半年来还是一个字写不出来。哎！

凌晨四点钟醒来了。惯例。

起来上了一会儿网。还是看车。

很久以来，我就一直想买一部车。我想跑得更快，跑得更远。但她一直不同意。钱在她手上，主动权也在她手上。本来，我从不过问钱的事情，我所有的收入都由她掌握，随便她怎么安排和支配，但最近为了买车，我多次跟她要钱，她老说没钱。为此我们吵了好几次。我说，小的收入我不算，我就保守地估算一下，我每月工资五千元，你每月也有三千元，加起来是八千元，我们每月开支大约四千元，那么你每月至少可以存入四千元。一月四千，一年就是四万。六年就应该至少存有二十四万。那么，这些钱到哪里去了呢？她回答不出来。我知道她也不是那种乱花钱的人。但我明白她的心思，她不想在离开我之后变得一无所有，她得保证起码的生活。

132

我跟她请假。说是回老家去修庙。她心里肯定怀疑——不能老修庙啊！但一时也找不出什么破绽，算是默许了，放过了。我也不知道这样的谎言还能说多久。

不是不爱她。爱。很爱。但她的想法与我不同。她是需要专一的那种。而我相反，我需要很多的爱——当然我不是一开始就这样想的，而是在跟她生活的漫长岁月中，因为不满于她一贯的自私和冷漠，我才逐渐萌生多爱思想的——说是多爱，其实就是想寻找一点弥补而已，比如说，当我在她那里得不到满足，受到冷遇时，我希望你能给我弥补，如此而已。有时候我真希望自己能活在明清时代，能养着三妻四妾。我承认我的思想是有些腐朽，是有些不符合现代公民的基本精神，我也承认我太过于追求和沉溺于感官的刺激和当下的快乐了。但在这个被我们粉饰得无限太平和安乐的所谓巨大盛世里，我作为一个底层百姓，我庶几还能有所抱负和理想？！

133

上午九点从沙城出发，乘汽车到达边城。你照例在边城接我。我照例接替你驾车前往清江。当天下午四点钟到达清江。入住金穗宾馆。

我们那个。很美。

其实，所有的那个都是美的。只要大家都渴望，那一定是很解渴的。

之后我们躺在床上聊天。相互解释。聊到六点多钟去吃饭。二十元火锅。美极了。你说，这可能是世界上最便宜又最好吃的火锅了。

晚上回去看电视。《茶馆》。我看了一半就睡着了。你继续看。

醒来后，我们又继续看。之后我们又那个。

这一回，我不再高潮。你高潮了。当即呼呼入睡。

到早晨八时我们醒来，躺在床上说话到上午十点钟。之后我们一起驾车出去吃早餐。买回家的东西。又是大采购。猪肉、排骨、西瓜、香瓜，还有一些小菜。又是一车满满的。

还是我驾驶。车出清江，天开始下雨。而且，感觉路上颇不顺利。于是，我放慢速度，慢慢走。走了三个多小时，终于在下午三时到达老家盘江。

弟弟和弟媳都在家。弟媳给我们弄饭吃。你打扫卫生。

饭后我们休息了一会儿。下午我们去看哥关做庙。只看了一眼就回来了。

我本来想喊哥关吃饭。但妈妈和弟媳都没有那种意思。我也就作罢了。我明白，她们是有点嫌哥关脏，不爱干净。

晚饭吃鸭子。妈妈自己养的鸭子。味道很好。

我跟妈妈聊了一会儿就上楼休息了。

妈妈还是担心我。她老问我为什么她这几年都不回老家来了？我说她忙，一来自己事情多，二来要照顾小孩，走不开。

"你不要做对不起人家的事哩，你要吸取教训哩。"妈妈说。

"我知道，妈！"我口里这样答应着妈妈，其实我心里想的是，我已经走错路很远了，妈妈，我回不了头了！

有月光在窗前照耀。夜晚的盘江美如童话。

134

大约凌晨三时就醒来了。解手。说话。然后做爱。

你说你很喜欢过这样的生活。我理解。谁不想过完美的家庭生活啊。但是，现如今的人们，真有了家庭生活时，又有几人是感到满足的啊。于是，都在外面寻找。都乱了套。都以为别人的比自己的好。其实真到手了，又一般了，无趣了。

五点钟开始天亮。有鸡鸣声声。我起床推窗一望，看到外面世界灰蒙蒙一片。有大雾笼罩山谷。景色美丽无比。

我六点钟起床。打算去拍些照片。你也跟着起床。说也要跟我去拍照。

我穿衣下楼时，家里人都起来了。妈妈在打扫庭院。弟弟和弟媳在忙碌。我煮早餐，你去拍照。有人在我们家门口等车。阳光破雾而出，静静地照耀在田野上。

早晨的盘江空气异常清新，河谷两岸景物也十分安静美丽。

135

我忘记了你是一个商人，而且是那种靠着男人发起家来的女商人，所谓的傍大款者；我也忘记了你对于自己的男人有着与众不同的、强烈的控制欲和占有欲；所以，我大意了，对你也像对待别的人一样，从未设防。

如今回想起来我依然感到后怕。那天大概是中午吧，弟媳赶场去了，妈妈做好了饭菜，我和弟弟及弟弟的一位朋友在楼下喝酒吃饭，你带着侄儿早早上楼了，说是要让他看照片，但你打开我的电脑，并没有让他看照片，而是用搜索方法搜到了风城那一页，看我写我和小雨在一起的那些日记。你气疯了，无论侄儿怎样闹你吵你，甚至咬你，你都没有反应，你任凭我两岁的侄儿把你的手咬得伤痕累累，你也仍然坚持看完了我的那几页日记。

我没想到你会看我的日记。多年以来，我和她之间一直保持着一种强烈的信赖，我们彼此从来不偷看对方的东西。但我忘记了，你不是她。我忘了她是一个有修养的高级知识分子，而你只是一个庸俗的商人！

我真是大意了。我不应该写什么日记。尤其不该写那几天的日记。有意思的是，我之前从未有过写日记的习惯。但不知道为什么，自从结识你之后，我开始写起日记来。而且，我所写的日记全部纪实，笔笔不虚。现在被你看到了，我就像被人捉奸在床一样难堪。

你要我解释。我说，我没什么好解释的。于是，你收拾了行李要走。而且，你说你要拿走电脑及所有你给我买的东西。我说可以。还说，凡是你的东西你都拿走。但电脑我不同意你拿走。我说，电脑里面的东西是我的，等我腾空了再还给你。你不同意，坚持说要拿走。还威胁我说，要不顾一切后果。我的口气也很坚决，我说，那随便你。

你跟我要了车钥匙。我说车钥匙我交给你了，你自己找找。说完我就把电脑收起来，拿到母亲房间收藏好，然后任由你怎么收拾。

不一会儿，你下楼来对我说，你没有找到车钥匙。我只好跟你上楼找车钥匙。

我很快就找到了。在床上被子里面。我把车钥匙交给你。但你没有立即就要走的意思。你坐下来，还是要我解释。我说这个没有什么好解释的。事情就是这样。

你开始冷静下来。语气也缓和了一些。开始跟我谈判。

我躺在床上，很困，也冷静下来了。我告诉了你一些简单的情况。

我睡着了。你躺在我身边。没有睡。我不知道你在想什么。但是显然，你内心里很痛苦。我知道你爱我。但是，我很难接受你的这种奇怪的爱。

都被扭曲了。不是吗？你，我，还有她，我们都变态了，不正常了。但我们是被什么扭曲的呢？不知道。

我对你说，你明天走吧，你现在这心情，开车不安全。

你答应留下来。我猜想你其实还是没有下定决心真要走。

下午我们继续谈判。我心灰意懒。不想多说什么。

还能说什么呢？

我内心明白，我一直渴望着能早日摆脱你。但一次又一次，我害怕你报复我。自从我们第一次上床之后，我就觉得，你不适合我，我就想摆脱你。但是，每一次当我提出要分手，你就会威胁我，说你要报复我。我的确害怕你的报复。毕竟我是有社会声望和地位的人。我担心事情被闹大后我声名狼藉。所以我一再妥协和拖延下来。当然这之中，她的冷漠又反过来助长了我对你的暧昧情感。我不是没想过要跟你过正常的生活。我想过，但我得出的结论是，跟你过就还不如跟她过。她虽然冷漠，但情感正常，你热情，但情感变态。我在她那里没有受到应有的尊重，而在你这里又被敲骨吸髓。实际上我是两头都不讨好。所以，我一直渴望远走高飞。我想买车，然后一走了之。彻底远离你们。

晚上我继续和弟弟的几位朋友喝酒吃饭。我喊你下楼吃饭。你吃了很少的一点，就出去了。据娇娇说你去了很远的地方散步。我猜想你肯定是去给他打电话了。

如果你问我为什么要背叛你，那你首先就应该回答我，你为什么经常在我面前跟他通电话。事实上，你不愿回答。

我也一样。我也不愿回答。

如果你问我我们之间到底有没有爱情，有多少爱情，是否从一开始就不打算认真谈爱？我的答复依然是，我不知道。我想你可能也不知道。

当晚我们继续谈判。你问我这是不是最后一次出轨？我很久没有回答你的问题。你要我承认错误，然后保证以后不再出现这样的事情。我还是向你道歉了。我不想在这里让事情进一步恶化。但我心里已经万分厌恶你了。

谈判的结果是，我们还是和好如初，不要分开。

其实你我都明白，这只是权宜之计。我们已经不再是原来的我们了。

我后悔对你没有设防，更后悔写什么日记，其实我此前从来没有写日记的习惯。但我为什么要写日记,而且还把跟小雨在一起的事情也记下来呢?我反省,我之所以要写日记,从内心深处来讲,我是担心有朝一日被你迫害,我想留下一份证据。

第二天,我和你离开故乡,返回卡岭。一路上都是我开车。我们的谈判也一直在继续。尽管我们都很不情愿谈论这事情,但还是没法避开。

"两个女人了,你还嫌不够吗?为什么还要去找那个重庆女人呢?"你反复问我这个问题。我不知道该怎么回答你。当然如果要我说实话,那就很简单,就是我并不真正喜欢你。"不喜欢,那为什么还要在一起,并且,还要谋划未来的生活呢?"也许你会这样反问我。但你恐怕从来没反省过自己,是不是给我选择的权利了。"你让我自由选择了吗?从一开始,你就一直在逼迫我跟你保持关系,不是吗?"

离开家乡时,你把被子带走了——我知道,你也在做最坏的打算了——这使我想起我们最开始从省城凉都买被子来老家盘江的时候,你坚持每次都要拿回去洗,我不大高兴,说这样我自己回家时,就没有被子盖了。但你还是坚持要拿回去洗。现在细想起来,你其实很久以前就有某些比较阴暗的想法了——说到底,你还是很在意你的这些小小的物质的。到底是商人啊!

但我恰恰很藐视你的这些物质。

我原来甚至想过,如果有一天你真离开了我,我一定会在物质上给你弥补的。我不想在物质上欠你什么。

当天晚上我们入住速8酒店。那也是我们的老据点了。

刚入住下来,杨总就来电话了,问我在哪里?我说在速8酒店。他说他马上过来。我下楼去大厅等他。你一个人在房间里看电视。

我把稿件交给他,随便聊了几句,就返回了。

之后，我们睡了一个很扎实的午觉。因为几天来的午觉一直被你的电话骚扰，我这次专门提醒你把手机关了。

窗外下着大雨。雷阵雨。

我心里对你的约束和羁绊早已十分厌恶。我又想逃跑了。但这次，我没有落实到行动上。我克制自己，即便离开你，也要文质彬彬。

我内心的真实想法是要跟你回省城，然后，我自己去重庆治疗我的疾病。但是，你不同意。你说你这几天都要在清江。于是，整个在卡岭的两日我都闷闷不乐。

我不知道该怎样摆脱你。

你带我去仰阿莎广场闲逛。那里是苗族民间古董的货物交易地。你以前在那里收购了不少东西。这次又去收购了上千元的服装。

老实说，我很讨厌你收购那些东西。我已经多次表达了我的不满。我觉得那些都是腐朽没落的东西，是一种已经退出了历史舞台的文化遗物，充满着衰败和垂死的气息。我严重地不喜欢。当然我不否认这也是一种有价值的文化遗存，也的确有一定的收藏价值。而且很多人就是靠倒腾这个来糊口谋生，甚至投机赚钱，发财致富的。如果是为了研究的需要而收藏，那我觉得无可厚非，又另当别论。但你绝对不是为了研究的目的。你的目的很简单，就是为了投机，以为将来可以为你赚上很大一笔。我对此只能保留沉默的权利。

我的脚很痛。更无心于此。就慢慢走回广场休息。

我真想一走了之。永远离开你。

杨总来电话，说要请我吃饭。他亲自驾车，把你我带到仰阿莎广场上面的一家酒店，吃鸭子。他还叫来了两位老乡陪我们喝酒吃饭。你和杨总倒是很谈得来的。尤其说到温泉的开发和投资，你们都有浓厚的兴趣。

回到宾馆，我继续看我的电视剧《茶馆》。但没看完我就睡着了。

午夜你醒来，又偷偷去打开我的电脑，我知道你还在惦记那篇日记。显然，你比我想象的要复杂得多。我估计，你是在为将来做打算了。说白了，你在为将来事情发展不利时，能主动把握局面而在做力所能及的准备，包括把我的相关文件进行复制，等等。碍于情面，我没有去阻止你。

听到动静，我也醒来了。看到你坐在电脑前，我感到从未有过的恐惧。但我也没有办法。想挣脱你的愿望更加强烈了。

我还是起身去了一趟厕所。我想以此表明我的存在，同时也警示你不要太肆无忌惮。

你一意孤行。

我打开了电视。

搜索了一下频道，没什么可看的，我关掉电视又睡下了。

你过来抱住我，还像往常一样叫我"亲爱的"。说实话，我从一开始就很不习惯你这么称呼我。我知道你有很多东西是从港台和江浙的文化习惯中带过来的。你以前的两个男人对你的影响并不止于在某一方面。更何况，你此时这样叫我，还不知道是什么意思呢！

你又强迫我做爱。我拼尽了全部的力量，射了，但你没有高潮。

清晨再次醒来，你又要我。你总是这样，贪得无厌，从不体谅人。

还好，我没射，你却高潮了。

第二天一早，我们下楼吃早餐。之后我们驾车返回边城。

一路上，你又再次逼问我为什么要背叛你？我心里很烦躁。但还是耐心回答你的一系列提问。你这是什么逻辑呢？我跟别的女人上床就是背叛你，而你和他在一起却是天经地义的，世界上有那么不讲道理的逻辑吗?

到边城已经是下午一点钟了。我去买票。顺利买到。

我们在路边随便吃了一顿快餐,就分手了。我回沙城。你回清江。你说你要去考察杨总的温泉。打算跟他合作一把。

我终于挣脱了你的怀抱。但我知道,我远远没能彻底摆脱你的控制。

我心里的想法是,此次之后,我要尽量跟你少见面,甚至永远不见面了。但是,很不幸,刚上汽车,我就想起来,我还有重要的东西遗忘在你的车上。

我给你去短信,你答复说,哈哈,这样我们就有再见面的理由了。

可你哪里知道我心里其实是多么厌恶你啊!我没有给你回短信,但我心里很清楚,这一辈子,我不想再见到你。

136

跟她在一起。我过的是另一种生活。

没有肉麻的称呼,也没有拥抱,我们过的是平凡而平淡的日子。但是这样的日子,却是如此使人感到宽心和踏实。

"回来啦?"

"嗯,回来了。"

"还顺利吧?"

"还顺利。"

"吃饭了没?"

"还没。"

"那我给你做饭。"

"好。"

我十分后悔当初没能珍惜这样的生活。

137

小雨来信了。我知道她为什么如此伤心。但我已经无能为力。

哥哥：

你困了，下线休息了。我其实也很困，昨晚一夜失眠，今天在乡下跑了一天，中午也没休息，但我却无法入睡，我感到我面临一个无法回避的选择。我对你是认真的，不管命运怎么安排我们，我真的打算从此将你珍藏一辈子，这一点，你绝对不要怀疑。但这种想法就在你下线的那一刻，也真的在开始动摇了。

因为我再一次感到冷。

你不会问我为什么会有这样的感觉，但我还是要回答你。因为我们毕竟真心相爱（至少我是），哪怕很短，也是真心付出。既然如此，我觉得必须得坦诚地告诉你我所有的感受，即使分手，也清清楚楚，明明白白，不至于彼此误解。慎重对待一段感情，有始有终的，这是我做事的原则。此时，我是清醒和冷静的。

那我就解释我为什么感到冷。

就在刚才，你说我们把时间浪费在无聊的口水战。

我已告诉你了，我认为这是在沟通与磨合。我们应该是这个世界上彼此心目中一个非常重要的人。彼此扮演的角色，至少在各自的精神领域里是至关重要的。既然如此，这样沟通与磨合就太重要了!

而你却不屑于跟我做这样的沟通和磨合!我因此得出一个结论,我们彼此心中的分量是不对等的!我把你看得重,而你将我看得轻。我想我的结论不会有错,女人不光只有直觉,有时也会有一点逻辑。

我知道你很珍惜时间,但还是希望你能耐着性子将它看完。

你回老家之前,在网上留言不让我给你打电话,说老妈敏感。我就想起我们在温泉的时候,你还说带我回你们家。(也许是我记错了?)一个大活人带回家都没事,打个电话就有事?我想你是不想我打扰你吧?可能我真有点噪人,尤其是对自己的爱人。特别是你上次回老家那些天,我真的担心害怕,发了很多信息。如果是一个真爱我的人,知道我这么牵挂他,会很幸福的。而你却把它看成了一种负担。这似乎也泄露了一个秘密,我对于你来说,太缠人,也太烦人了!

看到你这条留言,我很凉。

你回来那天,我早早在电脑跟前等你。你还没来,我想干脆洗澡之后再跟你聊——好久没见你了,我想肃整自己,尽管看不见,我还是想带着芳香跟你说话。于是就下了线去洗澡。洗澡回来,你还没说上两句话,就说要去看电视。你离开之后,我突然觉得十分没趣!就像看到一个思念很久的人,满心欢喜上去亲热,那人扭头就走,让我张着双臂扑了个空!想想,这是啥感觉?电视剧太重要了啊,它是名著名片啊,当然比电脑那头的普通人重要!

你津津有味看电视的时候,我坐在电脑前流泪,发呆。而你看完之后回来,却责问我为什么不跟你说话。

我们每次说话,你总是在我话还没说完的时候打断我(可能我是啰唆了些),"我要去看电影了,我困了,拜拜。"转身就走。我一直不习惯,但忍着。我理解你珍惜时间,不想啰唆。但是不是偶尔也顾及一下我的感受?在交谈之中,这么武断地打断对方,至少也不很礼貌吧?我就那么不值得你尊重吗?其实每次你走了之后,我都会在原地坐很久很久!

我不是小女儿态,我这把年纪了,真不想使小性子。用个不恰当的比喻吧,这种感觉跟做爱一样,男子很快收场,女人一块地还没浇湿。

我不怪你,我也知道人一旦形成习惯很难改变。人想改变人压根儿就是徒劳。我只有适应和包容,但我感到有点困难了。

我想,是该冷静思考我们感情走向的时候了。

我们刚认识不久,真带有冒险和赌博的成分。你去风城,因为处于感情危机时刻,精神和肉体都需要宣泄。而我,自从在内蒙古见你之后,就认为你是跟我极其相似的人。我有一个人人看起来都羡慕的家,但那个家是生活的港湾,却不是精神的港湾。于是,我就想,哪怕是冒险,我也去试一试!我多么渴望灵魂的皈依。

人啊,真不能太贪心!有些人一个港湾都没有,我却想得到两个!所以,上帝他生气了。

我说过,我一生都走不出虹桥的夜。是的,那是真话。但我觉得,我走不出也得走!我告诉自己,我可能把它过分美化了,带有太多理想成分。其实我们根本就不合适!你是一个太重事业,且为了事业对自己近乎苛刻的人。而我,虽然也有些理想,但终究还是一个比较生活化的人。我很多年对自己都很宽容,把快乐当成人生的终极目标,只想享受生活。同时,我在感情上是一个讲浪漫情调的人，对于你这么一个学者型的人来说，真可能不太合适。(也许我对你不了解。允许你反驳，不过，你不会有兴趣。)

　　这些都不是什么原则问题，就这样分手是不是太可惜？你无论哪方面都是一个优秀的男人，真的，遇到你，我真的很幸运。但我实在不知道我在你心中，到底有多大一块地方？如果太少的话，我真不如放弃。

　　我想让你来决定。

　　不管结局如何，我都十分珍惜这段感情。以前说的啥书记，啥同学什么的，其实我也知道，跟他们还不如我们离得这么近。在这么多人当中，我们共同的地方还是要多一些。这一点，我认为我不笨。

　　我是一个理想主义者，也是一个唯美主义者，这也就是我始终不能快乐的真正原因。发现瑕疵了，不吐不快。能否也将它理解为一种追求完美的表现？

　　也许我深更半夜说这么多，你认为全是屁话。你怎么看，我无所谓，我这么做，是对一段感情负责任。同船共渡，还五百年所修呢。

　　说了，也畅快了，或许，将来走出虹桥和温泉的时候会坦然和从容些。

　　说到最后，我还是想告诉你：我真的很爱你！我珍惜我们在一起的分分秒秒！我尽量适应你，如果我放弃，请你不要怪我！我是真心为你流过泪，也许我是这世界上唯一一个想到你就心痛的女人。其实，走出虹桥，很艰难，很残酷！

　　　　　　　　　　　　　　　　　　妹妹　29日凌晨

我不知道该怎样去安慰小雨，也还不能确定我是否将要爱她一辈子。但她和你比，显然一个天上一个地下，她更值得我去爱。是的，你是有几个钱。但你那点钱，既不能改变我的命运，也还不足以动摇我对爱情的向往和追求。所以，如果要我在你和小雨之间做一个选择的话，我会毫不犹豫选择小雨。但是，当那天你追问我爱不爱你时，我犹豫了。你问我为什么不回答你的问题，我说我在思考。的确，我是在思考。我最后的答复是：如果说不爱你吧，我觉得不真；如果说爱你吧，但现在跟你在一起时，我感觉到的却不是爱，而是恐惧。你立即辩解，说恐惧人人都有，是很正常的。你一直都在掩耳盗铃，央金。我猜想你恐怕从香港男人那里开始就已经习惯于这样了。你明知跟他不会有什么好结果，但你还是把他想象得很美好。后来跟着老吴，更是这样。

"存而不论吧。"我最后说。你同意。只要看到希望，你都会同意的。你不能接受的是立即分手。一年来，我总算把你看透——说到底，你需要的不是爱情，而是一个男人。而我，则希望能早日重返自由。我和你说过，没认识你之前，我是自由的。你说，那样的生活并不好。你总喜欢这样，把自己的价值观凌驾于别人之上。还有，你老喜欢叫我"亲爱的"，或者"宝贝""老公"什么的。我很不喜欢。虽然我偶尔也学你这样子叫唤过你。我觉得这种称呼很虚假，很虚伪。尤其是对于那些没有建立家庭的露水夫妻来说，更是如此。

我还是决定去看小雨。当然我主要的目的是去治病。保命要紧。我得先把病治好了。我很为难。想告诉你实情，又怕你接受不了。瞒着你吧，我觉得我很不喜欢撒谎。我每次对女人撒谎，最终都被揭穿。因为我的身体里缺少这样的文化基因。

我最后对你撒谎说，她将带我去市里的医院住院。

138

到重庆几天了。目前的治疗效果一般，但我还是充满信心。

我是上个礼拜五走出家门的。清早出门。先乘汽车到火车站，再买火车票到重庆。还好，一路顺利。票无座号，但上车后立即找到座位。前后坐车十四个半小时。到重庆时，已经是凌晨三点多钟，天都快亮了。

小雨去车站接我。打的。她把我安排入住宾馆后，就回家了。我休息。到六点多钟她来电话喊我下楼。叫我以最快速度收拾完毕。我脚疼，没法更快。勉强收拾完毕下楼，跟她打的到一个宾馆与她的几位哥们儿会合，然后一起乘车前往一处大峡谷拍摄风光。

那几位哥们儿是受命来航拍重庆风光的。这天天气还不错。有大雾。一姓侯的导演负责拍摄。一个叫阿西的哥们儿负责指挥队员使用动力滑翔机上天航拍。

我无事。自己拍摄照片。幸亏我带了机子来。

中午我们赶到一个名叫独家寨的地方去拍摄，我脚疼。行走十分艰难。但独家寨风景不错。几个山洞很神秘。那户人家所处位置令人颇多猜测。我们都说可能是因为有钱才躲藏于此的。可是走进去询问时，却说是先前老祖看到有荒地和弃屋，随意住进来的。

主人姓秦。我们从公路上看去这屋子犹如世外桃源，但走近了看却很一般。脏、穷，一目了然。居住环境也并不如想象得好。四周均是石灰岩地貌。缺水。房子周围全部种植玉米和烤烟。一片绿油油。

太阳很毒，口渴难耐。主人端出一老茶缸给众人解渴。都顾不了许多。只管埋头喝下。

中午在独家寨路边的一农家乐吃饭。侯导请客。每人三十元，共一百八十元。全是腊肉和洋芋。味道还不错。其间突降暴雨，雷鸣电闪，十分吓人。

饭后雨过天晴。我和小雨返回县城开始治疗。阿西等人继续前往另外一个地点航拍。

小雨的颈椎也有问题。我是腰椎问题。于是我们一起治疗。一位姓刘的老人是医生。说有祖传秘方。其用草药加热敷。方法原始。我被热得苦不堪言。但还是十分信赖他。

晚上小雨的一位朋友请吃饭。我和刘老同去。喝酒少量。啤酒。十点多钟小雨回家。我困得几乎睁不开眼。我没有送她。

星期天上午小雨来电叫我转到另外一家宾馆。我转过去了。价格贵了二十八元。条件确实要好一些。

下午我和小雨继续去刘老家治病。效果很明显。下床时骤感轻松。我大喜。阿西等返回重庆。要小雨继续做他们的向导前往宏村。

我同去。结果很失望。宏村几乎没什么可看的。只有无数水杉略有风景。

他们在飞翔时，我给她去短信，说明情况，叫她放心。她给我来短信说她生病了。可怜。

你早晨先是给我打电话。我不接。你又来短信，表示担忧。我理解。其实，你担忧的不是我的病，而是担心我来看小雨。我不知道该对你说些什么。

侯导对小雨十分感兴趣。小雨似乎也不十分拒绝。于是上演搂抱大戏。侯导还叫我拍照。我拍了。但小雨事后又自己删除了。她没全删，保留了两张。

晚上小雨请他们吃饭。喝白酒两瓶。主要是侯导想喝。小雨做东，当然殷勤。其实小雨很不喜欢别人喝酒。我也是。

饭后侯导陪我和小雨步行返回宾馆。有四五里路程。我走得艰难。脚又转疼了。到宾馆门前,我独自上楼。侯导送小雨回家。侯导很希望小雨给他机会。

小雨到家后给我打电话,说侯导走了。话音未落,小雨的电话就挂了。后来小雨告诉我,说是她当时刚出电梯,就遇到自家男人了。

我到家后脚更痛了。独自洗脚上床休息。

午夜醒来,睡不着。开灯看书。到天亮时又睡去。八点钟再次醒来,身体略有恢复。我自己去街上吃早餐。到九点钟小雨过来看我,她给我带来了手提电脑。我上网。看到你在QQ里留了很多言。都是略带指责的话。我本来想找时间好好跟你表达我的想法。但看到这些信息,我对你就感到十分厌恶了。不错,你有你的优点,但你和小雨比,你自私自利,不善解人意,而且完全没有一个女人的自尊。你对我的执着,绝对不是爱,而是控制,即便硬要说是爱,最多也只能说是一种自私的爱。

中午小雨回家吃饭。我自己上街吃小笼包。

饭后回来稍事休息。下午二时又去治疗。今日效果一般。大不如昨日。但刘老说,他有信心把我的病治好。他有信心,我当然也有。但目前还看不到明显疗效。

我和小雨一直躺在床上说话。从小雨的口中,我才得知原来在内蒙古时,还有人热烈地追求着她,而且至今依然痴情。正说着,那人就来电话了,小雨先是把电话挂断了,似乎觉得在我面前说话不妥。但她很快又打回去了。那人跟小雨说了些什么。我没听懂。

到此时我才知道,为什么小雨老是说如果我不爱她,她会立即转身走人,原来等着她的大有人在。看来小雨是个很多情的女人。她找到我,是必然的。毫无疑问,我们都相互隐瞒着各自的历史。小雨说她在单位上是一个没有绯闻的人。现在可能没有。但以前呢?以前也没有吗?

晚上八点小雨回家。我独自上街吃饭。酸菜肉丝盖饭。七元。吃得很饱。

139

早上五点钟起来，先上网，后看书，再睡，到七点半起床。去后街吃汤圆。十个。四元。很划算。比学校还便宜。

餐后去后街逛了一圈。看了两家书店。没什么书可买。回到宾馆脚就很痛了。躺下休息。小雨十点钟过来，与我聊了一会儿。之后她去跟朋友吃饭，我上街吃蛋炒饭。回来休息片刻，即起床去治疗。遗憾今天效果也很一般。脚还是疼。我几乎绝望了。

晚上小雨带我去后街吃麻辣烫。我吃得很多，也很饱。

饭后小雨早早就回家了。

140

还是大晴天。我照例在四点钟醒来。看书。到清晨六点钟又睡去。七点半起床。去吃早餐。小笼包。

回来上网。看到她的博客又出现了一篇莫名其妙的短文——

今天，偶然在一博客里看到这样两段话，嗬，好有意思，转引于此：

"看到风流人物又去骗感情了，憎恶伪君子，处处为人师，装孤苦，暗地里尽是些男盗女娼之事。

"让我们的灵魂纯净些，少些贪欲吧！不然你会死在欲壑里！仅以此奉告那些个感情骗子！那些个不知足的贪婪者！"

——看到这话,我想,是明白人自会明白,只有厚颜无耻者不会明白,只有聪明人才不会明白。

　　如今世道,黑可以变成白,白也可以变成黑,但我相信一点,老天总会有眼的!

　　什么意思?难道她发现什么了吗?我正纳闷。她来电话了,质问我在哪里,在干什么。

　　看来,她知道了一些情况。

　　我如实回答。但我没有告诉她我跟小雨去卡岭的事情。

　　她非常生气。口气严厉。

　　我不知道她从哪里得来的消息。但显然,我已经被人盯上了,而且,这人是希望我彻底身败名裂的。

　　她不再相信我。

　　我似乎又一次来到了人生的交叉路口,又要面临命运的大转折了。

　　上午十点钟,小雨来了。我们躺在床上说话。她一直不停地说着什么,但我心里有事,实在无心听她瞎扯。然而我也不知道该做些什么。

　　好不容易熬到中午十一点半,我上街去打汤圆来吃。我在店里吃,然后给小雨带了一份回来。饭后稍事休息,两点钟我们准时去治疗。

　　今天的治疗效果不错。回来时我们还蛮高兴的。

　　但我没想到一个更有攻击性的博客留言出现在小雨的博客上,把我们的心情彻底给毁掉了。那是发在小雨的博客留言上的几句恶毒的话——

你就是那位跟阿呆教授在风城和温泉一起睡觉的女人吧？告诉你，你的好戏来了，你单位很快就要收到我们寄出的一盒录像带，祝你心情好，胃口好！

当小雨叫我去看她博客上的这条消息时，我的头脑立即"嗡"了一下，知道这事情已经越闹越大了。我猜不透有谁会如此憎恨我，不明白这人到底是什么目的。小雨一个劲追问我为什么会这样？我说，可能是我们参与了《故乡》杂志的编辑，触及了一些人的利益的缘故吧。小雨说，那我们还去跟他们合作干什么？立即撤回来！什么狗屁杂志！但我心里明白，其实不一定是《故乡》杂志社的朋友们干的。我知道我平时说话过于直率，有时甚至近乎狂妄，难免得罪一些人。但有谁会对我有如此的深仇大恨呢？我想到了你。因为只有你才知悉我和小雨去风城和温泉的细节。但此时我不能告诉小雨实情。我更不能告诉她我写的日记已经被你复制。之后，小雨不停地催促我打电话给杨总，叫他立即查一查这个污蔑我们的人是谁，我真的给杨总打了电话。但是，杨总很快就回复说：第一，不可能有什么录像；第二，这个人肯定不是《故乡》编辑部内部的人。于是，小雨猜测是她干的。应该也只能是她。但她在伪装。还装出很无辜的样子。

小雨气急败坏，大发脾气。她坚持一定跟我要家里电话。她说她要直接打电话到我家去，要跟她当面讲清楚。我没给。"我说了，不是她！""你凭什么说不是她？""凭我和她相处二十年的经历，我相信她，无论我做怎么样对不起她的事，她也不至于采用如此卑劣的手段来加害我！""你呀，怎么那么没脑子啊！世上最毒妇人心！你知道吧？"她摔门走了，留下了恶狠狠的话。

女人都是沉不住气的家伙。她是这样，小雨也是这样。真正得利的是谁呢？

141

小雨走后，我立即与你QQ联系。你在线。似乎你一直在等我。

我告诉了你网上出现的对于我的多篇攻击性言论。你大为惊讶，说怎么会呢？你不是一向都很低调吗？我说是啊，我实在搞不清有谁那么恨我，这么些年来，我深居简出，很少得罪人，在学校里也是少数没有绯闻的教授之一，但现在的这局面，却是要制我于死地啊！

"你别急啊宝贝，事情还没那么严重吧，你要挺得住啊！"

"你爱我吗？"我想到了如果她真的跟我分手，我想去投靠你也不失为一种选择，虽然这种可能性几乎为零。

"当然亲爱的。我说过了，我要用整个下半生的生命去爱你。"

"是真的吗？"

"是的宝贝，你一定要相信我。"

"那你现在能过来接我吗？"

"你在哪里？"

"我在重庆。"

"你怎么跑到重庆去啦？你不是说在沙城医院治病吗？"

"是的，我是在医院，但不是在沙城的医院，而是在重庆的医院，这事情说来话长，我回去再慢慢跟你解释吧，好吗？"

"好吧。你确定需要我去接你吗？"

"我不知道，我现在心里很乱。她似乎已经完全掌握了我最近所做的任何事情，她不仅知道我来边城的事情，而且还知道我跟你的事情，我无法再隐瞒下去了……从她的口气上看，这一次，她已经下定了跟我离婚的决心。"

"没有她，你还有我啊宝贝！"

"这个我知道，但我不能肯定，你到底是不是真的爱我……"

"好吧，现在我们不讨论这个问题，你先治病吧，等你病好以后，我们再讨论何去何从，好吗？"

"好，也只能先这样了。"

我守候在网上，一夜未眠。到凌晨两点终于熬不住，就上床躺了一下。但很快又醒来了。我看一下时间，是凌晨四点钟。再睡不着。继续打开电脑上网。还是什么也看不到。我想要知道，骂我"伪君子"的那段话出自哪里。白天我问过她了，她不肯告诉我。我试图用百度搜索，结果也搜索不到。我陷入了孤立无援、四面楚歌的境地。

就在我一筹莫展之际，我无意间通过她的博客看到了一个叫"梁山好人"的博客，他在她的博客上留下了足迹，而我顺着这足迹，很快就看到了那段骂我的话，正是出自这家伙的博客。进一步点击他的博客，则发现此人的注册时间很短，就在近期。而他自称是来自卡岭，47岁，男性，妻子死去三年了，之后一直没接近过别的女人。

我再次给她去信，告知那个在博客上辱骂我的人就是要分裂我家庭的人。她没有作任何回答。

到上午八点钟，她来电话，告知她明白我的意思，但她出于种种原因，暂时还不想告诉我那人的博客地址。但她说她会在两天内告知结果。还说无论怎么样，我是孩子爸爸，她也该帮我渡过难关。我说好吧。

142

　　我终于彻底崩溃了。到此时,我才终于醒悟过来,真正爱我的人是她。我的眼泪一下子情不自禁地流淌出来了。我哭着哀求她千万别离开我,我说我还差两天时间就可以把腿病治好,治好后我就回家,回到家我再给你解释一切……但她在电话那头很冷静地说,太晚了。又说,你先回家再说吧。

　　早晨我没有去吃早餐。继续在网上游走到中午,自己上街去吃面。

　　小雨以为"梁山好人"就是杨总那边的人在嫉妒她,并认为她侵犯了他们的利益,于是在自己博客发表文章,申明不想再管杨总那边的事情。

　　我叫小雨先别发表任何言论,以静观其变。小雨不听我的招呼,她坚持要在博客上发表一份声明。我知道,那个人既然知道我和小雨去过风城和卡岭,那就必然知道更多的细节,此时发表声明,并无益处。

　　下午小雨过来,我们一道去就医。她治疗脖子。我治疗大腿。今天的效果不好。治疗结束后反而更疼了。

　　回到宾馆时,小雨在自己的博客上也发现了那个"梁山好人"留下的脚印,她顺藤摸瓜看到了那人骂我的原文。小雨终于明白了,原来目标并不是冲着她来的。于是,她把她博客上的那篇声明的文章给隐藏起来了。

　　但小雨显然很生气。她觉得她很无辜,而我很无能。"一个老婆也管不了,还让人家给看上了。"小雨的意思,是那个叫"梁山好人"的人跟妞是一伙的。她开始对我失望。其实,从昨天起她就很失望了。我想,我们是彼此失望吧。因为昨天她走的时候,是怒气冲冲地走的，还指责我对她说了很多绝情的话。不错，我是说了绝情的话，但她在关键时刻也只考虑到自己的安危，而不听我的劝告，我们也都相互失去了信赖。

不过，今天她来，态度好了很多。原来她昨晚回家跟丈夫坦白了。这样也算是为以后万一东窗事发留下了退路。从这件事情，我既感到自己很对不起她，同时也感到人是靠不住的，到头来，人首先考虑的其实还是自己的利害。

143

晚上我自己上街吃饭。在胖子妈饭店吃回锅肉盖饭。八元。

回来上网。去逛那"梁山好人"的博客。还搜索了他的其他文章。越看越恶心。毫无疑问，这家伙才是真正的伪君子！什么信守三年不娶诺言，分明就是在打征婚广告！

心情起伏，难以入眠，只因世界太小，为何莫名悲伤？

回来很晚，上网查看，莫名等待，等什么呢？

付出未必都有收获，过程有幸福也有痛苦，结果同样如此，命中有时终须有，命中无时莫强求。

只有坏人和心术不正的人怕阳光，所以我从来不惧怕什么，即使被邪恶整死，只要死不去，斗争就没有结束，我是坏人脖子上的一把剑。

只有在阳光的普照下，信念才会坚定。

有死就有生，别悲叹！有些事物死去比生要好，留恋虚空的生还不如让他死。

信守了三年不娶的诺言，爱人在另一个世界也该安心了。即使有些煎熬，毕竟还是过来了。

如果你给不了女人笑容，请你也别给她泪水。君子之福不在妻妾成群，而是爱护好身边的人！

荣耀来到时、烦恼临头时、处境纷乱时，我们要反观自己的心，否则傲慢的高墙会隔绝自己的视野，嗔怒的火焰会烧毁自己的功德，贪欲的洪流会淹没自己的意志。

知道有眼睛在盯着，所以上来告诉你一声，你们的那点伎俩只能糊弄老实人，故意公开行踪就清白了吗？不走人恐怕寝食难安吧！

对那些想加入博友的邀请深表歉意，因精力原因怕加入后照顾不周反而得罪人，望大家见谅！

博客忽然热闹得超出了想象，总有那么多钟情于对号入座者，有趣！
……

尽管我深深明白,一个把自己打扮成道德大师的人,一定不是什么好人,但此时那人躲在暗处,而我在明处,我是拿他毫无办法的。我就像被人伏击一样陷入被动,只有招架之功,而没有半点还手之力。

而且,我也深信妞早已被他的花言巧语所迷惑,甚至彻底俘虏。此时,他们完全有可能在串通一气,来密谋对付我。

144

小雨到家后发来短信,说希望以后我们不要再有任何瓜葛。

我说可以。其实,我内心也希望我们就此结束为好。

晚上我给妞去电话,告知病情。妞问了一些情况。她说她也发觉到了那人的狡诈和奸猾。那人的确有谋害我之心,而且来者不善,希望我不要正面跟他发生冲突……看来她还是关心我的。并说到时候可能跟孩子一起过来看我。我说路远,又转多次车,不好走,算了。

我给妞去信——

妞:

你好!

现在是早晨六点半钟。窗外是蓝天白云,朝阳如火。虽然如火,但气温却不高,十分凉爽怡人。我起来给你写信。事实上,很久以来我就一直想要给你写封信了。我想通过信件的方式表明我的心迹,也以此沟通我们已然陌生了的心灵世界。

昨天下午,我无意中在你博客看到了那个叫"梁山好人"的帖子,也看到了你引用的那些话的来源。于是,我什么都明白了。我顺藤摸瓜，搜索一些他的资料。越看我就越明白此人为何如此下作和卑鄙了。因此我也不再担心你真的会上当受骗。

很显然，他通过网络对你进行了一些引诱。他利用了我对你的"瞒"和"骗"，使你一下子彻底崩溃，迅速失去判断能力，从而做出了一些丧失理智的行为。

他的目的已经初步达到，几乎全部达到。

我要告诉你，他就是一直在网上攻击我的那个人。他对我的攻击已经不是一天两天了。很显然，这个人对我是怀着极大的仇恨的，也是比较"关心"和"了解"我的。

不过，发现了他的马脚之后，我就大可放心了。因为我原来担心是真正的朋友在搞鬼，如果是朋友暗中害我，那我会很伤心。但此人显然并不是我的朋友——虽然他也在卡岭工作，也对卡岭文学艺术界有相当的熟悉和了解。

看他博客上的介绍你就该明白，他其实才是专为女性而来的——他自称单身，死了老婆，47岁，公务员……这分明是在做征婚广告啊！我昨天与一网友交流，她说，她早注意他了。并说她也是从你的博客上看到那人的。她还真的想把他介绍给身边的一位女友呢。

他利用了你对于网络的无知和情感的空虚，一下子就俘获了你。但我相信，你会很快擦亮眼睛的。

我承认，我是带了小雨去温泉的。在杨总的安排下，我们还去了西江。不过，我们仅仅是想为杂志做点事情的合作伙伴而已。

我还得告诉你，小雨是一个很好的女人。我与此人的相识恰恰在于我们各自的与众不同——在内蒙古学习期间，我们都是只管埋头做事而没有绯闻的人。作家们难免都年少轻狂，招蜂引蝶，唯独我们二人都是单独生活和行动的。在内蒙古，我只和她聊过不到二十分钟——在她最后离开的时候。就是那二十分钟，使她坚定了要与我做真朋友的信心——她说我是很有内涵的人，但含而不露，令她敬佩。

回来后我们偶尔在网上联系。说的都是文学事情。恰好因《故乡》杨总的邀请，使我们又有机会走在一起。那次在贵州见面，只有短短两天，就因我母亲突然生病而分开了。她一个人回了重庆，我去了清江。

客观而论，我内心还是很喜欢这个人的。这个我要承认。但我告诉你，这个人是一个在生活上非常严谨的人。她有许多的文友，却从来没有绯闻。她的家庭生活十分甜蜜和幸福，几乎堪称完满。

我这次来重庆治病，是基于两点。第一是她说她的哥哥曾经是瘫痪在床的，如今却生龙活虎，每天打篮球，就是被那老者治好的。第二是我在重庆除了认识她外，还有另外三位内蒙古班的同学都在重庆。

你不可能跟我来，所以我没有跟你说明这些。许多时候，我不想跟你说明，也是怕你多心。但屡次的经验告诉我，越是想隐瞒，就越是瞒不住。

瞒不住也无所谓。反正我问心无愧。

是的，我在男女观念上与你有很大的不同。总的来说，你是趋于保守的、忠诚的，而我则趋于开放和自由。

我承认这些年我对你有过不忠的情况。但我也得说，我从未在精神上出轨。哪怕是有时跟你说狠话，要跟你分手。其实稍一冷静，我内心里是从未想过要真正离开你的。

对于我身体的出轨，我不想辩解。我承认那是我的污点。但仔细想来，我出轨多少也跟你对待我的态度相关。你有很多缺点和毛病，比如在对待我家人的问题上，你一直都是做得不大好的，还有对我身体和生理需要的严重忽视，也在一定程度上助长了我对你的报复心理。

但无论怎样，我内心里是很爱你的。我昨天在电话里跟你说了，在这个世界上，我只在乎你和孩子。我可以为你们去付出一切。哪怕是付出生命。我想你应该能体会得到，我说这话并不是空洞的口号和词语。

正因为我有了这样的信念，我才那么放纵自己。我以为只要有了爱，就有了一切。我想你也应该对此深信不疑。但我也知道，许多时候，你对我的爱还是有所怀疑的。因为你坚信爱就意味着绝对的忠诚，包括身体的忠诚。在这一点上，我明白我无法让你满意，也深感惭愧。但如果你不是求全责备的话，不是就此死死揪住不放的话，则我依然是你最值得守候一生的爱人。如果你把我和那个什么"梁山好人"相比，我就是金子，那人只是垃圾，甚至连垃圾也不如。

好，快八点钟了，我去吃早餐。回头再来写。

阿呆　8月6日清晨

妞：

我去吃早餐回来了。我现在继续给你写信。

我刚才是在宾馆后面的小巷子里吃的早餐。很简单，就是一个饼子和一杯豆奶。两元钱。我很喜欢这里的气候和生活。这里物价便宜，生活富足，而且服务很周到。因为靠近四川了，一切风俗习惯都接近于四川。我每天早上起来，就是走进这小巷子里吃早餐,听市声。昨天是唯一例外。因为昨天太生气了,忘记了去吃早餐。

我同学小雨的家就住在小巷子里面。她家很宽,有三百多平方米。丈夫是一位局长。有钱。她每天都去上班,因在宣传部,很忙。但偶尔还是来看我,问我病情。还不时给我买些水果。她很欣赏我的文学才华,说在我们那个班中,我是最有才华的。但她很不喜欢我的生活习惯。说我太节约、太不讲究。哈,我们各有所好吧。

这条小巷里有很多宾馆酒家。都很便宜。我每顿饭都换着各种口味吃。比如今天早上吃了饼子,中午就可能吃面,或者炒饭,包子,下午就是米粉或者汤圆、馄饨之类。总之种类很丰富。关于吃,你不要担心我。关于生活,你也不必担心我。我是很能够照顾自己的人。我生病,你不在我身边,我不会怪你。因为这是我自己安排的。我知道你不能来。我原来估计三五天即可痊愈。但现在看来还有点复杂。医生老刘说,我皮太厚了,药物很难渗透进去。得慢慢来。医生老强调我不能心急,要安心静养。他说,静养是最好的康复方法。所以那几天我都不怎么给你消息。我也不跟别人联系。

其实,原来我还有一个想法,就是想来这里一边治疗,一边写作。但这几天被那鸟人一搅和,我的计划就全泡汤了。不过不要紧的,我还有的是时间。我已经蠢蠢欲动了。我要写作了。我那构思多年的长篇。

你说你要来看我,我很高兴。但路程确实太远,要转几道车。同时天热,车子又很拥挤,我还是不建议你们来。如果交通很方便,你们过来,我们倒是可以慢慢游回去的。我们一起去湖北恩施侗乡考察那更是一件大好事情。

　　说到这里，我就想到买车的事。我知道买车后会有很多麻烦。家庭的开支会更大。但我内心里一直有一个信念，我觉得有车了，我们一家会开始过一种新的生活。我们一起回家，一起度过寒、暑假。这对我们的交流和沟通很有用。我知道你担心我有车后只顾自己出去风光，而不顾及家人。其实，你仔细想想，这些年来，我们哪一年不是一家人出去了？！只要有时间，我不是都带你们一起去亲近大自然吗？当然有时候我也的确感到你们于我是一种累赘。比如你不习惯空调，而我没空调就难以入睡。但这也是可以改变的啊！只要有条件，我们分开来睡不就很好了吗！

　　说到买车，我们就得说到钱。我最近上街，经常看人家的车。我的想法是量力而行。如果你给我十二万，我就买普通家用车——这种车其实已经很好了。但如果能有二十万，我们就可以买城市越野。回家、下乡，就可以很方便了。

　　我绝对不是那种需要用车子来显示什么的人，我只是希望能给我们的生活带来方便，带来新的希望和可能性。这就是我的真实想法。

　　你担心钱用光了家里有急事怎么办，我觉得家里能留下一两万就可以了。现在物价飞涨，存钱是没有用的。钱本身每天都在贬值。而有了新的生活，我就有可能创造更大的财富！我对未来始终是充满信心的！

　　突然接到电话，刘医生通知我马上去治疗。我走了。你保重！

阿呆　8月6日上午

妞：

现在是 21 时 39 分。有些晚了。但我还是想给你再写点什么。

我通过卡岭的朋友，查到了那个叫"梁山好人"的 IP 地址，是在卡岭。但他却经常在卡岭和清江两地上网。这样，他距离暴露自己身份的日子就越来越近了。在卡岭和清江，能够写点东西的没几个人，我会很快查清他的真实身份的。

今天我的病情有反复。先是很好，继而又不大好。但我从这当中看到了曙光。

上午是由刘老的徒弟小松帮助治疗的。中午我同学小雨请我们一起出去吃饭。她说，我来这么多天都没照顾我，让我一个人在街上乱吃，心里很过意不去。所以，中午请我和小松到外面去吃鱼。鱼真不错。也便宜。我们三个人吃下来也就 100 元。我吃得很快，也很饱。吃回来又接着治疗。下午是刘老医生亲自治疗。刚开始时感觉不错。但回到宾馆又感觉有所反弹。后来我出去吃饭，去的时候感觉还可以，但吃完站起来时，脚疼得迈不开步，要站很久才能缓过来。

我往宾馆走的时候，下雨了。这里天气本来就十分凉爽，下了雨，更凉了。我在这里基本上都没有开空调。

中午治疗时，认识了小松的爸爸，他是一个很有传奇色彩的人，今年 83 岁了，爱好文学，写过两本自传体小说，听说我是作家、教授，硬是要拿书给我看，说请我指教。我哪敢啊！我躺在床上治疗的时候，翻了几页，很不错——说实话，这里的文化氛围很浓，随便一个平头百姓，常常都是比较有文化的。

好了。我不再唠叨了。也许你已经很厌烦我这种婆婆妈妈了。

　　晚安！

　　　　　　　　　　　　　　阿呆　8月6日晚

145

　　我继续去老刘的诊所治疗腿疾。今日没有什么特别效果。

　　回到宾馆我正准备上网。小雨来了。我心里很恼火。偏偏这时你又来短信，而她又一直不停地追问："谁的短信，说什么？"我心里太恼火了，终于忍不住爆发——"你烦不烦啊你！"小雨很惊讶，她第一次看到我发如此大的脾气。她说，你不对头啊你，我怎么了嘛！我怎么了嘛！我知道，我冤枉了她。我收拾东西要走。她哭了。

　　我安慰她。说我刚收到家里消息，她要离婚，事情无可挽回，我很生气，控制不住自己情绪……她这才安静下来。

　　她同意我提前离开。

　　我们说了很多分别的话。我知道，她很伤心，也很委屈。是我给她带来了这一系列的痛苦。而她担心还有更大的危机在后面等着我们。所以她说，如果我们以后不好，那就太亏了。我答应她，最坏的结果，我来承担。她摇摇头，泪如泉涌。

　　我下楼结账。她去帮我买车票。

　　我赶去找她。她没买到票。我们又打的到另一汽车站。也没买到票。于是改乘重庆至武汉的大巴。中途再转车回沙城。

　　刚上车，你就一直不停地给我短信，提醒我回家要好好和她谈判，不要过分情绪化。并说如果我诚恳，她最终会原谅我的，你也会原谅我的。云云。

146

一路顺利。

凌晨两点到达武昌新华路。

立即打的到武昌火车站。买到武汉至南宁火车票。两点五十分。但晚点半小时。三点半才上车。车很挤，但我一上车，就顺利找到一个座位。我以为这是好运的开始。

到家时是上午八点半钟。

刚一到家门口，就在路边看到她拿着菜回家。她依然穿着她平时最爱穿的侗装。我喊她，帮她拿菜。我心想，这是多么和谐温馨的一幕啊！这才是我要的生活。

到家稍事休息。我上网，跟你聊天。我问你怎么才能知道"梁山好人"的真实身份？你说你有朋友在公安部门，可以破解"梁山好人"博客的密码。你说马上电话问他看看能否帮助查一下？我说好的，谢谢了。没多久。你就回复说，朋友提供了进入"梁山好人"博客的密码，可以直接进入他的博客查看他的信息。并说这是违法的，因此不能在里面逗留太久。

我根据你提供的密码，果然进入了"梁山好人"的博客。我这才发现，此人"真名"叫李昇春。

我问你像这样的事情，可否要求公安介入，立案侦查？你说你问你的朋友了，说这些事，不好立案。

我很绝望。

我现在终于明白过来，我遇到的女人其实都是很好的。包括我的前妻青青。但我确实太浑蛋了。我太不知足、太贪婪、太缺少道德的约束。这就是我的悲剧的根源。

147

中午吃饭后我休息了一会儿。妞过来和我谈话。

她已经下定决心离婚了。死活不肯跟我过下去。我一下子就觉得我再次回到了当年跟青青分手时那种一无所有的赤贫状况。

我承认,我很对不起她。但我希望能给我一次改过的机会。我说,只要再给我一次机会,我一定好好珍惜我们的一切。但她摇着头说,一切都已经晚了。

我知道,是晚了。

她生着病。发烧。人极消瘦。让人看了心疼。但她死活不原谅我,又叫我气愤。

我打的到市区去给她买药。

当生活再次面临抉择,我几乎绝望。

我发誓一定要找出那个毁掉我全部生活的人。那个叫"梁山好人"或"李昇春"的人。

148

昨晚发生的一切太突然了!犹如晴天霹雳!

我和妞先是谈判。她死活要离。最后,我也失去耐心了,只好叫她去写离婚协议。然后,我收到了你给我发来的关于她和"梁山好人"博客的短信记录。我一下子惊呆了!原来她早把我卖了,我还一直蒙在鼓里。还是小雨说得对,她说凭她的直觉,她已经跟那个叫"梁山好人"的人合谋了。我当时还劝小雨,说这根本不可能。我说我了解她,她不是那样的人。小雨当时只是一味摇头,说我就是蠢。我果然很蠢。我可以接受离婚,但我不能接受她在最后的几天里依然在出卖我，依然在跟我的敌人合伙来暗算我。所以，当她拿来离婚协议书叫我签字时，我勃然大怒，把协议书狠狠摔在地上！而且，我气愤难平地说，你麻烦大了！我要把你们这些东西公布到网上！她傻了。完全被吓傻了！我一看到她被吓得浑身直哆嗦的样子，心里又非常怜惜和同情她。不忍。毕竟在一起生活二十年啊！毕竟是自己的爱人啊！我心里想哭，想去抱她，但却不能够。她缓过一点儿之后，开始辩解。她知道，这种辩解其实没有用。白纸黑字，都在这里，说什么都是多余的。

妞：是我要谢你呢。

梁山好人：没关系，我也是刚学会上博客，你是第一个，非常高兴，谢谢！

妞：我不知道如何给你发短消息。我只懂得别人发来，我就回复。首次给别人发，我不知道怎样发。就加你为好友了。我很笨，别笑我。

妞：为何？

梁山好人：美丽的姑娘，真为你心碎！

妞：不再悲叹，所以要欢歌。谢谢你。看简介，你是古州人，真的？

妞：你的话差点儿把我的眼泪惹出来了。

梁山好人：不知道，感觉你的心在哭。很受震动。

妞：为什么会被震动呢？

梁山好人：没有让我伤感，心只是被震动了一下。

妞：你的心地太善良了。

梁山好人：有人赞美总是件高兴的事，就像学生时代被老师表扬了一样。

妞：对不住了，不能给你欢欣，反而惹你伤感了。

妞：你博客上配的图片很漂亮。

梁山好人：看你的博客很伤感。

妞：我也非常高兴。

梁山好人：客气了，认识你非常高兴，这是无缘的缘。

妞：你不是古州人，你又如何搜到我博客的？

梁山好人：不好意思，我无心弄假。

妞：哈，我还以为你是我老乡呢，所以才去看你博客。不过没关系，现在我们是朋友了。

梁山好人：我已经修改了，我不是古州人，可能是输入时弄错了，我是凉都人，在黔东南工作。

妞：我就很讨厌文人，尤其是那种臭文人。不提。你真是凉都的？网上大家总爱弄得虚虚实实的，我很不习惯，也经常被这些花招弄蒙了，所以这次先较真问清楚。

梁山好人：很羡慕你们这些文人，我就俗气多了，望你莫见怪才是。

妞：会读诗的人也会生活——哈，跟你开玩笑呢，我不会生活，但我也尽量不让自己变成书呆子。

梁山好人：能写诗歌的人都很会生活。

妞：唉，别说我那些破诗了，说说你吧。

梁山好人：对不起，真的对不起，你的泪水会让我不安。

妞：才看了一篇《午夜蝉鸣》，就敢说感觉到我内心悲苦了？

梁山好人：夜行时看到天空，四周又很宁静，有时工作的压力，男人不敢流泪。但感觉你的内心很悲苦，是文人的酸气在使怪吗？你是如何想到《寂寞银河》那个篇名的？

妞：因为我内心很单纯，灵魂很干净。

梁山好人：你那张相片很美，看你的眼睛很纯。

妞：我不美，你别夸奖我了，我只是照相上相而已，但我心灵美。

梁山好人：我才学会上网，所以打字很慢，希望你不要见笑才是。

妞：我也笨得要死，我还会笑你吗，要是笑，也是五十步笑百步。

妞：哈，也有人跟我一样笨呢，真好。我常用电脑写作，所以就打字快一点，其余的也是一窍不通。

梁山好人：我不知道，像无头苍蝇一样乱闯，反正很多功能都还不会使用，昨天就为一个版面搞了差不多两个钟头。

梁山好人：晚安。

妞：晚安，再见。我也很高兴，谢谢你，陪我度过了这段时光。

梁山好人：谢谢体谅！认识你很开心，我要去休息了，明天见。晚安！

妞：哦，没关系，因为我总是不习惯跟不实在的人（就是总爱玩虚虚实实那套的人）交往，所以才问的。抱歉了。我博客上的东西都是真实的，你尽管放心。

梁山好人：人生难免有不如意。

妞：的确如此，只要不是刻骨的痛，应该很快就会过去的。

梁山好人：感觉你内心很悲苦。

妞：是很悲苦。不过不是文人的作态和酸气嗷。但我最好的一点，就是总是能笑，哭过了，就又笑了。

妞：你做什么工作呀，不介意我问吧。

梁山好人：工作关系不能告诉你全部，是省纪委下来的工作组。请见谅。

妞：难怪看你博文，有股浩然正气，以及凛然大气。

梁山好人：有的人是杀一百次都嫌少，但上面来的压力太大，坏人成线的。

……

梁山好人："血泪之作"有些不理解，是不是隔行如隔山？在影射你的生活吗？有些好奇。

妞：昨晚我跟我大学的同学聊QQ，她是我的好朋友，跟她聊些心事，就没看到你的短消息。现在你在上班吧，不跟你聊了，再会。谢谢你的问候。

妞：你好，我刚买菜回来，就看到你的短消息，很高兴。

梁山好人：早上好美丽的姑娘。

妞：去睡了吗？哦，错过你了。

妞：你还在吗，刚才有事，我没看到。

梁山好人：感觉你的心思好细腻。

梁山好人：你好美丽的姑娘，很奇怪，你很容易让人留下印象。

妞：晚上好！能有梦多好。而且还是个很美的梦。

妞：今天先看到你的留言，然后去看你主页，里面的话让我内心一惊。

梁山好人：为何而惊？

妞：你似乎有很大的愤慨。

梁山好人：工作接触的都是些乱七八糟的人性，有些烦。很高兴你在。

妞：我也很高兴。你博客上写的你的年龄是真的不？

梁山好人：看你很年轻呢。你有一个女儿？她多大了？

妞：她今年初三毕业。

妞：你有QQ吗？

梁山好人：没有，不过正在申请呢。

妞：那就还是发短信吧。

梁山好人：我马上申请看看。不知申请麻烦不？

妞：我也不知道怎么申请，我QQ是我女儿帮我申请的。

梁山好人：实在对不起，我昨天申请的QQ上不去了。

妞：你好，在吗？

梁山好人：你好！在。

妞：今天又忙了什么呢？

梁山好人：没关系，你要保重，别为不值得的事伤悲。还有请告知我你的QQ号，我找不到你怎么办。

妞：今晚跟你说了一大堆乱七八糟的事，你不会笑我吧。我转引了你博客里的话，犹豫很久后，发了。但总担心会不会影响你，因为你博客上写到丧偶之类的事，人家会不会据此猜测到你。如果不妥的话，请你明早给我留言，我及时删掉。

梁山好人：你怎么了？我刚把QQ申请到了，号码是1175442590。

妞：我这么说你不会生气吧。

梁山好人：晚安，愿你有个好梦！

妞：我很怕这个乱七八糟的世界。

妞：我不会玩什么心眼，也没心计，我跟你说实话吧，我就怕你是个虚假的人物，虚假的身份，那等你工作结束后，我们再交往好吗？你们的工作大约还要多久结束呢？

梁山好人：这个不好确定，在调查一桩案子，目前在卡岭。

梁山好人：和我说话你就当自言自语，这样你就不会别扭了。当然，有点难为你。

妞：是的，是很为难。你现在一直在卡岭上班吗？不过说真的，我不大习惯跟你这样的人打交道，以前我从没有过网上的朋友，我拒绝这种方式，因为我太实在了，我怕这样的方式。所以，要是你不能告诉我，可能我不大可能和你交往下去了。

妞：记得我曾对你说过，我肯定要离婚的，就算我八十岁了，我也要跟他离的，这只是迟早的问题而已。我已经四十多岁了，尽管我头脑很简单，很愚笨，但我知道我要什么，我不要什么。因为他说进到你博客去过，他网友也去过，我不知道是不是他那边跟你有什么纠缠。不管你跟他们有什么过节儿，但你是我朋友，我会一直当你是朋友的，这点请你相信。我只能说请你相信我。

梁山好人：别担心，没什么事。祝你心情愉快，一定要愉快知道吗？有些事解决不了就放一放，不要在心情不好时做决定。

妞：你要上来，请给我留言好吗，我要去买菜。

妞：看了你的心情随笔，我心里很难过。真对不起。说真的，我在被你吸引，但我怕最后会被伤害。

妞：我现在心里一团乱麻，我该怎么办呢，有时候，连死的心都有。

梁山好人：可怜的姑娘，我不明白他是用什么样的方式让你心痛？夫妻之间发展成这样他也太不够爷们儿了。

妞：我不知道，我怕会牵连到你。

梁山好人：终究还是女人，干不成事，只知道一味痛苦和烦恼。

……

妞：看你文字，感知到你生活中发生了什么事，究竟发生了什么事呢，能告诉我吗，很为你担心。是不是因为我引用你的博文后引发的？

妞：阿呆看到我博客上转引的博文，他叫我把你的博客地址复制给他，我没给，从昨晚到今早上，他接连写了三封信来骂我，我心被刺痛，难以平复，现在有些事情我不能明白，我也搞不懂，先告诉你这些。

梁山好人：不要被他的话语所左右，即使怎么骂你，你就当在看小说，不然你真的会疯。然后坚定自己的信念，才能处理好事情，否则你将会一团糟。

……

妞：晚安。又听到你的新歌了。

梁山好人：晚安。

妞：再见。

梁山好人：我去休息了，明天见。

149

稍微冷静下来一点之后，我就坐到床上跟她好好谈。我承认说到底还是我的错。我严重忽视了她的存在，她的情感，还有她的生活。我太忽视她了。不错，她是有不对的地方，但是，如果我能像当初我们初恋时那样一直爱着她，我不去做那些背叛她的事，她会这样吗？她不会！这个我绝对相信。我明白，她是一个对人特别忠诚的姑娘，正是因为这一点，我特别欣赏她。当然她的优点绝不仅此。而我怎么样呢？我最终还是把人家逼到了险些出轨的地步。我有罪！

她大概也很害怕我会真的把他们的谈话公布出去，所以，她口气也缓和了一些。看着她的害怕，我心里真替她难受。我爱她，这是毫无疑问的。而且我有错在先，我又有何理由去吓唬她呢。我口气也缓和下来了。我和她坐下来继续谈判。但她还是不想和我过下去。我知道，这是她的性格决定的。她遗传了她家族里的那种一贯刚毅执拗和坚决不妥协的性格。其实她已经失去了客观的判断能力。许多事情她还没弄清楚，就做出选择，其实是非常不理性的。但此时无论我说什么，她都听不进去了。

我看事情实在已经无可挽回了，就在她拟好的离婚协议书上签了字。

150

我刚打开电脑，准备上QQ跟你聊天，她就过来了。她要求坐在我身边看着我和你聊天。我当然很不情愿，但还是同意她坐下了。我问她要不要告诉你她在身边。她说那不行。我们没聊几句就下了。我再次说了那句让你很伤心的话——如果她离开我，我也不会跟你过。你说，那你不是在玩弄我吗？

我没有答复你。

后来，我到她房间去，继续跟她聊。聊到最后，她缓和了一些。她还主动要求跟我做爱。我做了。我没完成。但她好了。可怜的女人，她期待得太久了。

151

今天起床后我和妞继续闲聊。

我们都在检讨，事情为什么会发展到今天这地步？

与昨天相比，她的口气好像缓和了很多。她不停地流泪。我也非常懊悔。

早饭过后，我在你QQ上留言，说，我很对不起她，也对不起你。我说的是真心话。但我知道，一切都晚了。太晚了。

我继续打听那个叫"梁山好人"的真实身份。因他在博客里号称自己是省纪委下来工作的工作组，我立即给我在省纪委工作的朋友打听，结果我朋友说，绝对没这个人。

一个流氓的身份立即暴露无遗。

152

许多事情的发生和发展，似乎都完全超出了我的掌控范围，而且结果都意想不到，简直有如一部离奇的通俗电视连续剧。

前天晚上吃晚饭时妞再次坚决提出要我和离婚，我本以为这几天我那么友好地对待她，她应该心软下来，没想到这天晚上她居然再次坚决要求离婚。我问，那么无论我如何努力也不行了吗？她说，太晚了，不行了。于是前天晚上我没有把饭再吃下去。我躲在房间里给省纪委写报案书。要求查出那个叫"梁山好人"的真实身份。写完后我发给我在省纪委工作的一个同学。但是，我知道，立案的希望十分渺茫，几乎没有。

第二天早上，我给她留下了一封信，就走出门去了。

突然之间，我有一种走投无路的感觉。我不知道我接下来的路该怎么走。我甚至都想到了要去跳河。去跳那个距离学校不远的新大桥。但我知道,我会游泳,恐怕跳下去也不会死,反而搞得更狼狈。于是,我打消了这个念头。

在校园徘徊了很长一段时间之后,我在路边一家粉店吃了一碗粉,就回家了。

我离开家的时候,她刚起床。等我回到教工食堂时,她打来了电话。大概她看到了我的信。有些害怕和担忧了。我告诉她,我在食堂,很快就回家。

妞:

夜太长了。我睡不着。我也因此明白了你以前经历过的那些夜晚,是怎样的难熬和黑暗。我理解你。所以也就不想再坚持了。就按你说的办吧。我配合你就是。

我知道现在说什么都太晚了。的确也没有再做解释的必要。一个人被另一个人看透看破,越解释就只能越糟糕。

但是,我还是想为妈妈辩解一句。昨天你说你恨她,我觉得这就很冤枉她了。我每次回家,她首先问的就是你和孩子。她总是问你们为什么不来。而且,她和大妹一直有一个愿望,就是希望能来沙城看我们一次,我每次回家她们都要讲这个事。我理解你抱怨我妈妈没有把我教育好,但我要说,这不是她的错。她生养了六个子女,不珍惜家庭的只有我一个人。因此你只能说,人是有差异的,不能把个体的差异归结为上代人教育的失败。

在重庆住院的时候,我的确想过自己了结自己。但我很快清醒过来,我觉得我不能那么不明不白地离去,更不能被那个小人算计得如此悲惨凄凉。当然,现在,我已经不再怨恨那个小人了，我觉得他在破坏我家庭的同时，也挽救了我的灵魂。我还要感谢他呢。

我过去是骂过你。有时候很过分。对此我只能深表歉意，太对不起了。

家散了，曾经骄傲的日子也没有了。此时，我真不知道下一步该往哪里走。过去的日子，不管我们是怎样熬过来的，毕竟都是一起共同度过，所谓相濡以沫二十年，想起那过往的岁月，往事的确如烟似梦。但我知道，此时，你只记得我的坏，却不再记得我的好。事情往往就是这样的，你一生中哪怕做了一辈子的好事，但只要有一件事情做错了，你就全盘输掉了。

我以前固然是对你照顾得不够，但我深深地爱着你，这你是知道的，也是能够感受得到的。那么，以后，谁还会在长长的黑夜里为你擦干脸上的泪痕呢？

不可能是那个小人，对吧？他不会的，尽管他自诩妻子死了三年，也为其守寡了三年，但那无非就是一种变相的骗婚广告而已，也只有你才那么天真地相信他的话。无论从哪个角度讲，他都是一个典型的小人，一个真正的伪君子！他也只能永远躲在黑暗中谋害别人，是永远见不得阳光的。

我不是不能接受分手的结果，我只是觉得这样做对我们一家任何一个成员都十分不利。孩子无疑是最大的受害者。当她考取大学的时候，当她结婚生子的时候，当她取得了令我们骄傲的成绩的时候，我们还能够一起去祝福她吗？你的那种安排你以为就真的那么妥帖了吗？

唉……真可惜生命不可以重来！

但愿上帝保佑你，使你得到好报，获得幸福。

而我，就让我下地狱吧。

你的阿呆　8月10日凌晨

153

到家后，我又给她写了一封信——

妞：

我恨我自己为什么竟如此软弱。我骑车出去了。我本来是奔高速公路去的。我想到那桥上去。我记得在那边是有一座大桥的。很美的桥。但我只骑到南校门口，就折回来了。因为我在内心里比较来比较去，还是觉得你现在选择的方案最好。

到这个时候，死亡距离我是多么近啊！我由此想到你在我离去的那些日子，也一样地靠近这个黢黑而冰冷的家伙。

你给我电话的时候，我已经回到了教工食堂门口。我原来并不打算去打什么早餐的。但是，我得给自己一个理由。于是我走了进去。我没有看到你爱吃的玉米馒头。于是，胡乱打了几个花卷。好像是吧。是吗？我根本搞不清我到底买回了什么。

刚走出来，我看到我们学院的李老师。因我的脸上挂着泪水。我不敢喊他。但他却把我叫住了。我勉强答应了他一声，就跑了。

我心里还是虚荣。我为什么不大声哭出来呢？

挣扎，是因为还有爱。没有了爱，那倒简单了。

我真恨我既然如此爱你然而又如此不珍惜你。是的，人在上升的时候难免忘乎所以。而且过多的掌声也很容易撩拨自己的欲望。真要感谢躲在黑暗中的那个人，他几乎不费吹灰之力就把我打回了原形。我终于看清了我自己——丑陋，而且肮脏无比。

　　现在，我完全理解了你的决定。二十年，我真的没给过你几天幸福的日子。而我的确曾一次又一次信誓旦旦地保证我可以带你去到我们心中的伊甸园。修养不够是一个原因，对生活本质的理解不够也是原因之一。我到底还是没能真正认识生活。那天，你说你遗憾我不信教。是的，也许我真该去信教。我不是没有过那样的冲动和情怀。但终究也只是一个闪念。我最终没有皈依任何宗教。所以，有一段时间，我说我没有灵魂。很多人以为我是无病呻吟，其实那还真是句大实话。

　　回来这两天，因为一直气堵得厉害，脚又重新痛起来了。等于所有的治疗全部前功尽弃。可怜了那为我呕心沥血的刘老头，还有重庆众多的朋友们。

　　我不希望我们就这样结束啊，我可以接受任何惩罚，但不该如此结束。这就像一个战士，他不是战死在战场上，而是自毙于家中。太不光彩了！

　　算了吧，我也用不着那么谴责自己了。谁都明白我也并不如此糟糕。至少，躲在黑暗中的那个家伙并不会比我高尚多少。一切都如你所说的，上帝有眼。如果他真的有眼，我相信他还会给我机会的。我还得活下去。

　　是的，我还得活下去！为自己，也为别人。我都得活啊！

　　　　　　　　　　　　　　　　　　阿呆　8月10日上午

154

妞重新拟了一份正式的离婚协议书，再次逼我在上面签字。

所有的东西都归她。房子，存款，家里的所有东西……全部属于她。当然名义上她说这些都是留给孩子的。我无话可说。

我一边签字一边哭。最后简直无法控制住自己的眼泪。

但我哭的其实不是物质上的一无所有，或者所谓的净身出门，而是我在接近半世的年龄遭遇到的这一切，内心的那种虚空和疼痛真的没法形容。

就在签下自己名字的那一刻，我突然感觉到自己的五脏六腑竟然是那么空虚和透明，就像一块玻璃。

她也哭了。但她一边哭，一边表明她的决心。

不想看到的结局，终于成为结局。

这一天，我的眼泪始终很浅。几乎整天落泪。

曾经以为坚硬无比的大厦，竟然就这么轰然倒塌了。我仿佛一个旁观者，在目睹它倒塌的整个过程。巨大的尘埃飞扬起来，在我心中久久弥漫，不能消散……

155

终于收到了你的消息。不过语焉不详，到底还是不知道你在做什么，在跟谁在一起。

我以为是他来了。但你说，他没有来。

你问我跟她离了没有？我说签字了，但还没有到民政局办理手续，要到民政局办理手续才生效。

我其实已经不关心你跟谁来往了。我只希望我能朝着自己拟定的目标走。但是，我感觉，事情并不那么简单。在我感觉突然被这世界抛弃的时候，我也隐隐感觉到了这其间肯定还隐藏着更大的阴谋。

她似乎也感觉到了。她老追问我平时到底得罪谁了？

我说我不知道。我的确不知道。

我生病了。喝酒太多，拉肚子，同时感冒。

而偏偏在这样的时候，她继续催逼我跟她到民政局去办理离婚手续。她说那既是为了自保，同时也是为了保护孩子免遭更大的伤害。她的坚决态度和她的这种认识，更使我感觉到了那阴谋之于我的巨大黑暗和压力。我很无奈。不过，我想我的确也尽力了。我也就无所畏惧了。

随她吧。

小雨说得对，世上最毒妇人心。

到底还是女人最了解女人。

前天哥关给我来电话，说庙修好了，决定在农历七月十八举行立庙仪式。我很想去参加。但她显然不希望我去。她说，等把离婚手续办妥了，就随我去哪里。

我因此疑心她跟"梁山好人"的确是有某种串通和相约的，所以，我在抓紧时间追查那个人的真实身份。

156

我打电话给哥关，说我回不去，你们自己酌情处理吧。哥关说，那怎么行，这庙是你支持才修起来的，你不到场，说不过去吧。

我说那就随你们吧。我想我自己都顾不得自己了，我还管什么庙啊。

我给你QQ留言，希望你能去盘江帮我拍些照片回来。你没有答复。

而后，她也病倒了，而且病得很厉害。我尽量安慰她。但她心里很焦急，语言中充满了对我的抱怨。我理解。

昨天我去校对《故乡》杂志。那本给我惹来了很多麻烦的杂志。校对了一上午。中午回家。下午休息了很长一段时间。但晚上还是困。很早就睡了。

小雨也来信询问我的情况。我只简单答复了几句。

一切都是命运。我不想抗争，也无从抗争。

157

一切都变得如此残忍！如此难以预料！如此猝不及防！

我终于承认，在爱情的问题上，我是彻底的失败者。以前我写诗讽刺她："你爱过谁？"现在是她反过来问我了——"你爱过谁？"

上午她要求我去把手续办了。我去了。没办法不去。而且我没想到，事情居然会那么顺利。我们是和她父亲一起去的。她父亲现在患有老年痴呆症，他根本不明白我们在做什么。她是最近才把她父亲从老家接过来跟我们同住的。我开始还不大清楚她是什么意思。直到我们一起来到民政局，她把她父亲安顿在一旁，让他静静地看着我们在办理各种手续的时候，我这才明白过来——二十年前，当她顶着巨大的舆论压力义无反顾地跟我结婚的时候，她父亲是坚决反对的，说我这个人思想复杂，又曾经离过婚，为人看起来并不可靠，难以托付终身——如今事实验证了她父亲的话，可惜她父亲现在已经什么都不明白了。

整个手续办下来比我想象得简单多了。我原先以为民政局会给我们做一些思想工作，没想到，我们过去，只填写了两份表格，再各自照了一张相，就全部搞定了。

一切都结束了。她解脱了心中的苦难。我也获得了自由。

仔细想来，其实真没什么好后悔的。既然大家缘分已尽，我也不能再死皮赖脸地乞求她了。我已经尽到了我最大的努力。

孩子还蒙在鼓里。她什么也不知道。

回家的路上，我心里突然变得十分平静。我心想，这未尝不是好事啊！这么多年来，我不就是一直在忍受着她的折磨吗？我不就是因为要反抗这种折磨才跟你央金走到一起的吗？我记得你曾经跟我说过，说如果我们最终能结合在一起，那么生活的费用是绝对没问题了，你说你目前的财富已经足够我们花两辈子，而且还是按照中等生活质量来开支。我倒没有担心以后的生活问题。即便没有你的积蓄，我自己也完全可以养活我自己。我真正担心的是你对我的感情是否可靠。我知道你很喜欢跟我在一起，而且只要在一起，你就会疯狂地榨取我身体里的油膏，但是，这能说是爱吗？

在整个回家的途中，我始终一言不发。

她也不跟我说话，只是不断跟她父亲低声交流着什么。

就在此时，我突然产生了一个要离开她而去投奔你的念头。我觉得，去跟你过一种衣食无忧的生活，其实也未尝不可。何况，你曾给我承诺过，只要我们能在一起，你就会为我在巴拉河修建一栋专门的别墅，作为我的工作室，也作为我观察生活的基地和窗口。"你最成功的作品不是什么虚构的小说，而是《巴拉河传》，一部纪实性的文学作品，或者一部人类学的学术巨著。"你不止一次跟我这样描述过。

但事到如今，我也不急于做出什么选择了。我想，家庭既然已经解体了，那我起码在最近几年之内不再考虑婚姻问题——这似乎也应验了"梁山好人"守寡三年的诅咒。事实上，我从不担心会没人爱我，哪怕我最终被搞得身败名裂，也哪怕我真的山穷水尽，但只要我还活着，我想我用不了多久，就会重新站立起来的。

我心里很清楚,投奔你,仅仅是一种可能的选择,甚至仅仅是一种假设,而已。我不是没有领教过你的专制和霸道。回想起跟你交往一年的经历,许多生活的记忆都会让人毛骨悚然,不寒而栗。

那么好吧,眼下,我最需要做的事情就是,保持最大的耐心和冷静。

158

一回到家,我就安安心心睡了一会儿午觉——那真是好久以来都没有那么舒坦和安心的午觉了。醒来的时候,我都有点分不清东西南北了。

差不多到了下午四五点钟光景,正当我想要起床的时候,黔东南州公安的朋友来电话了,说那个叫"梁山好人"的人的真实身份很可能是一个叫央金和一个叫老方的人。

哈!这简直太令人丧气了!查来查去,竟然查到自己人头上来了!

我极力解释,说不可能是这两个人,因为这两个人都是我最好的朋友。但他们告诉我,说在我给他们提供的"短信通信"中,其IP地址全部出自央金的电脑。于是,我知道,他们是彻底搞错了。

最后,我只好向他们坦白了。说明了那些"通信"本来就是央金给我提供的。

159

看来,我还是斗不过这个"梁山好人"。

许多时候,我太自信了。也因此高估了自己的智力。其实,妞说得对,人还是低调点儿活着的好。

搞来搞去,我既查不到那个"梁山好人"的真实身份,反而把自己的朋友和亲人也给牵连进去了——如果我因此连累了你,我这一辈子就别想再过安心日子啊央金。

虽然你有很多让我不满意的地方,但是,我知道你毕竟是真心爱着我的。而且,你至今也还是我今后生活的一个希望。

我当然也爱着她。甚至就在今天上午以前,我都还在想好好跟她把日子过下去,我在内心深处下了决心,希望自己以此为鉴,从此洗心革面,不再跟任何女人有瓜葛,只专心爱她。但是,一切都晚了。她早已死心塌地了。

她死心了。我就不得不考虑更多。而你自然也就成了我的选项之一。

这当然是没有办法的办法。因为我从一开始,就并不爱你。

但我不可否认,从世俗的角度去讲,跟你在一起生活,其实还是蛮可以的。起码,从表面上看,我们是幸福的。

你经历了很多。吃了太多的苦。你懂得疼爱自己的爱人。而她自恃清高,为人处世各方面均傲慢无知。对爱人更是只知道抱怨和责难,并不懂得尊重和经营。

直到晚上我才突然醒悟过来。明白这一切的幕后总导演其实就是你啊央金。

我心里难过极了。你口口声声说自己是那么地深爱着我。想不到那都是烟幕弹。不过,你没想到我会报案。

或许你早想过了?

可悲的是，直到公安都给我那么明确的结论了，我居然还不相信是你做的。我不仅一再向他们说明，绝对是你们搞错了，这个叫"梁山好人"的人不可能是央金，我甚至还立即为你通风报信。

央金：
　　你好！
　　我很抱歉。我可能会给你带来麻烦了。事情是这样的：前不久，我给省纪委报了案，说有人利用省纪委的名义到处招摇撞骗。我把你给我下载的"梁山好人"和妞的对话记录交给了省纪委。然后，省纪委责成黔东南州公安局进行调查。他们查来查去，查出来那些短信对话的IP全部出自你那里。于是，他们就问我认不认识你。还有你的基本情况。我告诉了他们你的电话。但后来我觉得事情有点不对，于是没有告诉他们关于你的更多的信息，同时他们要我提供你的QQ号码，我也没有提供。但他们说，那些短信息是从你那里出来的，所以，你肯定脱不了干系。于是，我只好坦白，说短信息的确是你提供给我的，而你是从一个叫老方的人那里得来的，我说老方对电脑有研究。因为他们说，老方也有重大嫌疑。同时，我请求他们别再追查下去了。我说我现在已经不在乎什么"梁山好人"了，我已经失去了太多。我说如果再把我的朋友牵涉进去，我就真的太对不起人了。
　　我很蠢央金。我现在不知道该怎么办？我只有请求他们停止调查了。他们要求我不要跟你联系。不要告诉你任何信息。我做不到。我想，电话和网络可能都被他们监听了。所以，我只能给你发电子邮件。但愿，你能收到我的信。也好有些准备。

如果真给你带来麻烦,你就把全部责任推给我好了央金。
多保重!

阿呆

直到吃晚饭时,我才突然醒悟过来。我告诉她,那个"梁山好人"找到了。她问是谁,我说是央金。她很惊讶,说简直难以置信。然后,她摇着头说:"我问你这人怎么样,你还跟我说这人心好!你看,好不好啊?"我无语了。

我继续给你写信。不过,这次我没有把信发出去。

你好央金:

我说我蠢,我真是蠢得出奇啊央金。你把我卖了,我还帮你数钱。我蠢得太可以了。不过,我不后悔央金。因为最终,还是你辜负了我。我所有过去对你的内疚感,也都一笔勾销了。

我一直把你看作我今生最可信赖的朋友之一央金,所以,我才从不对你设防。但是,你却用另外的眼光看我。于是才有今日的结局。

这是我怎么也料想不到的结局啊央金!

这是多么尴尬和多么难堪的结局啊央金!

今天是我人生中最悲哀的一天!

我很遗憾央金。你和我其实是可以走在一起的。至少,可以成为很好的朋友。不是吗?但你太自负也太自私了央金。以至于竟然不择手段到如此疯狂的地步!真是让人匪夷所思!

水落石出。一切都真相大白。你对我还有什么话可说呢?

作为商人,你很成功央金!但作为人,你真让我失望!

我差一点就选择了你!真的,只差了那么一点点!而且,我几乎就是在今天早上才决定选择你的。但事情真是太戏剧性了,我居然在铁证面前还不敢相信你会如此背叛和加害我!

你知道我为什么一直犹豫吗?

因为你的人格没法跟她相比。答案就是那么简单。

你以为我是贪图你的钱财才爱上你的吗?你想错了央金,你忘了我是开银行的吗?就算那是一个笑话,但是,请你去打听一下,在我认识你之前,我对谁的钱财有过觊觎之心没有?

那天在盘江,你说你要把电脑和音响拿走,我就觉得太可笑。太可笑了央金!我还以为你当初是真心爱我才给我买的呢。想不到你只是用来笼络我而已。本来很值钱的东西,一下子就被你搞得分文不值了。

直到今天早晨,我都还在相信你央金。我都还在想着是否应该辞去一切,然后去跟你过另一种生活。但是,我想不到,你早把我卖了。而且,手法是如此的卑鄙龌龊和用心良苦,你说,如果你是我,你会跟这样一个人生活下去吗?

也许你真是因为爱我才那么疯狂的吧?但愿是这样。否则真难以解释你所做的这一切究竟是为了什么?!

一切都结束了,央金,你自己把游戏玩完了。

我最后能帮助你的,就是叫他们别再追查下去。同时撤销起诉。

但是,你真要好好想想,你害了多少人啊!连老方那么老实的人也被你牵连进来了。我真的值得你如此仇恨吗?

你觉得真有这种必要吗?

你有没有想过,有一天我们还会相遇,那时,你怎样面对我?

到今日早上，我继续给你写信。还是没寄出去。

央金：

　　昨晚我一夜未眠。我想了很多。如果不是铁证如山，我还真是怎么也想象不出，你居然会是这出大戏的总导演。你太费心了！其实我哪里值得你如此费心啊！

　　有个事情我还是要稍微解释一下，就是我去重庆治病的事情，不错，我是瞒着你的，但我是明确告诉你我会给你解释的。我去之前，考虑了很久，要不要去？去了怎么跟妞说？又怎么跟你说？因为当时我脚痛得厉害，而她那边是可以绝对保证我能治好的，所以，我觉得先救命要紧，回头再跟你和妞做解释，于是，我做出了去重庆的选择。事实上，我这个选择还真没错，第一，我的脚疼确实基本被治好了；第二，我在那里结交了好几个非常有才华的文友；第三，我和她根本就没有你想象的那些事情。这就是我要跟你解释的。我记得我在回来的车上对你说，我是坐在从重庆到沙城的车上的，这个信息事实上就是已经在向你透露我的行踪了。当时你问我为什么突然到重庆去了。我说说来话长，我回去会给你慢慢解释的。我的确想找机会跟你解释。不过，现在看来，你早已不需要我的任何解释了。因为你对我的看法早已改变。你如此用心良苦，说明你已经不再需要我做任何解释。

　　以前，我是为治病去的重庆。现在，我的病治好了，但是，你却彻底变心了。我记得你曾经说过你的整个下半生就是用来爱我的，现在想来是多么可笑啊央金，因为我居然对你的每一句话都信以为真！从小到大，我都是用一颗坦诚的心去看待每一个人的,包括看待你,而你却对我怀有如此的深仇大恨,甚至早已把我当成了你最大的敌人。

我无话可说了央金。

你好自为之吧!

可以看得出我有多么愚蠢。当我的博客上出现那些十分恶毒的留言时,也许任何人都可能猜测得到是你的作为吧?不错,当初我的第一反应还是想到了是你央金,但我很快又被你虚伪的语言给彻底蒙骗了。之后,我完全被你愚弄和摆布。包括妞,也都成了你任意愚弄的对象。也许不是你太高明而是我太愚蠢的缘故吧,到我醒悟过来,我感觉这一切简直荒唐得难以理喻。

到晚上,我终于忍不住写了如下这封信,而且把前面两封都发出去了——

央金:

你有心肝吗?

当你在用那种极其恶毒的语言在网上攻击我的时候,你自己又在做什么呢?你有良心和道德吗?

央金,还是让上帝来审判我们吧!谁该下地狱,由上帝说了算!你说了不算!

你说对吗?

161

我预料不到,几天以后,你居然还回信了——

亲爱的：

你好！

本想永远就此搁下，就当不曾经历过，或者说不曾相识过。

你在QQ留言："方便的时候，请告诉我一个理由。我实在不明白，你所做的这一切，究竟是为了什么。"

答案其实很简单亲爱的，我被欺骗了。也许你从来不曾体会被欺骗的滋味，我的第一次恋爱由此让我惶恐爱情至少二十年。

而今，故事又重新上演，而且戏剧性地都叫同一个名字"小雨"。当你理直气壮地说你没有错，你们是两个孤独的灵魂在做爱时，其实你已经粉碎了我们之间所有的爱和一切美好，至少可以证明一直以来你口口声声说爱我是多么可笑的事，而我却愚蠢地深信不疑，并计划下半生全部好好去爱你。

我已经失去过一次爱情，为了不轻言放弃，在你老家我们有了四项基本原则之说，而你也明明白白承诺了，一是在家里治病，二是回去后缓和家庭关系，三是静下心来安心工作，四是我们好好相爱。

回来后，你告诉我妞陪你看病，并说医生的意见，最好不要上网，不要打电话，我一直担心着你的病情，很想知道病情的进展情况。直到看到她痛不欲生的博客内容时，我大胆猜测你再一次欺骗了我。为了摸清事实，于是就有了"梁山好人"和她的对话。

亲爱的，你明白吗？她和我都被你欺骗了，要知道我们都是善良之辈，狠和毒本来离我们很远。我们并不是圣人，当有人把你的心拿走了，你还能无动于衷吗？我了解那种痛，按她的说法，她活得很血泪，难道你就忍心让她如此痛苦地和你生活吗？想到你第一次拿着行李出走的情景，我了解了你每次因一点不如意就离家带给她的伤害。因此，分手其实是解救了一个鲜活的生命。当然我没有鼓动她如何，这个在对话里很清楚，是她明智的选择而已。

你说我害了很多人，我搜索懂事以来的全部记忆，我没有恨过谁，也没有害过谁，一直以来我几乎都是采取忍受的方式度过每一次灾难。而这次为什么不同呢？只因你是个太有毁灭性的人物，你的文学才华太容易蒙蔽女人，如果不给予强有力的打击，你会害了更多善良的人。请你仔细回忆，和你一起的这么多女人中，你得到后在乎过她们的泪水吗？

我想已经交代得很清楚了，虽然没有文学家渲染感情的能力，但一定是事实。

我的复信：

你居然还在叫我亲爱的，我感到很难理解，事实上，我已经不再把你看成人类。这两天，我正在清理你给我买的所有东西，我准备把能够收集到的你给的所有东西都还给你，因为看到你的东西，我感到耻辱！我连你给我的任何一根纱都不想留下。

你达到了你所有的目的。包括拆散了我的家庭。但是，你最终却失去了我——一个真正爱过你，并且为此付出了惨重代价的男人。关于我的所谓"欺骗"和"隐瞒"，我在上封信里已经解释得很清楚了。我不想再多说什么。我唯一需要强调的是，我从来不想对你，或者对任何人隐瞒什么，当你自以为受到了"欺骗"的时候,那不是我的过错,而是你与生俱来的素质决定的。你对人,对朋友,对任何事情,都永远是从商业的角度去看待的。这就是你为什么感到"受伤"的原因,也是你至今为什么没有丈夫的原因!你不要问我,我伤害了多少女人,因为跟我有关系的女人,除了青青,其余的对我都很好,包括妞。她是被你蒙骗和鼓动之后才如此痛苦的,当她自己意识到你的虚伪和奸诈之后,她立即醒悟了,也平静下来了,她也立即明白了自己是被你利用了!而且,当她得知我在重庆治病之后,她的第一反应不是骂我,而是要带着孩子去看我。这就是你和她的差别!就人的品质而言,你和她真有天壤之别!你从来不懂得珍惜和尊重自己的爱人,我相信任何男人到了你手上都只能被奴役和利用。你永远不懂得从一种善意的角度去理解男人的"瞒"和"骗"!就更不用说你还会懂得从人性的角度去理解男人了。

我不想诅咒你,但我坚信你这一生不可能得到真正的爱情!

我感谢上帝在我最迷茫的时候挽救了我,因为正当我在收拾行囊准备去投奔你的时候,我得到了朋友给我的消息,说,害你的那个人叫央金!

162

妞来索要你发给我的那个所谓她跟"梁山好人"的博客短信。我拿给她看了。她当即大声对我说:"这个人呀,你哪里是她的对手呀,她给你的东西全部被她修改过了。"事实上,她隐瞒了很多内容。我问她隐瞒了哪些内容,她不再说话。

我也不想再做进一步的了解了。我本想用你给我的密码重新进入"梁山好人"的博客进去看一看,但我立即就打消了这个念头。我觉得,我已经没有必要再去关心这个虚拟的人物了。"他"已经失去了任何存在的价值和意义。不过有一点可以肯定,直到现在,你还在继续对我撒谎,也还在继续扮演着受害者的角色。你说你是在看到她在博客上痛不欲生的内容时,为了摸清事实,才有所谓"梁山好人"和她的对话,事情是这样的吗?我固然愚蠢,但我的智商也并没低到连常识也没有的程度。你想想,如果不是你以"梁山好人"的身份去勾引她,煽动她,并"揭发"我在外面有女人的事,她会如此痛苦吗?

我说过了,"梁山好人"不过就是一个网络病毒,一旦暴露在光天化日之下,就会立即死亡。

果不其然!

163

我:"高原舞者"的头为什么会断?因为看到它的人有眼无珠!

你:哈哈,不用诅咒我的爱情,我早就不看好这玩意儿。尤其看到你后,更明白了。

我:这说明什么?

你:你的错误在于你高估自己,而把别人当猴一样耍。

我:算了吧,你就适合他。

你:上帝让我遇到你,也教会我用什么方法,保护自己。

我:你遇到任何人都会用这种方法,你不是也去他家了吗?多么厉害啊!那也是保护吗?

你：他的家没有受到任何伤害。

我：那是他妻子没有文化！不识字！

你：因为他不虚伪！

我：难道她没受到伤害吗？

你：同时爱着这么多女人。

我：她不是人吗？

你：还理直气壮。

我：他不是同时爱着吗？你呢？你爱着多少人？当你在指责别人的时候，你自己在做什么？

你：我做事问心无愧！

我：你不是同时也在几个男人中周旋吗？

你：这个你是知道的，而不是我欺骗你的。

我：你当然无愧，那是因为你没有心肝！你说你没有欺骗，你让他知道你跟我上床了吗？

你：我有没有心肝不是你说了算！

我：那倒是。但上帝说了算！

你：是的，上帝很好。让我尽快知道你！然后去魔鬼你！

我：你得意吧，很得意是吧？

你：我没有得意。

我：看得出，你很得意。

你：我是痛恨。

我：你很得意！一个天才的导演！

你：恨没心肝的人居然也会骂人没心肝，真是可笑！

我：的确可笑！

你：不过，故事还远远没有结束。

我：嗯，我倒要看看，你还能怎样！

你：你知道我卖了公司是为了什么吗？

我：不知道。你说说看。

你：我说过我要倾家荡产。

我：嗯。

你：有仇不报非君子。

我：不错！

你：我有的是方法。等着吧。

我：哦。好！我等着。

你：是的。与一个男人的较量，一个欺骗感情的人，一个玩弄感情的人，这样的人留着只会害了更多的人。

我：你下决心了吗？

你：一个人被逼上绝路会有决心吗？有的只是反抗！

我：谁把谁逼上绝路？

你：你抛弃了我。

我：我说过了，我是发现你就是"梁山好人"之后才决定抛弃你的——不，准确地说，是唾弃！

你：当你决定去重庆时，我就知道一切都完了。

我：你能治好我的脚疾吗？你可以吗？你想过我的病吗？你只知道无休止、无限制地榨取我，你考虑过由于身体的疾病给我带来的不便和痛苦吗？

你：如果你们真没有什么，可以让我去照顾你的，你知道我会的。而你，却说医生不让你什么什么……

我：但是，你为什么不能在省城帮我把脚治好？

你：你给我机会吗？

我：我一直在省城。你带我去看医生吗？算了吧！

你：你根本听不进我说的话。

我：你就为自己的那一点心胸。

你：我的心胸很宽，但爱情另外。

我：好吧。那就大干一场吧！还不知道谁先死呢！

你：好吧！我明天就赶去找你！

我：好！我等你！

你：好的！等我把你所有的日记都放在博客里后！

我：好！欢迎！

你：我死于他乡，无人知时，好有个交代。

我：我不能阻止你做任何事，你已是成年人。

你：是的。

我：你自己决定吧！

你：我会处理的！你是个魔鬼！

我：上帝说谁是，谁就是！

你：对付魔鬼无须采用君子之道！

我：呸！

你：哈哈！有意思！

我：我不想跟你聊了，我很看不起你，恶心！太恶心！

你：我不否认你利用文字的功夫。不过放心，我不会被击倒！

我：你还是照照镜子吧！

你：你也去照照吧！

我：先看看自己是什么人！

你：看看你那肮脏的灵魂，满口的仁义道德。

我：你呢？你干净吗？

你：我很干净！

我：呸！

你：绝对干净！

我：是吗？你把他留在凉都，来卡岭见我，是为了爱情吗？干净吗？

你：当然干净！

我：哈！

你：我没有骗你。没有欺骗过你。

我：但你欺骗了他，不是吗？

你：我们迟早是要分开的，这个他很清楚！

我：哈哈哈哈哈……所以我叫你自己照照镜子！

我：我为什么瞧不起你？就是因为这个！

你：你就瞧得起自己了？你反照一下又如何？

我：比你强，比你诚实！

你：是吗？

我：绝对！

你：你去风城做爱时，还是和我一起时，还是和她一起时？

我：我靠！

你：靠不动了！

你：亲爱的！

我：呸！

你：哈哈！

我：我随便你！我要睡觉了！你来，我欢迎！或不来，或想干什么，都随你。

你：你可以让人变成魔鬼，绝对的。

我：你自己决定。而且，也用不着那么客气！

你：我要带着所有资料上路。

我：欢迎你！就是这样。

你：直到这个世界上的人知道你的伪装！

我：你说我还能怎么样？

你：我要你认错。

我：不可能！我绝对不会的！

你：只要你觉得没错，我就开始工作。

我：欢迎！

你：直到我精疲力竭！

我：隆重等待！

你：无力看这个世界。

我：你会很有成就感的。

你：我不需要成就。

我：你会因此走红。你太有成就了！先是从商成功！

你：成就对我而言毫无意义！

我：之后搞男人有一套！

你：我一个人无所谓。

我：看看你导演的这出大戏！

你：无牵无挂。

我：你怎么不快乐啊！

你：我不会快乐！我说过，我要和你一起悲！

我：你很快乐，看得出，我也快乐！但我告诉你，最终流泪的还不知道是谁！

你：我有多悲，你就会有多悲。我连眼泪都不会流一滴的。

我：哈！

你：你会流血！绝对不会是眼泪！

我：那就看谁先死吧。

164

亲爱的阿呆你好!

　　不管你愿不愿听,我还是习惯这样称呼自己的爱人,虽然是曾经的。

　　想想刚才与你的对话,令我难以入眠。我说过不喜欢这种不见面的冰冷语言,刚才上纲上线的对话,看着都有些不寒而栗,它总是会让人一错再错,所以文字有时也会害人的。

　　我想对你说的是,前段时间参加中央电视台的《探索与发现》节目,连续工作了差不多十天,今天刚下飞机回到省城,看到你的留言就回复了。首先不知语言使用得是否恰当,其次是关于这次事件我应该给你说明白一些。

　　然而一切都过去了,不是吗?我是计划永远就此搁下,就当上帝的礼物被收藏进心底了。

　　其实在知道你的背叛时,我就明白爱情和我永远都不会再有缘分了,因为两次爱情都是同一个女人的名字,而且两次的爱人又是让我如此信任,你知道吗?我在你描绘的未来图画里难以自拔,并深信光明就在远方。也许你是对的,可能是因为从小就没有被父母或家人宠爱过,因此,总是希望爱人多些疼爱而已,和你相处的日子里,总想尽量去做得最好,当然也有不尽如人意之处,那是我考虑不周所致。但请相信,爱你一点虚假成分都没有。

　　导致一切变化的是那晚她告诉我你在重庆治病,那时一下子失去理智,就告诉了她关于那个女人的事情,但不是很多,点到为止而已。后来你告诉我要赶回去签离婚协议,我就知道事情闹大了,所以后来与你和她的所有交流,都是希望你和她安全着陆，不要相互伤害太深，当然不敢告诉你我做的错事，因为那时你根本无力承受我的问题，我能做的就是尽量让你们平缓起来。

其实我在博客里已隐隐约约透露着一切，只是你没有心思去看而已。

好了，结束了，这场游戏没有胜利者，我们都得到了应有的惩罚，虽然曾经是那么相爱，但贪婪毁灭了我们自己。如果你要恨我，那就恨吧！我早就没有了眼泪，也失去了恨的兴趣，我还是向往归隐的生活，即使只身孤影，乡村也会留下我欢乐的笑声。

祝你快乐！

依然爱着你并和你一起心痛的央金

（剧终）

2011年2月25日初稿于湘潭

2012年6月8日定稿于湘潭

图书在版编目（CIP）数据

敲窗的鸟 / 潘年英著 . -- 北京：新星出版社，2018.10
ISBN 978-7-5133-3220-0

Ⅰ.①敲… Ⅱ.①潘… Ⅲ.①长篇小说-中国-当代 Ⅳ.①I247.5

中国版本图书馆CIP数据核字（2018）第205336号

敲窗的鸟

潘年英 著

出版统筹：姜　淮
责任编辑：杨　猛
责任校对：刘　义
责任印制：李珊珊
装帧设计 / 封面绘图：冷暖儿unclezoo

出版发行	新星出版社
出 版 人	马汝军
社　　址	北京市西城区车公庄大街丙3号楼　　100044
网　　址	www.newstarpress.com
电　　话	010-88310888
传　　真	010-65270499
法律顾问	北京市岳成律师事务所

读者服务	010-88310811　　service@newstarpress.com
邮购地址	北京市西城区车公庄大街丙3号楼　　100044

印　　刷	北京美图印务有限公司
开　　本	910mm×1230mm　　1/32
印　　张	8.375
字　　数	202千字
版　　次	2018年10月第一版　　2018年10月第一次印刷
书　　号	ISBN 978-7-5133-3220-0
定　　价	45.00元

版权专有，侵权必究。如有质量问题，请与印刷厂联系调换。